瓊瑤經典作品全集
68

梅花英雄夢

第三部：可歌可泣

瓊 瑤
經典作品全集

第三部 可歌可泣

梅花英雄夢

瓊瑤 著

CHIUNG YAO
Complete Classics Collection

我為愛而生，我為愛而寫
文字裡度過多少春夏秋冬
文字裡留下多少青春浪漫
人世間雖然沒有天長地久
故事裡火花燃燒愛也依舊

瓊瑤

繁花盛開日，春光燦爛時

我生於戰亂，長於憂患。我瞭解人事時，正是抗戰尾期，我和兩個弟弟，跟著父母，從湖南家鄉，一路「逃難」到四川。六歲時，別的孩子可能正在捉迷藏，玩遊戲，我卻赤著傷痕累累的雙腳，走在湘桂鐵路上。眼見路邊受傷的軍人，被拋棄在那兒流血至死，也目睹難民爭先恐後，要從擠滿了人的難民火車外，從車窗爬進車內，車內的人，為了防止有人湧入，竟然拔刀砍在車窗外的難民手臂上。我們也曾遭遇日軍，差點把母親搶走，還曾骨肉分離，導致父母帶著我投河自盡……這些慘痛的經驗，有的我寫在《我的故事》裡，有的深藏在我的內心裡。在那兵荒馬亂的時代，我已經嘗盡顛沛流離之苦，也看盡人性的善良面和醜陋面。這使我早熟而敏感，堅強也脆弱。

抗戰勝利後，我又跟著父母，住過重慶、上海、最後因內戰，又回到湖南衡陽，然後

3

到廣州，一九四九年，到了臺灣。那年我十一歲，童年結束。父親在師範大學教書，收入微薄。我和弟妹們，開始了另一段艱苦的生活。可喜的是，這段生活裡，沒有血腥，沒有別離，沒有遷徙，沒有朝不保夕的恐懼。我也在這時，瘋狂的吞嚥著讓我著迷的「文字」。中國的《西遊記》《三國演義》《水滸傳》……都是這時看的。同時，也迷上了唐詩宋詞，母親在家務忙完後，會教我唐詩，我在抗戰時期，就陸續跟著母親學的唐詩，這時，成為十一、二歲時的主要嗜好。

十四歲，我讀國二時，又鑽進翻譯小說的世界。那年暑假，在父親安排下，我整天待在師大圖書館，帶著便當去，從早上圖書館開門，看到圖書館下班，看遍所有翻譯小說，直到圖書館長對我說：「我沒有書可以借給妳看了！這些遠遠超過妳年齡的書，妳都通通看完了！」

愛看書的我，愛文字的我，也很早就開始寫作。早期的作品是幼稚的，模仿意味也很重。但是，我投稿的運氣還不錯，十四歲就陸續有作品在報章雜誌上發表，成為家裡唯一有「收入」的孩子。這鼓勵了我，尤其，那小小稿費，對我有大大的用處，我買書，看書，還愛上了電影。電影和寫作也是密不可分的，很早，我就知道，我這一生可能什麼事業都沒有，但是，我會成為一個「作者」！

這個願望，在我的成長過程裡，逐漸實現。我的成長，一直是坎坷的，我的心靈，經常是破碎的，我的遭遇，幾乎都是戲劇化的。我的初戀，後來成為我第一部小說《窗外》，發

4

表在當時的《皇冠雜誌》，那時，我幫《皇冠雜誌》已經寫了兩年的短篇和中篇小說，和發行人平鑫濤也通過兩年信。我完全沒有料到，我這部《窗外》會改變我一生的命運，我和這位出版人，也會結下不解的淵源。我會在以後的人生裡，陸續幫他寫出六十五本書，而且和他結為夫妻。

這世界上有千千萬萬的人，每個人都有自己的一本小說，或是好幾本小說。我的人生也一樣。幫皇冠寫稿在一九六一年，《窗外》出版在一九六三年。也在那年，我第一次見到鑫濤，後來，他告訴我，他的一生貧苦，立志要成功，所以工作得像一頭牛。「牛」不知道什麼詩情畫意，更不知道人生裡有「轟轟烈烈的愛情」。直到他見到我，這頭「牛」突然發現了他的「織女」，顛覆了他的生命。至於我這「織女」，從此也在他的安排下，用文字紡織出一部又一部的小說。

很少有人能在有生之年，寫出六十五本書，十五部電影劇本，二十五部電視劇本（共有多少字？）我卻做到了！對我而言，寫作從來不容易，只是我沒有到處敲鑼打鼓，告訴大家我寫作時的痛苦和艱難。「投入」是我最重要的事，我早期的作品，因為受到童年、少年、青年時期的影響，大多是悲劇。**寫一部小說，我沒有自我，工作的時候，只有小說裡的人物。我化為女主角，化為男主角，化為各種配角。寫到悲傷處，也把自己寫得「春蠶到死絲方盡」**。

寫作，就沒有時間見人，沒有時間應酬和玩樂。我也不喜歡接受採訪和宣傳。於是，我發現大家對我的認識，是：「被平鑫濤呵護備至的，溫室裡的花朵！」我聽了，笑笑而已。如何告訴別人，假若你不一直坐在書桌前寫作，你就不可能寫出那麼多作品！當你日夜寫作時，確實常常「不食人間煙火」，因為寫到不能停，你就忘了吃飯！**我一直不是「溫室裡的花朵」，我是「書房裡的癡人」！因為我堅信人間有愛，我為情而寫，為愛而寫，寫盡各種人生悲歡，也寫到「蠟炬成灰淚始乾」。**

一九八九年，我開始整理我的「全集」。分別授權給大陸的出版社。臺灣方面，出版得十分混亂。從那年開始，我的小說，分別有「繁體字版」（臺灣）和「簡體字版」（大陸）之分。因為大陸有十三億人口，我的讀者甚多，這更加鼓勵了我的寫作興趣，繼續寫作，繼續做一個「文字的織女」。

當兩岸交流之後，我才發現大陸早已有了我的小說，因為沒有授權，我和他之間也沒有簽約和授權。愛不需要簽約，不需要授權，我主導著我的「全部作品」。

時光匆匆，我從少女時期，一直寫作到老年。鑫濤晚年多病，出版社也很早就移交給他的兒女。我照顧鑫濤，變成生活的重心，儘管如此，我也沒有停止寫作。我的書一部一部的增加，直到出版了六十五部書，還有許多散落在外的隨筆和作品，不曾收入全集。當鑫濤失智失能又大中風後，我的心情跌落谷底。鑫濤靠插管延長生命之後，我幾乎崩潰。然後，我又發現，我的六十五部繁體字版小說，早已不知何時開始，大部分的書，都陸續絕版了！簡

體字版，也不盡如人意，盜版猖獗，網路上更是零亂。

我的筆下，充滿了青春、浪漫、離奇、真情……的各種故事，這些故事曾經絞盡我的腦汁，費盡我的時間，寫得我心力交瘁。我的六十五部書，每一部都有如我親生的兒女，從孕育到生產到長大，是多少朝朝暮暮和歲歲年年！到了此時，我才恍然大悟，我可以為了愛，犧牲一切，受盡委屈，奉獻所有，無需授權。卻不能讓我這些兒女，憑空消失！我必須振作起來，讓這六十幾部書獲得重生！這是我的使命。

所以，今年開始，我的全集經過重新整理，在各大出版社爭取之下，最後繁體版「花落城邦」，交由春光出版。城邦文化集團春光出版的書，都出得非常精緻和考究，深得我心。說來奇怪，我愛花和大自然，我的書名，有《金盞花》《幸運草》《菟絲花》《煙雨濛濛》《幾度夕陽紅》……等，和「春光出版」似有因緣。對於我，像是繁花再次的綻放。這套新的經典全集，非常浩大，經過討論，我們決定「分批出版」，第一批十二本是由我精選的「影劇精華版」，然後，我們會陸續把六十多本出全。看小說和戲劇不同，文字有文字的魅力，有讀者的想像力。希望我的讀者們，能夠閱讀、收藏、珍惜我這套好不容易「浴火重生」的書，它們都是經過千淬百煉、嘔心瀝血而生的精華！那樣，我這一生，才沒有遺憾！

　　　瓊瑤　寫於可園

　　二〇一七年十一月十日

41

吟霜睡醒了，睜開眼睛，看到靈兒在床邊看著她。

「醒了？」靈兒笑著問：「傷口還疼嗎？妳下巴上的傷，香綺拿了藥膏幫妳擦了，好太多了，現在只有淡淡的印子！」

吟霜試著想坐起來，靈兒趕緊扶著她，小心不碰到她包紮的手。

「嗯，覺得好多了，居然餓了，好想吃牛肉麵！」

「知道餓就是好消息！」靈兒大喜：「我們都吃過東西了，看妳睡得香，就沒叫妳！」

寄南進門看了一下，敲了敲靈兒的腦袋：

對外大喊：「寄南！寶寄南！吟霜想吃牛肉麵！」

「裘兒，妳對主子有點禮貌成不成？」又對外大叫：「小樂！小樂！吟霜想吃牛肉麵！

香綺！香綺！快拿洗臉水來侍候妳家小姐！」

小樂進來看了一眼，喜悅的喊：

「牛肉麵！牛肉麵！小樂立刻去廚房看看有沒有牛肉麵？如果沒有，我就去外面買！吟霜姑娘，等我！」

小樂飛跑而去，香綺端著洗臉水進門，兩人一撞，水灑了一地。

「小樂！你看你，走路不長眼睛！」香綺抱怨。

「哈哈！走路不長眼睛沒關係，有腿有腳就成！我去嘍！」歡天喜地跑走了。

「吟霜，妳的手怎樣？」寄南趕緊問道。

「吃了那麼多我爹的神藥，又喝了那麼多參湯，現在只有一點點痛！」

「那妳試試看，用妳爹教妳的方法，讓自己復元行不行？」

吟霜真的試了試，立刻覺得頭暈，就停止了。

「頭會暈，我想我還需要休息兩天！」四面看：「皓禎呢？」

「聽小樂說，好像被將軍叫去了！」靈兒回答。

吟霜一聽，頓時一怔。

「昨天鬧得那麼嚴重，不知道大將軍會不會很生氣？」又擔心的一嘆：「還有，我很怕皓禎去公主院大鬧！」

「真的！」寄南點頭：「昨晚他就說要去殺了公主！」

「寄南、靈兒，你們幫我去看看好不好？我怕他激動起來又闖禍！」

「好的好的！我們去！妳等會兒要乖乖吃牛肉麵！」靈兒說。

寄南就拉著靈兒走出小小齋，往公主院走去。靈兒很不以為然的邊走邊說：「吟霜就是心腸太好了，還擔心皓禎跑去找公主大鬧！」恨得牙癢癢：「其實，那個惡魔公主，就應該有人教訓教訓她才行啊！」

「妳還說，妳對公主又摔又打，我都不知道能不能保住妳這條小命，妳還要讓皓禎雪上加霜？妳是巴不得事情越鬧越大，唯恐天下不亂嗎？」

「哎！」靈兒生氣了，「你這王爺怎麼是非不分了，吟霜是女神醫命大，有上天保佑，才能撐到現在，要是普通人，早就一命嗚呼了。那麼惡毒的公主，還好意思叫蘭馨？根本就是黑心公主！我們就應該替天行道，再教訓她幾回才行！」

「說妳沒腦子，還真是沒冤枉妳，公主是皇上的金枝玉葉，就算她有天大的錯，也輪不到妳這個小蘿蔔出頭！」用指頭頂著靈兒的額頭：「妳呀妳！妳的蘿蔔頭快搬家了還想替天行道？妳先擔心妳自己的腦袋吧！」

「我裴靈兒，才不是那種貪生怕死的人！」靈兒豪氣的說，輕蔑的看寄南：「倒是你這個王爺，平常威風八面的，在公主面前就不敢吭氣，原來你這個『靖威王』，只會攀龍附鳳，畏於權勢！」

寄南氣得跳腳：

「本王什麼時候攀龍附鳳，畏於權勢了？本王幹了多少豐功偉業的事情，妳難道是瞎了眼，什麼都沒看到嗎？」氣到不行……「妳妳妳……妳真是氣得我快吐血了！」

靈兒繼續刺激寄南：

「對啊！我就是瞎了眼，才會認識你這個膽小鬼！我就特別看好皓禎，他呀！一定不會饒過那個黑心公主，我打賭他一定會跟我一樣……」說得熱烈還帶動作比劃著……「搧她幾巴掌，再給她幾拳！」

靈兒繼續大搖大擺往前走，寄南快氣瘋了。

他們兩人又吵架又比劃，都沒料到，公主院的後院，現在的情景，就如吟霜被用刑時一樣，有熱爐上冒著熱煙的水壺，桌上刑具盒裡的「肉刷子」，固定在桌面上的手銬和鹽巴。

皓禎抓著崔諭娘的頭髮拖行到後院，用力將崔諭娘甩到刑具桌前。

崔諭娘又驚又痛，不停哭喊，嘴裡亂七八糟喊著……

「駙馬爺！饒命啊！奴婢知錯了！奴婢知錯了！公主，快救救奴婢呀！公主！」

蘭馨護著崔諭娘，著急的攔在皓禎面前：

「皓禎！說到底咱倆還是夫妻，剛剛你已經打我一巴掌了，所有事情算是扯平，你放過崔諭娘吧！」

皓禎怒氣沖沖，一吼：

「妳還知道我們是夫妻？可妳還是做了我深惡痛絕的事情，那些被妳折磨得皮開肉綻的傷，如何扯平？」大喊：「魯超，把崔諭娘戴上手銬，拿開水來！」

魯超立刻抓著崔諭娘的手，按在桌面鎖住了手銬，提來滾燙開水放在桌上。

崔諭娘哀鳴，大喊大叫：

「駙馬爺！不行啊！您不能這樣對奴婢！您不看公主的面子，也要想想皇上皇后呀！您這樣對奴婢，怎麼向宮裡交代呀！」

皓禎對衛士喊道：

「把她的袖子捲起來，先燙左手，再砸右手！」

兩個衛士上前，就捲起崔諭娘的袖子，露出左手手臂。崔諭娘喊：

「駙馬爺不要啊！請用別的方法……喝墨汁，對對對，我可以喝墨汁……」

皓禎一愣，心口絞痛起來：

「妳們還讓吟霜喝墨汁？好，魯超，記下來，再多一樣！」

「是！小的一條條都記著！」魯超義憤填膺的回答。

皓禎拿起開水壺說道：

「我已經知道這肉刷子要怎麼用，我們就一步一步來吧！現在我們就先燙第一遍！」皓

禎說完，就準備將熱水澆在崔諭娘的手臂上，蘭馨及時和身趴在桌上，護著崔諭娘的手。她急哭了，淚流滿面地喊：

「皓禎，我知道錯了，你原諒我吧！不要這樣對崔諭娘，不要！不要！我求你了！皓禎！我求求你！」

皓禎不為所動，大聲命令：

「把公主拉到一邊去！」

兩個衛士立刻上前，拉開公主。蘭馨掙扎大喊：

「皓禎！看在父皇和大將軍的情面上，你住手吧！不要讓我恨你！皓禎！不要！」

開水依然淋在崔諭娘的手臂上，崔諭娘哀鳴尖叫：

「哎喲！要命啊！痛死了！痛死了！公主！」

蘭馨目睹崔諭娘被熱水燙得哀叫，整個身子都嚇癱了，在衛士的拉扯下搖搖欲墜。

同時，袁忠得到消息，在花園找到雪如和秦媽，急促的喊道：

「夫人，夫人，不好了！公主院又出事了，公子在對崔諭娘用刑！」

「什麼？」雪如大驚失色：「皓禎不是說要去負荊請罪嗎？難道他是去興師問罪了！哎呀！皓禎的性子，就是太剛烈，這如何是好呀！我們快去公主院！」

袁忠便和雪如、秦媽匆匆趕去。就在附近的翩翩和皓祥，早已聽到一切。

翩翩眼睛發亮的說：「這回，好像又有好戲看了！」

「這個時候，咱們可不能缺席，快去瞧瞧！」皓祥和翩翩也追向公主院。

❖

後院裡，皓禎聽到崔諭娘被燙得慘叫，心中更痛，想吟霜那嬌嫩的皮膚，當時承受了多

大的痛苦！見崔諭娘燙紅的手臂，雖然已有不忍，但為吟霜感到的痛楚，還是讓他拿起肉刷

子，在崔諭娘眼前威嚇道：

知道『肉刷子』刷下去是什麼滋味了！」憤恨的說：「妳就嚐嚐同樣的劇痛害怕吧！」

「妳應該沒想到，這麼快就有現世報吧？妳現在才知道痛，會不會太晚了？馬上妳也會

皓禎心一橫，肉刷子刷了下去。崔諭娘仰著身子，一聲哀嚎。

「啊！老天啊……」就暈死過去。

蘭馨身子癱軟在地，哭著喊著。

此時寄南、靈兒趕到。寄南一驚大喊：

「皓禎！我輸了，我輸了！只要你住手，我什麼都聽你的，再也不跟丫頭作對！」

「皓禎！住手！」一招『右撞捶』，衝過來右掌握住皓禎拿肉刷子的手腕，左手搶走皓

禎的肉刷子…「你不要衝動！」看了受傷的崔諭娘一眼，阻止皓禎…「這一下，不死也半條

命，夠了！夠了！」

靈兒大快人心，火上加油喊：

「這樣哪夠呀！還不及吟霜的傷呢？再燙！再刷！」

寄南大吼：

「裘兒，妳閉嘴！再胡說八道，我立刻把妳趕出去！」轉身對皓禎低語：「吟霜擔心你，

即使寄南低語，還是被蘭馨聽到，臉色大變，大怒喊：

「又是吟霜，一切都是那個賤人害的！如果沒有她，怎會有今天這種局面，本公主做鬼都不會饒了她！」

皓禎再也忍無可忍，從寄南手裡搶過肉刷子，對寄南喊：

「你聽到了吧！她一點悔改之心都沒有！你知道肉刷子只是其中一樣，她對吟霜用了多少刑，簡直讓我毛骨悚然！你滾開，這是我的家務事，誰都不要攔我！」

皓禎就要動手，寄南大力的推開皓禎，一招「封手下式」，攔住皓禎去路，兩人各不相讓，扭打成一團。寄南邊打邊勸：

「是兄弟的話，就聽我勸，就此停手，不要釀出大禍！」

「是真正兄弟的話，你就讓開，讓我收拾了這個老刁奴！」

兩人正在拉拉扯扯的過招，雪如、秦媽、翩翩、皓祥等人有如疾風般趕到，雪如見院子

裡的刑具驚心動魄，又見皓禎和寄南搶著那肉刷子，皓禎氣極，用力一腳踢開了寄南，寄南

飛得老遠，剛好摔到了皓祥面前。皓祥說風涼話：

「現在又是鬧哪齣啊？不是哥倆好嗎？怎麼在這打起來了？」

翩翩趕緊走到崔諭娘身邊，看到崔諭娘慘狀，心驚膽戰，嚷著：

「哎呀！對一個宮中女官需要這麼狠嗎？傷了崔諭娘會不會連累全家呀？以為跟公主聯

婚，是袁家最大的福氣，現在我看是大禍臨頭了！」望向雪如：「大姊，快救救崔諭娘吧！

救救公主，也救救我們袁家吧！」

雪如看到崔諭娘傷勢，氣得臉色慘白，走向皓禎，給了皓禎一個巴掌，痛心的說：

「娘從來沒有打過你，這是我給你的第一個巴掌！咱們袁家歷代祖先，是多麼敦厚善

良，你怎麼可以以暴制暴！你真的太讓娘失望了！」

這一巴掌讓皓祥魯超等袁家人震驚，公主院的人也怔愣住。

皓禎站穩身子，拋下肉刷子，漲紅了眼眶，看著雪如，痛定思痛的說：

「是！我不該以暴制暴，妳這一巴掌該打，我這一巴掌該挨！但是，這個世界是不公平

的！有些心地善良，對每個人都心懷仁慈的人，卻被各種酷刑折磨，如果我不以暴制暴，那

些施暴的人，怎麼知道暴力帶來的痛苦有多深多大？她們會一再重複這些手段！只有讓她們

自己嚐嚐滋味，下次施暴時才會手下留情！」

皓禎說完，掉頭而去了。寄南和靈兒也趕緊跟上。

皓祥低語：「看樣子，這個公主院，是我們家最熱鬧的地方，每日一打！明天不知道又有什麼戲碼？別把皇上驚動才好！」

雪如這才威嚴的喊道：「魯超！放掉崔諭娘，馬上請大夫給她治傷！」

「是！」魯超解開了崔諭娘的手銬，蘭馨立刻奔上前去，抱住崔諭娘痛哭失聲。

※

皓禎回到小小齋，平撫了一下自己的情緒，才進入臥房。他走到床邊，俯頭看著坐在床上的吟霜，柔聲問道：「吃過牛肉麵了？氣色好多了！手一定很痛吧？那個墊著沙袋打，綁著絲綢勒，拖著頭髮走，喝著墨水，木劍刺眼睛……還有多少酷刑妳沒告訴我？手上是外傷，身上還有沒有內傷？妳不能瞞我！」

吟霜抬頭看著他，默默不語，眼裡有著譴責的意味。皓禎迎視著她的眼光，說：

「妳用這樣的眼光看我，就像我娘給我那巴掌一樣，是想讓我慚愧後悔是嗎？」

吟霜依舊不語，只是默默的看著他。

皓禎就在吟霜面前那張矮凳裡坐下，深深看著吟霜，沉痛的說：

「昨晚，我幾乎用了一夜的工夫，幫妳清理傷口。那肉刷子刷過的每一條血痕，那燙熟的皮膚上每個水泡，我一面清理一面想，妳一定被我治得痛死了，但是妳從頭到尾沒有叫過

痛！我不一樣，我從頭到尾都在痛！」

吟霜眼裡湧上了淚，依舊不語。皓禎歉然的說：

「我沒辦法，我不是生在深山裡、帶著幾分仙氣的妳。我是個凡人，為了我們的大業，也會作戰殺敵！我沒辦法對敵人仁慈，昨晚，我整夜都在心裡說，我要為妳討回公道！」

吟霜依舊不語，眼淚慢慢落下。

皓禎受不了了，大聲說：「好了！我錯了！我不該以暴制暴！我認錯，妳不要這樣子！

妳罵我！責備我！說我沒有頭腦、沒有理性，甚至沒有仁慈之心吧！」

吟霜一語不發，只是用受傷的雙手，去圈住了皓禎的脖子。

皓禎動也不敢動，生怕傷到她，問：「妳做什麼？別再碰傷了妳的手！」

吟霜這才開口，深情的，幽幽的說道：「好想緊緊的抱住你，治好你心上的傷口！我知道，那些傷口比我身上、手上的都多……我要那個有愛、有熱情的皓禎，不要充滿暴戾之氣的你！**這個時代，暴力已經太多，只有愛心，才能治國平天下！**你的大業，不能犧牲在我身上，那我才是罪孽深重！」說著說著，淚水落下。

皓禎眼眶紅了，小心的、緊緊的抱住了她。他啞聲的，崇敬的說：

「妳的幾句話，讓我變得好渺小！好！我把那個皓禎找回來，我以大局為重，我答應妳！」

兩人深情緊擁著。

蘭馨和皓禎的風波，還沒傳進宮裡。太子也好多天，沒見到寄南和皓禎。

這天，皇上和太子騎在馬背上，並轡而馳，兩人馬步都是緩緩的。鄧勇帶著衛士騎著馬，遠遠保護著。皇上看著太子說：

「總算把你捅的這個大洞給壓下去了。榮王最近流年不利，他的美女背叛他，他最好的兄弟方宰相的兒子也不通氣，朕那『退火消氣丸』不知道能不能幫到他？」

太子不解的、誠摯的看皇上問：

「父皇！榮王明明有圖謀不軌之心，他的各種囂張行為，都在挑戰父皇的威權！為什麼父皇不乾脆把他拿下，一勞永逸呢？」

「唉！」皇上一嘆：「朕只能看在眼裡，放在心裡！榮王是朕最大的隱憂，但是，他也是當初把朕送上皇位的人。如果朕動他，是不仁不義！何況他還是朕的親家！」

「可是，他對父皇，已經先不仁不義了！」太子著急：「許多證據，都指向他的不法行為，再這樣包容下去，會危及本朝江山呀！」

「你以為朕不知道嗎？」皇上沉痛的說：「但是，朕不能讓本朝再有內亂，二十一年前，朕的太子大哥，和寧王二哥，為了爭奪王位，掀起一場腥風血雨的戰爭，百姓生靈塗炭，血流成河！兄弟二人也彼此殘殺在終南山下。榮王趁機把朕送上皇位，四王同時擁戴。

朕即位後，就立誓不讓本朝再發生內亂，也不再發生骨肉相殘的事！」

「父皇仁慈！」太子感動的說：「但是，如果內亂不可避免呢？如果榮王對父皇有叛逆之心呢？」真切的喊道：「父皇！您對他不能不防呀！」

「朕知道，事實上，朕在多年前，把他封為左宰相的時候，就架空了他的軍權！只要不給他軍權，他就沒有可用之兵！謀反最需要的是兵力！」

「原來，父皇心裡都有數？」太子震動的說：「但是，即使沒有兵權，他卻在誣陷本朝的忠良，掏空本朝的根基……這樣一天天下去，依舊危機四伏！」

皇上注視太子……

「是！朕知道，朕希望榮王只是因功高而囂張，對朕依舊是忠心的！萬一不是，那是朕最大的悲哀！雖然他沒兵權，這些年來，他培養的勢力已經太大！只要朕一動，有些擁有兵權的人會倒向他，立刻會發生一場腥風血雨的內戰，傷害最大的還是百姓！他們經不起戰亂呀！啟望，你和寄南、皓禎是三個絕頂聰明的人，或者你們可以化解這場危機！」

太子受寵若驚的說：「我們三個？」苦笑：「父皇，那大魔頭不除，我們都自身難保！」

看著天空，思索起來，想到了木鳶，想到了天元通寶，想到皓禎、寄南說的那個斗笠怪客，想到很多在暗中幫助天元通寶的人，心裡湧出一股信念，說道：「雖然我們三個力量不大，但是還有比我們更高明的人……」看皇上：「父皇的苦衷，孩兒明白了！不論局勢如何險

惡，不能引起內戰！孩兒謹記在心！」

「除惡才可以安良，所以除惡勢在必行。」皇上說：「但是，如何除惡？是個大難題！無辜的官員不能受累，無辜的百姓更不能受累。除惡如果除得不好，會遭到反噬！重要重要！」皇上語重心長的說，頓了頓，又說：「你上次說得很對，百姓是朕的活水，如果不是看在百姓份上，朕才不會幫著你圓謊，壓下你的案子！」

太子深思著，忽然問道：「可是，那東郊別府，怎麼都快完工了？父皇把自己的私房錢都給了母后嗎？那孩兒豈不是搶劫了父皇？」

皇上收起沉重的心情，忽然一笑，在太子耳邊悄悄說道：「皇后有一顆無價之寶的『藍海翠』，被一顆假的掉包了。她的珠寶太多，她完全沒發現！」

「啊？」太子大驚：「父皇你學我呀？」

「什麼話？快來跑馬！」皇上喊，馬兒衝了出去。「希望我們擔憂的事情，都能迎刃而解！快來！別浪費這片陽光和土地！」

「是！」太子振奮的應道：「啟望遵命！」

太子急忙跟著飛馬上前，父子二人，從來沒有這樣坦白交心過，兩人都陷在感動的情緒裡。皇上不時回頭看太子，眼裡充滿寵愛。太子也不時回望皇上，眼裡充滿佩服。

42

崔諭娘躺在蘭馨的床上，手傷已經治療過，擱在棉被外，蓋著白布。她額上冒汗，緩緩醒來，見到自己躺在蘭馨床上，一下子想起身，卻弄痛了傷口。

「唉！好痛！」

蘭馨帶著浸過冷水的帕子，趕到床榻邊：

「崔諭娘，妳醒了？妳別亂動，傷口讓大夫治療過了，不過妳還在發燒，我幫妳擦擦汗！」蘭馨溫柔的擦著崔諭娘的汗水。

崔諭娘悲從中來，流淚說：

「公主，奴婢怎麼能躺在您的床上，怎麼能讓公主侍候奴婢呢？」

「現在不要和我講究這些了，妳為我受苦，我應該照顧妳的！妳別哭了，越哭，傷口一定越痛。」蘭馨心疼落淚。

崔諭娘用沒受傷的手，拉著蘭馨擦汗的手：

「公主，您也別哭呀！您一哭，奴婢才會更痛的，為公主受點傷沒事的，只是這些天恐怕不能照顧公主了。」

「沒關係，只要妳的傷快點好起來就夠了。」下決心的說：「妳今天受的罪，本公主一定會加倍討回來！」

「公主，奴婢千思萬想，還是覺得駙馬爺如果不是被妖狐迷惑了，就是被下蠱了！駙馬爺這麼不顧情面的報復咱們，恐怕也是妖狐指使的！」

「我也是這麼想，越來越多跡象可以證明，白吟霜控制著整個袁家，如果袁家上下真的都被妖狐下蠱了，那我就更應該想辦法拯救袁家！」蘭馨說。

「是的是的！奴婢就是這麼想，記得以前，宮裡的大臣都稱讚駙馬爺溫文儒雅，如今卻變了性格，變得這麼粗暴，這不就是妖狐所害嗎？」

「如果白吟霜真是妖狐，那我們現在應該如何除妖呢？」蘭馨擔憂的問。

「公主請放心，只要知道禍根在哪裡，那就好辦了！等奴婢的傷好了，再去找找除妖的辦法，聽說道觀裡有會收妖的道長。」

「被妳這麼提醒，本公主是應該找機會去道觀裡一趟了！」蘭馨深思著，繼續幫崔諭娘擦汗……「可憐的崔諭娘！」

「可憐的公主！」崔諭娘輕喊，主僕情深彼此心疼著。

除了蘭馨會同情崔諭娘，沒有其他人會同情她。就連公主院裡的宮女，眼見吟霜受過的各種酷刑，也沒有人會同情崔諭娘。這些日子，將軍府裡發生的事，對每個人都是震撼。連粗枝大葉的靈兒，也受到深深的衝擊。這天，她提著水桶走到井邊，突然伸懶腰，找個地方坐下沉思發呆。寄南躡手躡腳的來到她身後想嚇她，結果才想出手，就被靈兒先發制人，用石頭往後拋，打到了額頭。寄南搗著額頭，哀叫一聲：

「唉呀呀！疼死我了！疼死我了！」

靈兒轉身面對寄南：

「想偷襲我，門兒都沒有！」

「誰要偷襲妳呀！只是想嚇嚇妳而已，妳怎麼那麼難相處啊！一點都不好玩！」

「哈！我衷兒是讓你玩的嗎？難相處的是你吧！」一會兒罵我這個，一會兒嫌我那個，在你眼裡，我就一無是處。」

「也沒有這麼嚴重！只是妳的缺點比優點多了一點點！」寄南大喇喇的說。

「你看，你就沒有一句好話！」靈兒一嘆坐下：「算了！反正我又不會和你過一輩子，等我找到好的人，我就成親去，再也不用看你臉色了！」

寄南突然緊張起來，坐到靈兒身邊：

「什麼找到好的人？」小聲的問：「妳想嫁人了？」

「我畢竟是姑娘家呀！不嫁人要幹嘛？」靈兒嘟著嘴，望著天空，羨慕的說：「尤其看到皓禎對吟霜那麼溫柔、深情、體貼！你看，吟霜一句話都不說，就讓皓禎投降了！那種感情……真的讓人太羨慕！皓禎真是個好男人！」

靈兒正說得陶醉，寄南隨手拿起地上的竹棍，敲了靈兒一記腦門。

「妳呀！省省吧！要想遇到皓禎這種癡情漢，妳得先去修八輩子的福！人家吟霜人如其名，清麗脫俗，溫婉可人，而且還是一個神醫。」嫌棄的說：「妳呢，什麼都不會，就是一個男人婆！」

靈兒起身，生氣說：

「男人婆怎麼了？男人婆就遇不到好男人嗎？」

寄南跟著起身：

「男人婆當然也可以遇到好男人囉！不過這個好男人必須是妳的剋星，把妳治得服服貼貼才行！」賊笑的：「嘿嘿，譬如……本王爺！」

靈兒嗤之以鼻，大笑：

「哈哈哈！你是我的剋星我相信，但是你絕對不是好男人！就算天下好男人都死光光了，我也不會看上你！」

寄南自信的揚著下巴：

「是嗎？話不要說得太早！不要哪一天對本王爺死纏爛打！」

靈兒對著寄南的肚子就搗了一拳，不屑的說：

「我要是看上你，就在長安城大街，打滾個三天三夜！」

「好！君子一言，駟馬難追！」

靈兒和寄南拳頭對拳頭一擊，兩人各不服氣，挑釁的笑著。

✢

接下來，是一段養傷期，青蘿在太子府養傷。吟霜在小小齋養傷。崔諭娘在公主院養傷。寄南靈兒雖然都沒傷，為了陪吟霜和皓禎，也為了逃避那讓他們頭痛的宰相府，就在將軍府暫時住下。這段時期，倒也安靜。至於伍震榮，大概被黃金劫案氣炸了，正在苦思接下來的行動。皇上賜的「退火消氣丸」，也不知道他吃了沒有？

這天，吟霜的傷勢已經好了大半，雙手只有小包紮。皓禎牽著吟霜的手，來到柏凱、雪如面前。皓禎就恭敬的說道：

「爹！娘！我知道最近我讓你們操心極了！許多想說的話，每次都說不完整！常常說著說著就說岔了，讓爹生氣。今晚，我帶著吟霜來，特地向爹娘請罪！」

皓禎說著，就和吟霜一起跪下磕頭行大禮。雪如一驚問：

27

「怎麼了？怎麼了？有話坐著說，幹嘛這樣呢？」有點歉然的看著皓禎說：「皓禎，那天娘打了你，實在是……」

「娘，別說了！皓禎應該挨打！後來吟霜用更嚴重的方法教訓了我！」

「是嗎？」雪如問，深深看向吟霜。

柏凱看著二人，一嘆說道：

「吟霜不是大病剛好嗎？別跪了，快讓她坐下！」

「將軍，夫人！」吟霜虔誠的說道：「這一跪是我早就想做的，只是進府以後，發生了太多事，讓我都措手不及，結果該做的都沒做，反而讓很多謊言來包裹謊言！造成將軍和公主院許多糾紛，都是吟霜拿捏不好分寸的緣故。吟霜錯了！請兩位原諒我！」吟霜說完，就再磕下頭去。

吟霜一磕頭，皓禎也跟著磕頭。

柏凱和雪如震動著。皓禎就接著說：

「很多事情，不能怪吟霜，認識她，也有很多狀況，但最主要的是因為伍項魁要強搶吟霜去當小妾，被我和寄南攔阻，也就是在東市大打出手那天！後來又發生很多事，讓我對吟霜就這樣從憐惜到敬佩，再也難捨難分！這份感情，爹娘或者不能體會，但是，它就是發生了，強烈到讓我無法抗拒！」

「將軍，夫人，」吟霜又接著說：「我爹和我娘，是隱居在深山裡的一對神仙伴侶，他們都是採藥製藥的大夫，我在深山裡長大。我娘臨終遺言，要我爹帶我到城市裡來，不願我在深山中孤獨一生。為了我，我和我爹才來到長安，也因此認識了皓禎。現在我爹也去世了，我在這世間，只有皓禎了！」

柏凱看著吟霜，不知為何，被她深深撼動了，一股憐惜之情，把他緊緊攫住了。

「哦！原來妳已經沒有爹娘，是在深山裡長大的女子！」

「自從認識皓禎，我才領略我娘的用意！雖然這番認識，讓我也吃了很多苦，可是，我真的非常非常感謝我娘，讓我來到長安，養育了這麼優秀的皓禎，讓我甘心為他付出一切！就算那肉刷子刷著我的手臂，我想著皓禎，就什麼痛苦都不苦了！」

柏凱看著吟霜那真摯的眼神，感動了。

「我明白了，妳還是坐著話說吧。」

「不！讓我跪著說完！」吟霜堅持的：「我雖然在深山裡長大，也念了一點書，知道什麼是忠臣，什麼是烈女！我這一生，已經跟定了皓禎，永遠不會後悔！我不在乎名分地位，也不想和公主爭寵，唯一的願望，是將軍和夫人承認我！讓我當皓禎的小妾吧！」

皓禎一驚，急忙看著吟霜，喊道：

「吟霜！不是這樣的，我們來，是要爹娘承認我們的婚姻，妳不是小妾，是我的元配啊！」

「不要讓爹娘為難了！」吟霜誠懇的說：「公主是你吹吹打打娶進門的，怎能反悔？何況她是公主呀！如果讓我當個小妾，我已經謝天謝地了！」就再度磕下頭去：「請將軍和夫人成全！」磕完頭，又跪著轉向皓禎說：「皓禎，我也給你磕個頭，請你再也不要為我和你的爹娘爭吵，和公主作戰！」就對皓禎磕下頭去。

皓禎急忙用手一攔，吟霜依舊頭點地，再抬起頭來，已經熱淚盈眶了。皓禎又著急又心痛的抓住吟霜雙手，喊了出來：

「吟霜！不要為我愛得這麼卑微！」

吟霜落淚說道：

「寧可有你而愛得卑微，不想沒有你而活得高貴！」

雪如聽著看著，內心翻翻滾滾，都是對兩人的同情和愛，不知不覺，滿臉已是淚水。她就走上前來，對吟霜說道：

「妳不要左一個將軍，右一個夫人，改口吧。妳應該稱呼我們爹娘了！」

吟霜滿臉發光的問：

「我可以嗎？」

柏凱咳了兩聲，喉中哽住了，一疊連聲的說：

「妳可以！妳可以！妳可以！」

於是，吟霜再度對柏凱和雪如磕頭，用恭敬、感激，充滿親情的聲音喊：

「爹！娘！謝謝你們接納了吟霜！」

雪如一抱，就把吟霜緊緊抱進了懷裡，說不出來有多麼疼愛。

皓禎看著，眼眶濕了。

這真是將軍府裡的大消息，翩翩在皓祥房裡，青兒、翠兒忙著給翩翩上茶。

「想不到！皓禎居然搞出外室這一套呀！」翩翩不敢相信的說。

「妳以為他就多清高啊！」皓祥幸災樂禍：「男人不都一樣嗎？妳以後別老罵我收青兒、翠兒的事情了！我比起皓禎，光明正大多了！」

青兒、翠兒交換著卑微的眼光，靜靜不語。

「這下子，公主那頭怎麼解釋呀！難怪皓禎公主對吟霜這麼恨之入骨！」翩翩說。

「所以我們後頭，還有很多好戲看。皓禎有外室，還仗勢欺人對崔諭娘用刑，這要是傳到皇宮裡去，他就要吃不完兜著走了！」皓祥笑。

「可是公主那頭怎麼靜悄悄，也沒見從宮裡召太醫來給崔諭娘治傷，難道她不打算向皇上告狀嗎？」

「八成，公主還有什麼顧忌吧！」

「事情都鬧成這樣了，難不成公主還想祖護皓禎？不讓皇上知道？」翩翩不解。

「說不定是爹施壓，不讓公主說呢！」皓祥一想，陰險的說：「公主不說，咱們可以幫公主出頭，把公主在這受的委屈，傳到宮裡去啊！」

「話是沒錯，但是如果皇上真怪罪下來，咱們還是將軍府的一份子，能逃過這個劫難嗎？」翩翩顧忌的說。

「咱們幫公主出氣，公主一定會幫咱們母子說話的！公主在我們袁家等於被孤立了，她現在急需要盟友，我相信只要拉攏好公主這條線，咱們就能主掌袁家的一切！」

翩翩同意的笑著。

❖

這晚的月亮特別明亮。被柏凱和雪如正式承認的吟霜，快樂得無以復加。在那小小齋的院子裡，皓禎、吟霜、寄南、靈兒聚在院中賞月，小樂、香綺侍候著。吟霜抬頭喊：

「大家快看，今晚的月亮好美！」

大家抬頭看月亮。皓禎說道：

「真的！今晚的月亮特別亮，所以星星都變少了！這就是『月明星稀』的道理！」

「我爹以前告訴我，星星並沒有變少，只是月亮太亮，星星那小小的光點，就被月亮的

光遮住了！」吟霜笑著說。

「是嗎？」妳爹一定常常對著夜空研究吧！」寄南驚奇。

「是！那時我們一起賞月，一起看星星，很幸福的！」忽然大叫：「有流星！哎呀，又

有一顆！」

大家站住看天空，只見一陣流星雨閃過天空。靈兒說：

「今夜的天空好熱鬧，像是在為我們慶祝什麼！」

「當然啦！」寄南說：「總算吟霜在袁家的地位，從丫頭升級了！」

「不夠不夠！」皓禎和靈兒異口同聲：「要升到元配才算！」

因為這樣的異口同聲，大家都笑了。吟霜忽然說道：

「皓禎，我突然覺得我的推拿功夫回來了！剛剛我好像自然而然的可以運氣了！我想拆開包紮看看傷口有沒有變好？不過那疤痕很醜，你不要嫌我！」

「是嗎？」皓禎驚喜的說：「趕快讓我拆開看看！我每天幫妳換藥，什麼時候在乎過妳的疤痕？那每條疤痕，都紀錄著妳對我的付出，是世上最美麗的痕跡！」

皓禎說著，已經解開了吟霜左手的包紮，香綺也解開了右手。

吟霜的兩隻手，真的復原的很好，傷疤都變淡了。吟霜驚喜的喊：

「好了！傷口都已經癒合！疤痕也不醜！相信很快都會痊癒了！」

「太好了，妳的治病功夫又回來了！」靈兒笑著叫：「那妳看能不能繼續給自己運氣，不留下疤痕！」

「留下疤痕才好，那是皓禎說的，世上最美麗的痕跡！」吟霜笑著喊。

皓禎大喜，抱著吟霜就在小院裡轉。皓禎轉著，笑著喊：

「那痕跡留在我心裡就好，妳繼續擦妳爹留下的神藥，疤痕一定會慢慢淡化消失的，妳身上最好不要再有疤痕！」

「哎呀，我怎麼想哭呢！」靈兒感動已極，居然流淚了：「吟霜和皓禎又記上感人的一篇了，唉！怎麼天下好男人都有主兒呢？」找不到東西擦眼淚了：「我什麼時候，也可以有人對我這麼好呢？」

寄南伸出衣袖給靈兒。

「我的袖子借妳用吧！」斜眼看著靈兒批評：「一把鼻涕一把淚的，醜死了！」

靈兒就真的抓著寄南的衣袖，大咧咧的擦淚和大聲的擤鼻涕。

＊

吟霜痊癒了，寄南和靈兒也必須回到宰相府去接受管訓。奇怪的是，這些日子，漢陽和宰相府，都沒派人來找寄南和靈兒。或者，漢陽在努力找尋殺掉祝家十口的幕後凶手，也或者，他在拚命找尋黃金劫案中的金子下落。無論如何，這天，寄南和靈兒決定自動回宰相

34

府，他們還有他們的任務！在將軍府門口，他們四個依依惜別，小樂拉著兩匹馬站在一旁。

寄南感嘆道：

「苦命的我，又要回到那個宰相府去受管束！在你們這兒，雖然夠驚心動魄，但是也有

笑有淚，回到那邊，寂寞啊寂寞！」

靈兒瞪他一眼：

「你這人喊寂寞，簡直是笑話！」

寄南回瞪她一眼：

「我為什麼不能喊寂寞？妳以為我有了妳就不寂寞了？」

靈兒打他一下：

「什麼叫有了我？你只是假主子，我是假小廝，你別弄不清狀況！」

「好了好了！」皓禎急忙說：「你們趕快走吧！要不然又吵不完了！」

「我們幫了那麼多忙，現在就要趕我們走！」靈兒埋怨：「好吧！走了！吟霜，妳不許

再把自己弄出傷口來，知道了嗎？」

吟霜笑著說：

「是的！裘兒，小的遵命！」

「哈哈！」寄南大笑：「看到吟霜也會開玩笑，真是人生一樂也！」

「豈止人生一樂也，真是皓禎之福也！」皓禎也笑了。

寄南和靈兒就跳上馬背，揮手而去。

吟霜和皓禎回到庭院，小樂跟隨在後。皓禎忽然說道：

「讓小樂陪妳回去，我要去公主院一趟！」

吟霜一驚，看看皓禎的神色，問：

「你……去……吵架還是講和？」

皓禎正色的說道：

「妳放心，我絕對不是去吵架！那晚，妳對我爹娘說，妳用了很多謊言來包裹謊言，結果造成了許多糾紛！那晚妳為了我，愛得那麼卑微，讓我也想做一件事，最起碼，讓我為了妳，愛得『強大』一點！」

「怎樣強大一點？你確實應該去面對公主了，但是，這強大兩個字，我還是不瞭解！」吟霜不放心的說。

「答應我，不會跟她再鬧得天翻地覆！」吟霜不放心的說。

「放心吧！我必須去面對她，是不是？」

「我答應妳！」

皓禎就向公主院走去，吟霜有點不安的目送著。

皓禎到了公主院，宮女們就驚喜的大喊著通報：

「駙馬爺到！」

大廳裡的蘭馨一怔，崔諭娘一驚。宮女們趕緊為皓禎打開大廳的門。皓禎就從容不迫的走進大廳，看著蘭馨和崔諭娘。崔諭娘手臂還小小包紮著。

「崔諭娘的手，應該也好得差不多了吧？」皓禎說：「那天那個肉刷子，我已經手下留情了，是輕輕刷下去的，不像妳們對付吟霜那樣用力！」

崔諭娘嚇得發抖，趕緊請安：

「駙馬爺金安！奴婢已經快要痊癒了，謝謝駙馬爺手下留情！」

蘭馨不敢再對皓禎凶，有點小心翼翼的看著皓禎：

「怎麼今天有空過來？坐下吧！」回頭對宮女喊道：「沏茶！駙馬爺愛喝龍井，別給我沏了香片來！」

「我不坐！」特地過來跟妳講幾句真心話，講完我就走！」

「真心話？」蘭馨困惑的看著他。

「是！我要對妳招認一些我的過錯，有些事，我確實對不起妳！」皓禎坦白的說。

蘭馨大為驚奇，卻有意外的期待……

「什麼你的過錯？你來道歉的嗎？」

「是！我來道歉！」

蘭馨睫毛一垂，柔聲的說道：

「別說道歉，我也有好多錯，我們都一筆勾銷！」

「等我說完，我們再一筆勾銷！」

「好！那⋯⋯你說！」

皓禎吸口氣，定定的看著她，清清楚楚的說：

「自從妳嫁進來，我一直在騙妳！第一，我沒有恐女症！那是我瞎編的病名！」

「但是你怎麼會斷氣呢？」蘭馨驚詫。

「那也是騙妳的！我只是假死，不是真死，吟霜有解藥，吃了就會好！」

蘭馨睜大眼睛看著他。

「還有呢？」

「我一直沒有跟妳圓房，每晚有各種狀況，都是騙妳的！因為我不想跟妳圓房，也不能

跟妳圓房！」

蘭馨開始憋著氣，努力的壓抑著。

「為什麼不想？為什麼不能？」

「就為了吟霜！她不是我家的丫頭，她是我的元配妻子！在今年四月十五日，我們舉行

了婚禮！寄南也參加了那個婚禮！如果我跟妳圓房，我太對不起吟霜，也太對不起妳！只要

不圓房，妳還是玉潔冰清的，這婚姻妳可以請妳母后作主廢掉！如果圓了房，等於是我佔了

妳的便宜！」

蘭馨開始重重的呼吸，聲音陡然提高了…「你是來告訴我，這婚姻是一個騙局？你早就

有了老婆，還來娶我？你犯了欺君大罪？你家所有人，都聯合起來騙我的嗎？」

「希望妳冷靜，這事是我的錯！」皓禎說：「我和吟霜的婚姻，我爹娘也是最近才知

道！整個故事太長，我想妳也沒有耐心聽！總之，我不想繼續生活在謊言裡！我的真愛只有

一個，就是吟霜！為了她，我不能接受任何其他的女人，請妳原諒！」

這一下，蘭馨氣得鼻子裡都要冒煙了，大聲嚷道…

「你來道歉？告訴我從頭到現在，你都不想要我，你要的是吟霜？你娶我是個騙局？」

皓禎一本正經的回答…

「娶妳不是騙局，是錯誤！當時皇上要賜婚，我也抗拒過！我也努力逃避過！太子和寄

南包括我，都明示暗示過妳，妳卻堅持妳自己相信的事！我還是可以拒婚，但是，我不巧也

是護國保李的一員，在大局為重下，不敢抗旨！當婚事一步步逼近，才體會到不能這麼做，

可是已經晚了，於是，一步錯！步步錯！」

皓禎這篇坦白的話，讓蘭馨裡子、面子全沒有了！不止沒有，還給了更深的傷痛！這個她看上的駙馬，原來從來就沒有喜歡過她！她大怒之餘，眼睛冒著火焰，吼道：

「反正！你今天來，就是要告訴我，你只喜歡那個狐狸精，不喜歡我！所以不跟我圓房，還編出一個『恐女症』來糊弄我？你這個混帳東西！你這個騙子！你這個不要臉的混蛋……」就在這時，宮女端了茶出來，戰戰兢兢的，不知道要放在哪兒。

蘭馨拿起一杯熱茶，就對皓禎臉上一潑。

皓禎沒有防備，被潑了一頭一臉的茶水和茶葉。他一愣，第二杯茶連帶杯子蓋子，都迎面而來。蘭馨狂叫：「我打死你這個假面駙馬！這個騙子、這個混帳！這個人面獸心的禽獸……」一面大叫，一面把一盞盞茶杯茶蓋都砸向皓禎。

皓禎閃身躲著，還想和蘭馨講道理，但蘭馨哪裡肯聽。茶杯都砸完了，蘭馨開始抓住什麼東西，就砸什麼東西，一時之間，房裡乒乒乓乓，各種擺飾、花瓶、文房四寶、卷軸……都飛向皓禎。

就在這一片混亂之中，不放心的吟霜拉著雪如，趕來看看皓禎如何「強大」一點？蘭馨正砸得起勁，皓禎已經被潑了滿身水，地上一堆破片。她抓起一個大花瓶，瘋狂的砸了過來，正好對著雪如而來，吟霜大驚，毫不遲疑的把雪如一把抱住，用身體保護著雪如。這個花瓶就狠狠的砸到吟霜的後背，落地碎裂，皓禎、雪如都大驚失色。

皓禎飛撲到吟霜身邊，摸著吟霜的背部，急問：

「吟霜……那麼重的花瓶，妳有沒有受傷？妳在公主院受的傷還不夠嗎？為什麼還要來這兒？」氣極了，轉身對蘭馨大罵：「我好言好語來對妳說個明白，誠心向妳道歉，妳居然如此瘋狂，妳還有沒有一點風度？」

吟霜還想緩和氣氛，急呼：

「我沒事！我沒事！皓禎你別生氣……」

雪如沒料到一進門，就有個大花瓶對自己飛來，嚇得一身冷汗。在慌亂中，被吟霜抱住擋了這一砸，心驚膽顫之後，對蘭馨忍無可忍的罵道：

「蘭馨，就算皓禎有什麼錯，今天妳在我眼裡也只是一個兒媳婦，不是公主。妳居然拿著東西就想往我身上砸！妳眼裡還有尊長嗎？我今天就用我們袁家的家規處置妳，」大吼：

「跪下！」

蘭馨看雪如和皓禎一面倒的護著吟霜，惱羞成怒，怒發如狂，指著雪如大吼：

「我是公主，憑什麼要我在袁家下跪。你們全家聯合起來欺騙我又欺負我！」怒瞪吟霜，見她又及時的救了雪如，不禁崩潰恐懼的大喊：「我知道……都是妳這個妖怪！妳是妖怪！妳是白狐！將軍府裡的人都被妳附身了！妳用妖法跟本公主作對！」哭喊著：「袁家有妖怪！崔諭娘，我們趕快回宮！趕快回宮！」

43

公主大喊著要回宮，皓禎也沒安撫，帶著雪如、吟霜，就逕自回到將軍府。在大廳中，

吟霜焦慮對雪如說：

「娘，我們就這樣眼睜睜讓公主回宮去嗎？」著急轉向皓禎：「皓禎，快去阻止呀！趁事情還沒有鬧大，快留住公主吧！」

「不用管公主了！」雪如氣憤難平：「就看蘭馨剛剛那種氣燄，連我這婆婆的話都不聽，咱們將軍府還能留得住她嗎？」關切的看吟霜，擔心的問：「吟霜，倒是妳，真的沒有被她砸傷嗎？」

「我沒有什麼傷⋯⋯」吟霜著急：「公主這麼生氣喊著回宮，咱們將軍府擔待得起嗎？

我們快想辦法呀！」

雪如無奈搖頭⋯

「這公主也真是太瘋狂！生氣亂砸東西也就算了！還說吟霜是妖怪？是白狐？她是不是瘋了？這話能亂說的嗎？」

「蘭馨是忌妒加疑心病作祟，看吟霜弱不禁風好欺負，就口無遮攔！」皓禎心灰意冷的說：「跟她講道理完全沒用！她愛上哪去，就讓她去好了！」

雪如突然一驚抬頭，嚴重的看著兩人：

「聽說朝廷正在調查幾件巫術的案子，現在公主鬧脾氣回宮，罵吟霜是妖狐，不知道會不會對皇上胡說八道，把吟霜當巫醫，參吟霜一本，那可不妙啊！這一點我們要提防才是！」

「最好蘭馨是回去自省、懺悔！而不是胡說八道！娘，別多想了，咱們『樹正不怕月影斜』！要是有對吟霜亂七八糟的傳言，到時候我們見招拆招！」皓禎有力的說。

雪如就用雙手握住吟霜的雙手，摯愛的說道：

「吟霜啊，剛剛多虧妳護著我，否則現在躺在床上的肯定是我了。」愛惜的說：「皓禎也告訴過我不少妳神醫救人的故事，知道妳越多，我越是打從心裡喜歡妳！妳一定要好好保護自己，再也不能像上次那樣，弄得遍體鱗傷了！」

吟霜太感動了，深深看著雪如說道：

「是！吟霜遵命！」

雪如就抬頭看著皓禎說：

「你不是嫌這小小齋委曲了吟霜嗎？現在就依你，把你臥房後面那一進獨立的『畫梅軒』，撥給你們住吧！」

皓禎大喜，頓時眉開眼笑，說道：

「謝謝娘！這表示……」

「當然表示吟霜不是丫頭，是你的人，是我的兒媳婦……」再凝視了吟霜一會兒：「妳要忍耐公主，那是無可奈何的事，妳……就算是皓禎的如夫人吧！」

吟霜低下頭，心中大喜，含羞的笑著。皓禎伸手，悄悄的緊握她的手，她想掙開，皓禎用力握住。她就不再掙扎，一任他緊緊握住。

❖

一棵梅花樹，傲然挺立，枝椏覆蓋著半個庭院。粗壯結實的樹幹，向天空伸展，散開的樹枝，也枝枝茁壯。樹幹上，有多年以來，留下的樹結，每個結都在訴說著不同時代的故事。現在是夏天，沒有梅花，但是葉子卻茂密的生長著，一叢叢如傘、如蓋、如罩、如亭……半傾斜的遮住庭院，像是個綠巨人伸開的手掌，在保護著畫梅軒。

皓禎和吟霜牽手奔到梅花樹下。吟霜仰頭看著那棵大樹，驚喜至極，喊道：

「梅花樹！這麼巨大的一棵梅花樹！怪不得這兒叫畫梅軒！你怎麼從來沒有帶我到這兒

來，讓我看看這棵梅花樹呢？」

皓禎也仰頭看著：

「這棵梅花樹已經有幾百歲了！是我們袁家的吉祥樹！當初妳進府，我就想讓妳住進畫梅軒，因為妳是帶著梅花嫁進來的！除了妳，誰更有資格住進畫梅軒呢？但是，娘把妳安排到小小齋，我覺得委屈了妳，心裡很不舒服，也不願讓妳看到這棵梅花樹而失落！現在，妳終於住進來了，這棵梅花樹像是我們的象徵，妳今天看到才有驚喜！是不是？」

「如果我永遠沒法住進畫梅軒，你也不讓我看嗎？」

「我知道妳遲早會住進畫梅軒！那時，妳才知道這棵樹的壯觀！」皓禎肯定的說：「等到冬天，當梅花盛開的季節，這棵樹會開滿花兒！」

「喜歡嗎？太喜歡了！」吟霜笑著：「我帶著梅花來到人間，找到了我的梅花樹，還住進一個名叫『畫梅軒』的小院，院子裡有棵幾百年的梅花樹……這一切是天定的嗎？我真怕這只是一個夢！」

「別對著那棵梅花樹發呆了，快進來看看這幾間房間吧！」

皓禎和吟霜快樂的從梅花樹下，牽手奔進大廳中。

小樂、香綺、魯超、袁忠帶著丫頭僕人們，正幫著吟霜搬入新居。大廳裡忙忙碌碌，小樂一面搬東西，一面笑著：

「哈哈哈哈！妳們終於搬到大房子了，香綺，妳也有自己的房間哦！」

「你小心一點，小姐那些最重要的藥罐藥材我來搬，你不要動，粗手粗腳等會兒給砸了！」香綺笑著叮囑小樂。

「重的東西你們都不要動，我帶人搬！」魯超開心的搬著東西：「這下，吟霜姑娘才住進了該住的地方！」

秦媽和袁忠也來幫忙，大家忙忙碌碌，穿梭進出，搬著東西。吟霜已經掃視了這一進房子，大廳考究而充滿書香，四壁都懸掛著名畫，矮桌矮榻矮几全部配套，一色紫檀木。吟霜這才知道當初那鄉間小屋，是依照什麼裝修的。除了大廳，裡面有書房、臥房、客房、僕人丫頭房一應俱全。皓禎說：

「吟霜，這也只是給妳暫時住住。我們一步步來，總要讓妳住到更好的地方，我才能安心。」

「還要再搬？我才不要！」吟霜笑著：「我太喜歡這個院子，這就是我夢寐以求的家！

我的畫梅軒，我的梅花樹，我再也不要搬家了！」

皓禎深情的看著吟霜，珍惜的說道：

「希望我們苦盡甘來！以後只有幸福，再也沒有災難了！」

吟霜依偎在皓禎懷裡，滿足到無以復加。小樂、香綺看著兩人相依的情形，都欣慰著。

袁忠在院子裡，對魯超悄悄說道：

「我們在這兒搬家，公主好像已經帶著崔諭娘和宮女們回宮了！」

「那才好呀！」魯超說：「要不然，那公主可能又要來大鬧畫梅軒！今晚，公子和吟霜姑娘，總算可以好好過一個安靜的晚上了！」

❖

蘭馨回了宮，柏凱正好出門，等到他回到將軍府，才著急的看著大家，問道：

「聽說公主急急回宮，連跟我們通報一聲都沒有！這到底是怎麼回事？」

「爹，還能怎麼回事？」皓祥幸災樂禍的說：「自從公主嫁到將軍府，發生了多少稀奇古怪的事，爹和大娘，應該也看到、聽到了！崔諭娘都被我們家用了刑，那公主還能住下去嗎？這會兒，肯定在和皇后皇上告狀，我們將軍府就要大難臨頭了！」

柏凱怒瞪皓祥：

「什麼大難臨頭？你能不能說點好聽的？」

皓禎一步上前說道：

「爹，將軍府留不住公主，當然是我的責任！幾句坦白的『真心話』逼走了公主，這樣也好，讓公主回宮仔細想想，可能是福不是禍呢！將軍府裡，也落得清靜！」

「不過公主院那邊，傳言紛紛……」翩翩添油加醬的說：「宮女們走的時候，都言之鑿

鑿，個個說說吟霜會妖術，把我們將軍府的人都迷惑了！現在吟霜本人也在這兒，是不是需要跟大家說說清楚！到底她怎樣嚇走了公主？」

「二娘不要亂說！吟霜如果會妖術，還會讓自己被肉刷子、大鐵錘傷得那麼慘嗎？聽說她被銬住用刑的時候，也有很多人親眼目睹，她怎麼沒有掙脫手銬逃走呢？怎麼沒有用妖術反擊呢？」皓禎急於保護吟霜。

雪如看了吟霜一眼，排眾而出：

「唉！那公主好凶啊！拿著東西連我也亂砸一氣，是我教訓了她幾句，她就大驚小怪喊有鬼、有妖怪！」

「是嗎？」柏凱疑惑的看吟霜，鄭重的問：「吟霜，妳怎麼說呢？」

「爹，」吟霜誠摯的回答：「吟霜只有一句話──『問心無愧』。」

「嗯，這句話有千鈞之重呀！」柏凱點頭，做出結論：「好了，有吟霜這句話，我們就別跟著公主起舞，過幾天，等到公主氣消了，皓禎再去把她接回來就是了。」

「接回來？」皓禎一挺胸：「我不要！好不容易把她送走了，還接回來幹嘛？」

「你不要？」皓祥對皓禎一瞪眼：「將軍府不是你一個人的。我和我娘，雖然在這個家裡沒有地位，好歹也是一份子，我們不能因為你這位大公子寵愛小妾，趕走公主，就跟著你們倒楣！」

「好了好了！」柏凱威嚴說道：「這事我會看著辦！看看皇上和皇后的反應再說吧！」

眼光嚴屬的轉向皓祥……「你如果那麼怕在將軍府會倒楣，會大難臨頭，你不如帶著你娘和你

的小妾，出府避難去吧！」

皓祥差點沒氣得一口鮮血吐出來。翩翩拉拉皓祥的衣服，暗示他別再說話。

❖

就這樣，蘭馨離開了將軍府，回到了皇宮。在皇上的寢宮裡，蘭馨當然對皇上和皇后告

了狀，這些告狀的內容，是能說的說，不能說的絕口不說。皇后聽到這些「片面之詞」，怒

不可遏，喊著說：

「什麼？已經有外室了？還接到家裡？又對崔諭娘用刑？這個袁皓禎，真是膽大包天！

本宮一開始，就覺得將軍府不是一門好親事！」說到蘭馨痛處，她瞄一眼蘭馨，停了嘴，卻

又高傲的嘆息……「唉！這就是女大不中留，吃苦後又回頭！既知如此，何必當初！」

「母后還想在女兒的傷口上撒鹽，是嗎？」蘭馨崩潰流淚：「這個時候，高高在上的皇

后，妳就不能當一會兒好母親，安慰安慰妳的女兒，撫平妳女兒的傷痛嗎？」

皇后被說得刺痛，確實也對蘭馨起了惻隱之心，搖頭一嘆。

皇上對這閨閣中事，實在頭痛，忍不住插嘴……

「唉！蘭馨呀，其實妳也想得太多了！男子漢大丈夫，有個三妻四妾極為平常，以皓禎

的年紀，房中早就有人也是常情，這有什麼好小題大作的呢？」

蘭馨擦乾眼淚，強硬的說：

「別的男人三妻四妾，那是別人的事！在我蘭馨公主的婚姻裡，就是不容許有第二個女人分享我的丈夫！何況他們袁家從上到下，整個家庭聯合起來欺騙本公主！父皇，您還覺得是女兒小題大作嗎？」

「隱瞞妳，也可能就是畏於妳的身分，妳不要太霸道了！」皇上說：「既然嫁進皓禎家，就應該遷就皓禎才是！」

「還要我遷就皓禎？」蘭馨驚愕：「父皇，您完全不為我的身分和自尊著想嗎？」

「皓禎是朕器重的臣子，將來他一定大有作為！他也是妳堅持選的駙馬，即使他自己後宮多嬌麗，了委屈，是個大度的女子，就要以和為貴！」皇上不是偏袒皓禎，因為他自己後宮多嬌麗，對於皓禎房裡已有女子，根本不認為是什麼大事。

蘭馨氣得發暈，皇后一步上前說道：

「皇上，再怎麼說蘭馨貴為公主，可不是平民小老百姓，就算要納妾，也要通過蘭馨這一關才是。蘭馨才嫁過去多久，就鬧出這種事情！」嚴厲的說：「這一定要嚴辦！不能輕易的饒過袁家！」

「唉！」皇上煩惱的說：「做人道理是勸和不勸離的，皇后妳……怎麼能火上加油呢？

蘭馨，不許胡鬧，快回將軍府去！這事一定是妳太驕縱了！」

蘭馨驚恐，大喊：

「不！我絕對不回去！那個家有鬼！那個白吟霜就是妖狐變的，就是她把皓禎迷得團團轉，不惜與我恩斷義絕！父皇一定要幫女兒作主！」

皇上不以為然，搖頭說道：

「妖狐鬼怪都是人編出來的，世間哪裡會有什麼妖狐鬼怪？妳不要跟著那些無知的人胡言亂語！」

「女兒說的都是真的！」蘭馨急切：「那個白吟霜，不管我怎麼欺負她，怎麼對她用刑，她居然都能安然無恙⋯⋯」

皇上大驚打斷⋯

「什麼？妳對她用刑？」著急⋯「妳怎可仗勢欺人？哪兒來的刑具？朕正在用人之際，妳居然為了皓禎的小妾，鬧到離家出走！妳知道皓禎對於朕，多麼重要嗎？」

崔諭娘一急，對著皇上下跪，全身發抖：

「皇上皇后，千真萬確，公主說的句句實言，那個白吟霜長得就是狐媚樣，她肯定就是妖狐所變，才有辦法關關難過，關關過啊！」

「咦！」皇上又一驚⋯「什麼『關關難過關關過』？」對蘭馨一板臉⋯「妳處處刁難人家

是吧？妳這脾氣難怪會惹得皓禎不高興，妳也應當自省！」

「父皇！袁家上下一定都是被白吟霜下了蠱，否則他們不可能全家都向著她！連寶寄南也向著她！寶寄南的小廝也向著她！」

皇后一聽與寄南相關，立刻眼中冒火，尖銳的說道：

「寶寄南也認識這個妖女？皇上，您可否記得？臣妾曾向皇上提過，要小心身邊那些親王試圖謀反，勾結奇人巫術作法，擾亂長安城安寧的事情嗎？那麼這個袁家的白吟霜，會不會就是會作法的女巫？」

「好啦！」皇上一怒…「這種沒有根據的事情，不許再胡說了！妳們母女倆也不許再危言聳聽，還把寄南也拖下水！寄南雖然放蕩不羈，卻是個好男兒，朕信得過他！」呼口氣，轉向蘭馨：「父皇是妳的親爹，有必要告訴妳一個道理，所謂夫妻就是，即使大吵一架走出門，最後還是會提著一塊肉回家，這個就是真正的夫妻！」

「什麼？」蘭馨不可思議的喊…「難道在皓禎那樣的欺騙我、侮辱我之後，我還要帶著金銀珠寶回去討好他？」

「沒錯！如果妳還要這個婚姻，還喜歡著皓禎的話，妳就必須回去維護好妳的婚姻！」

皇上疲憊的…「唉！朕累了！妳自己好好想想，既然回宮，就當作回來探望父皇母后，沒事就快回去婆家，好好侍候公婆，尊敬自己的夫婿，不可以再任性！」

蘭馨啞口無言，洩氣沮喪，崔諭娘無奈的扶著蘭馨，回了出嫁前的寢宮住下。

❖

這口氣，皇上不幫蘭馨，那麼伍震榮呢？皇后最近，對伍震榮也有諸多不滿，自從皇上曾告過她之後，她和伍震榮也保持過一段距離。現在，事情接二連三發生，她也顧不得避嫌，在密室裡大大的批判了伍震榮：

「榮王！你這段日子幹了些什麼好事？把太子弄進太府寺，除了讓太子被金液燙了點小傷之外，什麼成果也沒有！賣官讓他佔了便宜，我那大筆的金子也丟了！到底是你在算計太子，還是太子在算計你？」

「皇后別氣，太子幫這群人，遲早會被我消滅的！妳等著瞧，下官還有一個大計畫正要進行！妳想我榮王是何等人物，怎可能讓太子安枕無憂？不過棋要一步一步的走，或者是下官太急躁……除了太子，還有和太子幫聯手的四王！」說著眼神一變：「怎麼蘭馨公主回宮了？聽說還被皓禎給欺負？這事是真是假？」

「別提蘭馨了！提到她，本宮更是一肚子氣！」

「最近被太子的事鬧得烏煙瘴氣，都沒空關心蘭馨公主，難道那袁皓禎不但幫著太子，還敢惹惱公主不成？他不想活了？」

皇后這才把蘭馨的那些「片面之詞」，說了個大概。話沒說完，伍震榮就氣極敗壞，急

急說道：

「皇后！讓下官陪著妳去安慰安慰公主吧！皇上不支持她，還有我榮王呢！」

皇后便帶著伍震榮，來到蘭馨的寢宮，儘管莫尚宮私下阻攔了一下，對皇后說：

「公主才回宮，滿肚子氣！她和榮王又不對盤，這時帶榮王去看公主，合適嗎？」

皇后對她一瞪眼，莫尚宮也就不說話了。

蘭馨正在毛焦火辣，這也不是，那也不對，忽然看到皇后帶著伍震榮來到，更是又驚又氣，對皇后發脾氣：

「母后是故意帶人來看本公主的笑話嗎？妳讓他來幹嘛？」

「公主，請別動怒！」伍震榮奉承著：「您受了這麼大的委屈，下官絕對不會袖手旁觀的，一定替公主討回公道！」

「蘭馨，妳不會這麼快就好了傷疤忘了疼吧！」皇后說：「方才還哭哭啼啼要父皇為妳討回公道，怎麼現在又不讓他插手了？」

「本公主的事情，不需要你插手！」

蘭馨一時無言以對，高傲的把頭轉向一邊。皇后說：

「妳的事情，本宮看不下去了，之前妳執意要結這門親事，本宮讓步的結果，就是害妳去袁家吃苦。現在本宮不會再讓步第二次！這次本宮管定了，一定讓他們袁家付出代價！」

「對對對！」震榮一疊連聲說：「一定要袁家人跪著向公主磕頭求饒！真是欺人太甚了！完全不顧公主的尊嚴，公主想怎麼嚴懲這一家子，請直說，下官沒有辦不到的事！即使要削了袁家的爵位，滅了袁家，下官也一定幫公主達成心願！」

「削了袁家的爵位，那本公主要淪落到哪裡去？」蘭馨怒瞪伍震榮：「你若敢滅了袁家，本公主就先跟你拚命！」

伍震榮好心沒好報，還被蘭馨臭罵，氣得看向皇后。

「妳真是死心眼，人家都那樣對妳了，妳還對他們心軟，妳以往皇家的氣勢、公主的霸氣，都到哪去了？」

「殿下，公主難得回來，妳們母女倆好好相聚。」伍震榮眼中帶著怒火，陰鬱的說：「嚴懲袁家是早晚的問題，下官隨時待命。」

皇后一嘆，無奈的看著蘭馨，聲音放軟了…

「既然回宮，就多住幾天吧！總之，袁家就算有皇上撐腰，本宮也不會坐視不管，妳就等著皓禎進宮來賠罪吧！」看伍震榮…「我們走！」

皇后和伍震榮從蘭馨屋裡出來，兩人低語著，莫尚宮帶著眾宮女遠遠隨後。

「除了這個袁皓禎，還有那個寶寄南，你可別忘了，剛剛皇上還護著那個寶家的餘孽。」

「聽崔諭娘說，在袁家，他還帶著他的小廝，跟蘭馨動手！」皇后恨恨的說。

「那個靖威王，和皓禎是最好的兄弟，他現在住在方世廷那兒，還會有活路嗎？妳放心，下官自有安排。雙管齊下！」

伍震榮沒有耽誤，立即去了宰相府。兩人在花園中密談。世廷一面聽，一面點頭，陰沉的說：

「榮王左宰相的事，就是我右宰相的事。那個讓人頭痛的竇寄南，榮王就交給我吧。正是皇上讓我管束的，如何管束，就是世廷的事了。」

花園一隅，漢陽憂心忡忡的、悄悄的看向榮王和世廷，心裡想著⋯

「最近榮王來得頻繁，不知又在算計誰？」

❖

這夜，在畫梅軒的臥室裡，兩情繾綣，柔情如水。

房間布置得雅致無比，床上的帳幔，飄蕩在從窗外吹來的夜風中。房裡燃著一對紅燭，燭光爆著小小火花，窗外夜空，一彎新月如鉤。皓禎摟著吟霜，兩人站在窗前注視著明月。

吟霜忽然嘆了一口長氣⋯

「怎麼了？」皓禎被嚇到⋯「今晚我覺得好像是我們的新婚一樣，充滿了甜蜜，但妳為什

「唉！」

麼嘆氣呢？」

「每次有災難的時候，總覺得時辰長得過不完，可是，幸福的時候，好怕時辰轉眼就消失了。像今晚這樣，有點不真實的感覺。」

「難道妳痛苦的時候，才有真實的感覺？幸福的時候沒有？」

「就是！好像這幸福，是從老天那兒偷來的、借來的，很怕老天會收回它，更怕還要付代價。時時刻刻，總有隱憂跟著我。」

皓禎把她更加摟緊一點：

「我明白。公主還威脅著妳，皓祥的話影響了妳，妳生怕一切被皓祥說中。」

「還不止，還有你心心念念的大業，每次你出門，我也很擔心你。」

皓禎憐惜的把她身子轉過來，摸摸她的臉頰：

「這樣一個小小的人，這樣一顆小小的腦袋，要承受多少的重擔？」就點點頭說：

「是！生命就是一副沉沉重擔，但是，不是妳一個人在承擔，我跟妳一起挑著它，不管是苦難還是幸福，我們的手握在一起，命運鎖在一起，這樣想著，會不會比較安心呢？」

「是！這樣想著，苦難就離我很遠很遠了，有你在一起，只有幸福！」

吟霜說完，就用雙手勾著皓禎的脖子，深情的凝視著他。皓禎瞬間被融化，把她橫抱起來，走向床邊，把她輕輕放上床，自己跟著上床，伸手一拉，帘幔垂下。在帘幔裡面，燭光搖曳的照進來，吟霜用霧濛濛的眸子，注視著皓禎。皓禎接觸著這樣的眼光，整個人都不由

自主了。他伸手解開吟霜寢衣的帶子，那件寢衣就「羅帶輕分」，露出了吟霜白皙的肌膚。

吟霜害羞不已，雙頰泛起酡紅，那酡紅一直蔓延到雙鬢的髮絲邊。皓禎情不自禁，用嘴唇從她的雙頰，滑到她的鬢邊，在她耳邊低語：

「妳知道嗎？每次妳臉紅的時候，唇邊就會浮起一個小酒窩，看到這個小酒窩，我就醉了……」說著，嘴唇從她的鬢邊，又滑到她的唇邊，呢喃的說：「小酒窩，讓我盡情一醉吧！」

吟霜的臉更紅了，那小酒窩也更明顯，旋即被皓禎的唇蓋住了。

❖

這夜的畫梅軒柔情無限，幸福滿滿。但是，宰相府裡的寄南和靈兒，卻大大不同。夜色裡，兩人從外歸來，靈兒正耍著她拿手的流星錘，到處揮舞，邊練手邊叨唸：

「可惡的黑心公主，居然這麼歹毒，簡直像蛇蠍一樣，到底有沒有人性呀！下次再遇到，我就用我的流星錘教訓她！」一想到就生氣：「好久沒耍我的流星錘了！」

靈兒越說越生氣，用力甩出流星錘，差點打到迎面站著的方世廷身上。

「你這個小廝，居然膽敢在我府中揮打武器，意圖暗算本大人！」世廷怒喊，回頭大叫：「來人！把這兩個主僕都給我抓起來！」

立刻，站在世廷身後的一排衛士，就拿著武器，氣勢洶洶的衝了過來。

「宰相大人，有話好說！」寄南大驚，嚷道：「裘兒只是玩著她的流星錘，那玩意傷不了人，怎麼當成武器？」

世廷威嚴有力的怒斥：

「寶寄南，你別再幫你的小廝說話！你和裘兒兩個，是皇上交待下來，要本宰相『管束』的。現在，你們把宰相府當客棧一樣，高興回來就回來，不高興回來就幾天不見人影。本官眼看管束沒用，只有用另一種管教法來收拾你們！」一揮手喊道：「把他們抓起來！帶下去！」

突然間，就有大批衛士們衝來，靈兒拔腿就跑。寄南緊急應變，抬手就是一招「推門望月」，對著面前的衛士揮拳打去。卻如同打在銅牆鐵壁上，痛得甩著自己的手。另外一面，靈兒哪兒是衛士的對手，已被幾個大漢捉住，反剪了雙手，流星錘也被搶走。靈兒大喊：

「寶王爺！救命啊！裘兒打不過他們……」痛得慘叫：「哎喲哎喲！」

「方宰相，你敢傷了裘兒，我跟你沒完！」寄南跳著，叫著：「皇上要你管束咱們，不是要你謀殺我們！你們趕快放掉裘兒，要不然……」

寄南話沒說完，幾個衛士圍著寄南拳打腳踢，「古樹盤根」、「指路揚標」、「旋風劈山」、「三環套月」；翻掌、穿掌、直劈、斜劈、下插、抱拳剎掌……招式綿密，招招狠毒有力，上中下三路全被攻擊。寄南急忙應戰，打得手忙腳亂。他眼看不敵，放聲大叫：

「漢陽！方漢陽！大理寺丞方漢陽！趕快來救本王！你爹仗著朝廷勢力，想要了本王和

裘兒的命！你如果是個血性男兒，趕快出來呀……」

寄南一邊打著架，一邊高叫，忽然一個麻袋從頭罩下，他什麼都看不到了。寄南在麻袋

中掙扎，喊著：

「要打架，就光明正大的打，用麻袋是什麼下三濫的招術？這是宰相府，還是強盜窩？

放我出來，放我出來！」

一個高大的衛士扛著寄南，同時，靈兒也被麻袋罩住，扛在另一個衛士肩上。靈兒掙扎

大喊：

「我不能呼吸了！這麻袋好臭，是裝雞的還是裝鴨的？」

世廷冷冷說道：

「是裝不男不女，不三不四，不正不經的王爺和小廝的！」

兩個衛士就扛著兩人飛奔，眾衛士跟隨，世廷急步在後。此時，漢陽聽到寄南的求救

聲，驚訝的倉皇奔來。他看到這種狀況，大驚失色，急呼：

「爹！你要做什麼？使不得使不得！在宰相府，不能動用私刑！寶王爺在我們府裡是

客，不是犯人呀！」

寄南聽到漢陽的聲音，大喊：

「漢陽！你如果是個好官，就要主持正義……」

「漢陽！」世廷怒聲：「這兒沒你的事！他們兩個，是我方世廷的責任！我現在盡忠幫

皇上除害！」

「漢陽大人！救命啊……救命啊……」靈兒大喊。

一行人就這樣扛著的，喊著的，押著的，追著的，被帶離庭院。

接著，兩個麻袋被摔進了冰窖。世廷站在門口，威嚴的說道：

「你們兩個，就在這兒閉門思過！」

「爹，這兒是冰窖呀！」漢陽著急的說：「待不到半個時辰，他們就會凍死！怎能把他

們關在冰窖裡？要閉門思過，關到柴房裡去吧！」

「柴房不是關過了嗎？有什麼用？」世廷冷哼一聲：「冰窖才是能夠讓他們冷靜的地方！」

大手一揮：「我們走！」

「不行不行！」漢陽著急驚喊：「爹！趕快把麻袋鬆開……」就要上前解開麻袋。

世廷對衛士一吼：

「把公子帶出去！」

幾個衛士立刻抓著漢陽，連拖帶拉的拉出門外去了，世廷也跟著離開。

厚重鐵門立刻發出巨響關上，接著是上鎖的聲音。

靈兒在麻袋中掙扎了一下，居然口袋沒有綑綁，她一下子鑽了出來，眼見寄南也從麻袋裡鑽出來了。兩人趕緊打量環境，只見冰窖內的高牆處燃著一盞風燈，四周全是厚重的冰牆，沒有窗子。靈兒四面看看，衝到寄南身邊，就對他一陣亂打，喊道：

「我真是跟錯了主子，你聰明，你偉大，趕快想辦法，讓我們兩個離開這個鬼地方！這個惡犬，比那個豺狼還凶，明明就是要凍死我們！」

寄南趕緊抓住靈兒亂打的手，說：

「這個緊要關頭，妳不想辦法脫身，還浪費體力，對我亂打一通？」

「好冷好冷！活動活動，才不會凍僵！」

寄南感到她的手已經迅速的變冷，著急起來：

「妳的手像冰柱一樣，這麼快就凍僵了？這兒是冰凍了千年萬年的冰洞嗎？」急著四面張望：「我得把妳弄暖和一點！這兒也沒冷藏任何東西？沒有豬肉也沒牛肉！沒有酒也沒糧食，平常是做什麼用的？」

靈兒停止打寄南，也四面看，顫慄的說道：

「平常大概就是對付我們這種人的地方，只要一個時辰就結束了，再用這兩個麻袋，把咱們扛到亂葬崗一丟！這次，可沒有吟霜的解藥來救命了！」

寄南敲著靈兒的頭，鼓勵的說：

「我告訴妳，在最絕望的時候，也要抱著希望，這才是正面的思考方式，懂嗎？要想方法脫困，懂嗎？」

靈兒發著抖，顫聲的說：

「不懂！我的腦子已經凍死了！」

寄南趕緊脫下自己的外衣，把靈兒緊緊包住，急呼：

「不可以凍死，腦子、手、腳……身體上所有部位，都不可以凍死！妳趕快跳一跳，動一動，妳打我好了，拳頭拳頭來呀，來呀……」跳著叫著，挑戰著靈兒：「來打呀！妳不是說，活動活動，才不會凍僵嗎？」

靈兒跌坐在地上說：

「可是……拳頭……拳頭……也凍死了！」

這個時候，采文正在祖宗祠堂裡，匍匐在地，對著祖先磕頭，虔誠說著：

「娘！媳婦早燒香，晚燒香，請您在天之靈，保佑方家子孫呀！最近，那榮王三天兩頭就到我們這兒來和世廷交頭接耳，令采文心驚肉跳，總覺得這之間有問題！請保佑世廷的初心，忠孝仁義，忠孝仁義啊……」

堂外漢陽跌跌撞撞，狂奔而來，氣極敗壞的喊著……

「娘！娘！冰窖鑰匙！趕快帶著冰窖的鑰匙，去救寄南和裘兒，他們被爹鎖在冰窖裡，讓他們在那兒閉門思過……」

采文從地上直跳起來，大驚問道：

「什麼？關進去多久了？鑰匙鑰匙，我去拿鑰匙！」

母子二人向外狂奔。

半個時辰後，在世廷的書房裡，世廷好整以暇的在書桌前練毛筆字。漢陽一臉鬱怒的站在一旁。寄南和靈兒已經換了衣服、裹著毯子，臉色蒼白的站在世廷的書桌前。

采文帶著丫頭，匆匆忙忙送來薑湯，說道：

「寶王爺，裘兒，趕快把這薑湯喝了！可以袪除寒氣！」

靈兒接過薑湯，就咕嚕咕嚕的大口喝著。寄南接過薑湯，就重重的往地上一摔，碎了一地的碎片。他對世廷咆哮道：

「方世廷，我會遵旨來到宰相府，是敬重你的才華風采，想當初你殿試拿到狀元，也做了幾年好官，但自從當了右宰相就變了一個人，原來你換了官位也換了腦袋，居然想把我和裘兒弄死！我和裘兒到底犯了什麼罪？你要置我們於死地？」

世廷抬頭冷冷的看著寄南，問：

「本宰相弄死你們了嗎？你們不是好端端的在這兒喝著薑湯，還大呼小叫砸東西？」

漢陽實在聽不過去，挺身而出：

「爹！如果不是我和娘帶著鑰匙即時趕到，他們真的已經凍死了！那冰窖怎能關人呢？」

采文用憂鬱的眼光看著世廷。

靈兒喝完薑湯，放下碗。

「咳咳咳！裘兒的舌頭都凍死了，喝了薑湯才活過來！」看著寄南：「王爺，你好不容易逃過一死，怎麼把薑湯給砸了？現在還能喝到薑湯，是你命大福大，我倆都該謝謝漢陽大人和夫人！」

世廷瞪了寄南一眼說道：

「你的小廝比你還有氣概和見識！說的也是人話！你既然沒凍死，就該明白沒人要你死！你是一個王爺，該有王爺的氣度，整天放浪形骸，和小廝勾肩搭背，有什麼資格跟我談才華風采？我問你，你知道什麼是氣概？什麼是氣度嗎？甚至，你知道什麼是『氣』嗎？男子漢，就該有股氣勢，本官現在幫你找回你的『氣』！」

寄南一呆，盯著世廷，突然恢復了嘻笑怒罵的原形，大笑起來說道：

「原來宰相是在和寄南開個玩笑，為了讓寄南明白男子漢該有的氣度、氣概和氣勢！這個『氣』字，確實不簡單！」重重的咳了一聲，清清嗓子，有力的說道：「氣者，流動無形

之力量也，氣之輕清，上浮者為天，氣之重濁，下凝者為地。氣之不輕不重者，中形之而為人。氣在人體中，流竄於體內，擇路而出。從上而出者曰『嗝』，從下而出者曰『屁』！」

大笑：「哈哈哈哈！宰相大人，雖然你貴為宰相，你我的氣都一樣，不是打嗝，就是放屁！」

寄南一番高論，氣得世廷臉紅脖子粗。漢陽想笑又拚命忍住，靈兒卻忍不住大笑起來，不但大笑，還笑得搗著肚子說：

「剛剛才差點凍死，現在還有笑話聽！笑得我肚子痛！」忽然身子一正，看著漢陽：「不過，漢陽大人的救命之恩，裘兒永遠記在心裡！」漢陽的眼光和靈兒一接，眼神不由自主的溫柔起來。

采文戰戰兢兢的看著這一切，心裡默禱著：

「方家的列祖列宗啊！保佑世廷不要濫殺無辜，保佑漢陽不要斷袖啊！」

當皓禎、吟霜、寄南、靈兒各有狀況的時候，太子正用手枕著頭，看著屋頂發呆，深思著：「如何不動干戈，除掉榮王的勢力，這確實是個難題！」皺眉：「這事還是得等寄南和皓禎有空，仔細商量一下。伍震榮加上皇后的力量，已經成了本朝大患。原來父皇也看到了問題，並不是完全被蒙蔽⋯⋯」

一聲門響，青蘿捧著太子乾淨的內褂進房，關上房門。她走到太子身邊，柔聲說道：

「太子妃要青蘿來侍候太子就寢。請太子更衣。」

太子的心思，從國家大事上，回到眼前。他看著青蘿一怔，關心的問：

「妳的傷完全好了嗎？」

「回太子，已經完全好了。御醫的醫術高明，奴婢的傷勢也不重。」

太子坐起身子，凝視青蘿，坦率的問道：

「青蘿，太子妃想讓妳做我的良娣，妳下如何？想不想就此跟了我？」

青蘿一驚，把手中的衣裳放在床榻上，退了幾步，就跪下了，惶恐的說：

「青蘿不敢！就讓青蘿做奴婢吧！」

「為何不敢？」太子不解的問：「上次妳不是還對楓紅她們說，要把太子府當成家，『家』的意義是什麼呢？難道妳不想幫太子妃一起治理東宮？」

青蘿看著太子，眼淚衝進眼眶：

「太子，青蘿從榮王府過來，早就被佔有蹂躪過，敝帚之身，何以能侍候太子？不行不行，絕對不行！」

太子不禁憐惜，凝視她問：

「如果本太子不在乎呢？」

「您應該在乎！」青蘿哭了：「良娣是多麼高的地位，必須出身名門，人品清白，像我這種被糟蹋過的女子，能在太子身邊當個婢女，就該惜福！」她恐懼的說：「請求太子不要勉強我！太子和太子妃的這個提議，已是青蘿最好的恩惠，青蘿感恩不盡！」

太子看她惶恐至極的模樣，疑心頓起。

「青蘿，妳有什麼把柄抓在榮王手裡嗎？坦白告訴我！」

太子這樣一問，青蘿哇的一聲就痛哭起來，說道：

「青蘿全家被害，唯有一個弟弟，今年十四歲，被伍震榮捉拿，不知道關在哪兒。他是我們顧家僅存的一脈香煙，伍震榮說，如果我背叛了他，他會殺掉我弟弟！上次我太痛恨他又要設計太子，幫了太子，只怕我這弟弟已經凶多吉少！如果我再成為太子的良娣，我那弟弟還會有命嗎？」

太子大驚，拍著臥榻起立，大聲說道：

「有這等事？這個伍震榮簡直喪心病狂！青蘿！妳放心，我這就派出所有東宮高手，去追查妳弟弟的下落！務必讓你們姊弟重圓！」

44

好多日子沒見面的太子、寄南、皓禎三人，因為青蘿一篇話，這日終於聚在太子府的密室裡。寄南看著太子，睜大眼睛說：

「太子把我們召來，是要幫著青蘿尋找弟弟？這等芝麻小事還要我們插手？」

「不，這看來並非小事！」皓禎嚴重的說：「如果青蘿所言屬實，伍震榮淫威脅迫良家女子，扣押她們的親人，來控制她們幫他作惡，實在是罪大惡極！」

「皓禎不愧是好兄弟，一點就通！」太子坦率的說：「青蘿對本太子而言，已不是一個小小婢女，她勇敢又識大體，有見識又深明大義。忍辱負重就是為了保全她的弟弟，何況楓紅她們三個，也都有家人，一樣被伍震榮擄走，要脅三個女子為他所用。」

「該殺的伍震榮！就沒有幹過一件好事。」寄南看著太子：「那麼，是要我們去找這些親人嗎？這些人多半被抓到榮王府去了，我們來個夜探榮王府？」

「不用！」太子說：「青蘿的弟弟我已經派人找到了，現在和楓紅她們三個的親人關在一起，不在榮王府，而在虎嘯山裡面的一個石屋裡。」

「虎嘯山？」寄南眉頭一皺：「那兒地勢相當險惡。原來伍震榮還在山裡弄了一個祕密監牢。既然知道在虎嘯山，我們還等什麼？殺過去劫人就是了！」

「不忙，石屋在虎嘯山什麼地方？」皓禎沉穩的說：「要去，還是要計畫一下，我去招呼兒弟們。」

「這事不能大張旗鼓的幹，最好也不要天元通寶加入！萬一驚動朝廷，為了一個青蘿，我這樣大動干戈，伍震榮肯定栽我一個風流太子的罪名，再大肆渲染！連那玉帶鉤事件，也會變成青蘿做偽證……那麼，我們又中計了！」太子說。

「明白了！」皓禎說：「我去調配人手，啟望不要去。」

「奇怪，每次都是我的事，讓你們兩個冒險，而我不去？那怎麼可能？」太子瞪眼。

「管他什麼山，大家一起去！」

❖

太子決定一起去，那就沒法改變，就是一起去！

因為太子已經把地形調查得很清楚，皓禎等人很快就潛入了虎嘯山，也找到了那間藏在深山裡的石屋。石屋四面都用石頭砌著，看不出門在何處，石牆外有四個壯漢正喝酒聊天。

70

太子、皓禎、寄南、鄧勇、魯超帶著四個便衣武士，九人穿著武術便裝，埋伏在石屋外圍窺視著。寄南低聲問：

「確定青蘿的弟弟被關押在這裡嗎？」

「沒錯，我的人已經在這兒監視好幾天了，外面就只有這四個人把守。」太子說。

「一路上我也觀察了一下。」皓禎說：「伍震榮似乎沒有什麼重兵布署在這，憑我們九個人的身手，應該可以速戰速決，救出被囚的人。」

皓禎說話間，石屋內有人敲牆喊著，一個男子虛弱的聲音：

「外面的大爺，可以給點水嗎？屋裡有人病了，給點水喝吧！」

外面的壯漢對屋裡喊著：

「喝什麼水？喝多了，你們又給本大爺尿一屋子，不給！」

「連水都不給喝，欺人太甚！我們還等什麼？」太子大喊：「救人！」

太子、皓禎、寄南、鄧勇、魯超帶著武士，一連數個縱躍如飛，衝向石屋，兩個人對付一名壯漢，雙方短兵相接，刀光劍影在陽光下閃閃爍爍。魯超一馬當先，直衝向看來是領頭的掄錘壯漢，一招「金蛇盤柳」，刀鋒迎著鐵錘，盤繞而上腕，一刀緊似一刀，險象環生，刀尖始終不離那執錘的手，攪得那名壯漢，心神大亂，汗流浹背，只有招架之功，而無還手之力！

皓禎、太子、寄南趁此機會，直奔石屋，卻不得其門而入。

「這石屋的大門在哪兒？難道還有機關不成？」太子問。

寄南猛的撲向和魯超交手的壯漢，一個「撞肘」、「左擒打」，搶過那壯漢的鐵錘，一個縱躍回到石屋前，壯漢正在全力應付魯超，來不及反應，鐵錘已經脫手。寄南拿著鐵錘，對著石屋一陣亂錘，喊道：

「我把它前前後後給砸爛，不過就是個石頭房子嘛！」

「寄南！智取！」皓禎就大叫道：「找到門了，原來隱藏在這兒！」

正在和鄧勇交手的壯漢一驚，急忙擺脫鄧勇，飛奔過來保護石屋的門。他攔著密門，揮舞著武器說：

「不許進去！榮王交待，任何人都不許進去！」

太子看了立刻出手，一招「力劈華山」，一拳打倒壯漢，一個「轉身下式」，抬腿猛踢，一腳踢開暗門，往門內衝去，對倒地的壯漢說道：

「謝謝帶路！」

皓禎急呼：

「寄南，保護太陽星！魯超！一起進去！」

四人衝入石屋，卻驚見石屋後門洞開，室內空無一人。四人再衝向後門，只見若干壯漢

72

押著幾個衣衫襤褸的人犯，正奔向虎嘯山深處而去。太子怒喊：

「石屋還有後門？」

「快追！別讓他們跑進叢林！」皓禎喊。

「魯超！鄧勇！追啊！務必把人救出來！」寄南大喊。

四名壯漢又衝進門來。魯超帶著武士左右開弓，使出「順風掃葉」式，刀身一緊，掄起一片刀花，罩住對方身影。轉瞬間，刀鋒過處，鮮血四濺，撂倒四名壯漢。皓禎、太子、寄南已經追向山林。鄧勇魯超隨後趕到，大家跑進樹林，就看到幾名穿著破舊衣服的人，彼此抱成一團，瑟縮的蹲在樹叢下。

太子立刻奔過去，喊道：

「誰是青蘿的弟弟顧秋峰？誰是白羽的爹？我們是來救你們的，快轉身過來！」

太子才說完，這團瑟縮的人群突然拔出利劍就刺向太子，個個凶猛無比。皓禎等人猝不及防，立刻護衛太子。皓禎驚喊：

「這是個陷阱？」大喊：「保護太陽星！」

「怎麼不是被俘擄的人？他們把顧秋峰帶到哪兒去了？別放過他們！」太子喊。

寄南揮舞著玄冥劍，銳不可當的喊道：

「活捉他們！活捉才能追出真相！打呀！」

皓禎的武士、魯超、鄧勇也都即時趕到，立時加入酣戰。雙方又一次捉對廝殺，只見得刀光霍霍、劍氣森森、風雨不透、落葉紛紛。寄南的玄冥劍，接連削斷了幾個殺手的手中武器，只驚得那群身穿破舊衣衫的殺手，紛紛棄械而逃。為首一個大喊：

「大家撤！跑呀！虎騰谷會合！」

破衣男子就帶著那群破衣的殺手往前飛奔。太子帶著皓禎、寄南緊追，四武士又緊跟於後。大家跑著追著，個個奮不顧身。忽然，太子發現腳下一陷，低頭一看，竟然跑進了一片泥濘的沼澤。皓禎急呼：

「太陽星，站住別動！用輕功飛出來！」

太子想施展輕功，不料卻越陷越深，頓時明白了，喊道：

「不好！他們故意把我們引到這沼澤裡來，大家快退！」

太子話才說完，樹林裡衝出了更多的殺手，直撲皓禎等人。殺手首領用布巾蒙面，得意的大笑：

「哈哈！這下看你們往哪兒逃？這虎嘯沼澤就是你們葬身之地了！」

魯超、鄧勇帶著四武士和殺手惡鬥。

太子已經陷到泥濘中，泥濘迅速的淹沒到太子腰間。緊張中，皓禎一躍，腳勾住一根大樹根，趴在地下伸手拉住太子的一隻手，喊著：

「別慌！我馬上把你拉出來！」皓禎用力，誰知越用力越糟，身子被太子拉扯，腳脫開

了樹根，就被太子深陷的力量往泥濘中拉去。

寄南回頭一看，大驚喊道：

「我來也！」

前的敵人，又跑來拉住寄南的腳。魯超喊道：

寄南迅速撂倒面前敵人，跑來趴下身子，拉住了皓禎的腳。魯超一看不對，也撂倒了面

「鄧勇快來！我們用力拉，把太陽星拉出來。」

於是，一串人都趴在地下，一個拉住一個的腳，拚命往外拉。

只見太子已經陷到腰部以上，皓禎也被拉進泥濘地帶。太子大叫：

「你們放手！這樣大家都會陷進這個沼澤裡！鬆手！」

皓禎也大叫：

「不救你出來怎能鬆手？一鬆手，你就沉下去了！」

四個武士還在和對手廝殺，無力分身來救眾人，打得十分吃力。

殺手首領走來看著地上的一串人，怪聲怪調說道：

「你們這太子黨，現在活像一串烤蝦子！沒料到青蘿的苦肉計，能換得這麼大的成果！

英雄難過美人關呀，就算不近女色的太子，也有今日，真是得來全不費功夫！」

泥濘已經淹到太子胸口，太子大喊：

「鬆手！這是命令！」

「你這伍家走狗！居然重重用計，陷害本太子！」大喊中，又下陷若干，急喊皓禎：

皓禎從地上躍起，仍然緊握太子的手，腳卻被太子的力量，拉得連上前兩步，陷進泥濘邊緣裡，他大驚，立即用輕功跳出泥濘地帶又趴下地，喊道：

「寄南，繼續趴在地上，站著會像太陽星一樣，會很快全部拖進泥濘裡！而且這樣施救太陽星的長度會比較長！」

眾人依舊趴著身子，依舊一個拉著一個。只見泥濘已經淹到太子的肩膀。

「太陽星撐住！繩子！繩子！」

鄧勇死命拉著魯超，一串人都向沼澤處滑過去，皓禎的手臂已陷進泥濘中，喊道：

「繩子！鄧勇！快找繩子！」寄南大喊。

「現在哪兒有繩子？」

殺手首領看得津津有味，舞動著手裡的劍：

「讓我來了結你們，成全你們的義氣吧！」

「繩子！繩子！」寄南還在亂喊，一串人都被拖進了泥濘邊緣。

忽然一根繩子拋向寄南，更多的繩子拋向皓禎太子等人。接著，一隊由斗笠怪客領隊的布衣武士，騎著馬，馬鞍拖著繩子，勢如破竹的殺了過來。皓禎大喜喊道：

「斗笠怪客來也！太子，有救了！有救了！」

只見太子，已經因為胸膛受壓，呼吸困難，而陷入昏迷，臉上也因掙扎之故，濺了許多泥濘。斗笠怪客騎著快馬，摧動馬韁，馬兒知其意！人馬一體，從沼澤邊緣，對著太子凌空飛躍過去，斗笠怪客就趁馬兒飛躍的時候，一式「力拔泰山」，雙臂陡然運起千鈞之力，穿過泥濘，穿過太子腋下，以不可思議的功夫，把太子硬從泥濘中撈了起來。二人一馬，如飛而過沼澤，馬兒奔到安全地帶，斗笠怪客迅速的把太子放在草地上。

其他的布衣高手，也用馬韁拖著繩子，把皓禎寄南等人從泥濘邊緣中解救出來。

殺手首領一看來人身手不凡，有如鬼魅，拔腿就跑，喊道：

「大家撤！這支隊伍就是農民魔鬼兵團！快撤！」帶著殺手，亡命奔去。

太子躺在地上，似乎已無呼吸。皓禎、寄南、魯超、鄧勇都圍繞著太子搶救。

「太陽星！你快醒醒！」皓禎喊。

「水！得把這泥濘清除掉！」寄南大喊。

一壺水拋了過來，皓禎接著，馬上去清洗太子的口鼻眼睛面孔。魯超趕來幫手。

斗笠怪客蒼老的聲音，喊道：

「留了千里馬給你們，上馬！快送吟霜處！」

斗笠怪客說完留下幾匹駿馬，就帶著布衣大隊，飛馳而去。

眾人護送太子，盡快的趕到畫梅軒。太子被皓禎、寄南一左一右的扶著，坐在坐墊上。面部泥濘已清除，身上只穿著一件內掛。魯超、鄧勇捧著臉盆和水杯跪侍於旁，眾人都是滿身泥濘。太子頭部無力的低垂著，幾乎沒有生命跡象。

吟霜跪在太子身後，雙手緊緊貼著太子的背脊。

皓禎、寄南緊張的看著。香綺拿著一顆救命藥丸待命。

吟霜運氣，嘴中虔誠的唸著：

「心安理得，鬱結乃通。治病止痛，輔以氣功。正心誠意，趨吉避凶。心存善念，百病不容！」

太子依舊沒有什麼動靜，眾人屏息以待。吟霜看看皓禎說：

「太子昏迷已久，可能有內傷，我得再來一次！」深吸口氣，再度運氣，唸道：「心安理得，鬱結乃通。治病止痛，輔以氣功。正心誠意，趨吉避凶。心存善念，百病不容！」

太子的身子動了一動。吟霜將全身力量集中，又唸了第三遍。三遍唸完，太子大咳一聲，吁出一口長氣，接著虛弱的說：

「水！水！」。魯超趕緊捧來一碗水，太子就著魯超手中之碗，一口一口，慢慢的喝著。眾人目不轉睛的看著太子，只見太子喝完水，終於睜開眼睛，看著大家，神志不清的發

78

出一聲怒喊：

「皓禎！幫我把青蘿抓來！快去！」

皓禎吐出一口長氣說：

「讓我先看看吟霜吧。救活太子，她又不管自己了！」

寄南看到太子活了，笑著拍著太子的肩，吐口長氣說：

「本王爺隨太子出生入死，今天這場劫難，才把我嚇得屁滾尿流！」一想：「不好！又

沒帶裘兒行動！」再想：「還好沒帶她，要不然，她現在大概在虎嘯山沼澤裡面當風火球！

還在那兒打轉呢！」

皓禎看著吟霜，憐惜而感激的問：

「妳還好吧？」

吟霜對皓禎點點頭，這才從香綺手中拿過藥丸，剝開外面的蠟封，送到太子嘴邊，說

道：

「請太子趕緊吃下這顆藥丸，保住元氣！」

太子吃了藥，驚看著吟霜。見她面帶微笑，眼如秋水，關切的看著他，那樣恬然自若，有

超凡脫俗之美。他震撼的說：

「當初救下祝之同的就是妳！今日救下本太子的又是妳！怎麼皓禎有福氣擁有妳這位救

命美女？我卻有個要置我於死地的青蘿！」

❖

這時的伍震榮，正在榮王府中等項麒的消息，項麒還沒到，項魁就哭喪著臉，推開門衝入伍震榮的書房，慌張的喊著：

「爹！不好了！不好了！項偉說不定被人殺死了！」

伍震榮大驚，正喝著的茶潑灑了一身。

「伍項偉？什麼說不定？在哪裡被殺了？」

「他不是去唐興那兒，要去抓巴倫的嗎？一去就沒消息了！我打聽的結果，有人在清河渡口看到他，說是我們的人，全體被殺了！巴倫的營地，也不見了！」

伍震榮憤恨的拍著桌子，喊道：

「亂黨的『萬把鐮刀』果然衝著本王的頭上來，伍延運、伍崇山已經枉死了不夠，難道項偉也犧牲了？不可能！再去找！為什麼他去唐興，卻跑到清河渡口去？」

項魁還來不及回答，項麒匆匆進門來，臉色鐵青：

「爹！我們差一點就把太子幫全體殺死在虎嘯山，可是，那妖怪農民大隊又出現了，身手之好，簡直不是人！把那一幫人全體救走了！」

震榮勃然大怒：

「簡直不是人！把那一幫人全體救走了！」

震榮勃然大怒…

「我們連番失利！這大位還怎麼搶？必須要用雷霆手段了！」

❖

太子從虎嘯山脫險歸來，真是一肚子氣。皓禎在送他回府前，一再叮嚀：

「這事不能聲張，好在你身體完全無恙！不管青蘿是不是奸細，確實要小心！你從哪兒得到虎嘯山這地名的，一定要調查出來！但也別在盛怒之下，冤枉了無辜的人！」

皓禎說得不錯，太子勉強壓抑著自己，先調查虎嘯山的事。虎嘯山是鄧勇打聽出來的，鄧勇從小在太子身邊，不可能背叛太子。鄧勇也知道此事的嚴重性，和太子的幾個親信，再仔細盤查。當追蹤到的結果呈現在太子面前時，太子更是氣炸了，他決定立刻「清理門戶」！他怒沖沖走進書房，在室內來回踱著步子，虎嘯山的驚險逃命，回憶起來，處處驚心動魄。如果冤死在虎嘯山，他這太子也夠窩囊了！更讓他傷心的，是他對青蘿那真切的感情，卻換來如此不堪的結果！

「把青蘿那四個奸細給我帶到書房來！」

衛士去帶青蘿等四人，他就繼續在書房中走來走去。鄧勇看著他的臉色，一句話也不敢說，侍立在門口。

青蘿、楓紅、白羽、藍翎四個女子被帶進房，全部惶恐的跪在地上。

太子看著她們四個，走到青蘿面前站定，怒極，也傷心至極的瞪視著青蘿，恨恨的說道：「原來妳那天被伍震榮刺一劍是個苦肉計？目的就是要把我引誘到虎嘯山，讓我送命？青蘿，妳太狠了！」看四人：「妳們都太狠了！伍震榮是個沒有人性的魔鬼，妳們居然也跟著他當魔鬼？」

青蘿眼中含淚，痛喊道：「太子！您冤死我！青蘿自從來到太子府，就一直心懷坦蕩！奴婢從來不知道有個虎嘯山，怎會把您誘到虎嘯山去？是誰提供給太子虎嘯山這個地點，太子是不是才該追究？否則他還會陷害太子的！」

「住口！」太子大罵：「本太子已經追查過了，這個地點就是妳們四個提供的！」

楓紅、白羽、藍翎異口同聲喊冤：「不是的！不是的！不是的……」

「太子不能這樣冤枉我們……不是說要我們把這兒當家嗎？」

「哼！要妳們把這兒當家，是我的錯誤，是太子妃的善良！青蘿，妳怎能利用我們的一片善心來陷害我們！妳，讓我痛心至極！」就從袖子裡拿出一張紙箋，扔到青蘿面前去，厲聲問道：「青蘿，這是妳寫的嗎？不要狡賴，我認得妳的筆跡！」

青蘿拾起那張紙箋，打開一看，只見上面寫著兩句：

「虎嘯而谷風至兮，龍舉而景雲往！」

青蘿頓時臉色慘白，期期艾艾的說道：

「這是我在榮王府練字時寫的，這是楚辭裡的句子，和虎嘯山無關……」

「妳還狡辯！」太子怒喊：「就有這麼巧，妳在榮王府寫的字箋，那是幾時的事？怎會在此時出現？妳把本太子當成傻瓜嗎？這明明是傳遞消息，又有『虎嘯』又有『至』又有『往』，妳報信還能更清楚嗎？居然用楚辭，妳讀書的用處未免太可惡了！」

青蘿抬頭看著太子，眼中是一片真摯的痛楚，慘烈的說道：

「太子對青蘿誤會已深，不論我再說什麼，太子也不會相信！那天皇上帶著伍震榮來時，我怎會料到要被傳去作證？玉帶鉤事件，我作了偽證，完全發自我的真心！如今有這張字箋，我百口莫辯，相信我那苦命的弟弟此刻也已凶多吉少，青蘿心灰意冷，太子珍重！」

青蘿說完，就從衣服裡拿出預藏的匕首，就往脖子上抹去。

太子一腳踢來，就踢飛了青蘿的匕首，厲聲說道：「想一死以逃罪嗎？沒那麼容易！」

「鄧勇！把這四個來自榮王府的奸細，都給我關到地牢裡去！再等我細細調查！」

「是！」鄧勇對外喊道：「來人！」

衛士一擁而入，拉著三個哭哭啼啼的女子而去。

只有青蘿沒哭，一直用黑白分明的眸子，直視著太子。她眼裡有譴責、有憤怒、有傷心、有絕望，眼神銳利如刀，冷冽如冰，澄澈如水，就這樣定定的瞅著太子，才被拉走了。

太子卻被青蘿這樣的眼神震懾，久久無法思考，也無法動彈。

45

太子府裡暗潮洶湧，畫梅軒裡卻溫馨無限。

這天，雪如帶著秦媽進門，微笑的看著大廳裡的皓禎和吟霜。兩人趕緊起身相迎，吟霜被雪如按進坐榻裡，雪如笑吟吟的也坐了下來，秦媽送上了一個錦盒。

皓禎笑著問：

「娘又要給吟霜首飾嗎？」看吟霜說：「娘給的一定都是好東西！不過吟霜這個來自深山的姑娘，對金銀珠寶，不怎麼識貨呢！」

「娘知道吟霜不在乎金銀珠寶，但是，看看這件再說吧！」

雪如就打開錦盒。吟霜看去，錦盒中，赫然是被蘭馨打碎的那塊狐毛玉佩！

吟霜和皓禎大為吃驚。吟霜不能呼吸了，驚愕的說道：

「狐毛玉佩！這玉佩不是被公主打碎了嗎？怎麼會在娘這兒？」

皓禎驚奇的不敢去拿，看著雪如問：

「娘！難道妳會法術？把玉珮變回來了？」

「但願我會，但是我不會。」雪如就看著吟霜說道：「聽說那天妳為了搶救狐毛玉佩，讓手被鐵錘打傷，我聽了真是心疼極了。這玉佩不是敲碎的那個，是另外一個。」

「娘！妳當初做了兩個嗎？」皓禎問。

「沒有。」雪如說：「這玉佩本來是一對，你爹一塊，我一塊。當初用你爹那塊為你做狐毛玉佩的時候，狐毛沒有用完，就留了一半。昨夜，我連夜把這塊玉佩也用狐毛當穗子，再做了這個。雖然不是敲碎的那個，但是，都是皓禎放掉的狐狸毛，都是袁家傳家的玉佩，都是娘親手做的，意義是一樣的。」

雪如一面說，就一面抓著吟霜的手，把玉佩放在她掌心中。

吟霜太感動和震動了，看著玉佩，眼淚奪眶而出，落淚說道：

「不一樣！不一樣！意義是不一樣的！這塊的意義更大更重！那塊玉佩砸碎的時候，我的心也跟著碎了！因為那是皓禎給我的信物，上面有爹娘和皓禎三人的親情！現在這塊，是娘為我特別做的，吟霜有什麼能耐，讓娘為我這樣費心！」握住玉佩，痛哭起來：「我最珍惜的玉佩回來了！」

雪如跟著熱淚盈眶，把吟霜一抱說道：

「吟霜，玉佩是沒有生命的東西，珍貴的是大家的一片心！再也不要為失去的傷心，娘幫妳找回來了！」

「是是是！」吟霜拚命點頭：「所有失去的，包括所有的痛苦，現在都化成感動⋯⋯」

哽咽的看著雪如說：「我娘去世的時候，我以為我再也沒有娘了！現在，我又有娘了！一樣疼我，一樣體貼到我內心去！」

雪如不知為何，感動到唏哩嘩啦，婆媳兩人擁抱著落淚。皓禎在一邊看著，心裡激盪不已，想到吟霜經過多少苦難，終於得到袁家的認可，得到雪如的寵愛，住進了畫梅軒，令他心中一片溫柔。此時此刻，所有的苦難，都變得渺小了！**人生，最終的喜悅，還是一個愛字！如果人人有愛，這世間將多麼美好？上蒼造人，為何會造出像伍震榮、盧皇后那樣的人來？假若世間沒有惡人，沒有壞人，沒有恨，只有愛，那是怎樣一種境界呢？**

❀

畫梅軒很溫馨，宰相府裡，卻進入一番曖昧的局面。

這天，漢陽在書房裡翻閱文卷，調查資料，忙得焦頭爛額。靈兒開心的端著補品大方的進入書房。書房門口一隅，寄南一直跟著靈兒，發現靈兒想親近漢陽，心裡充滿醋意，嘴裡唸唸有詞的自言自語：

「這傢伙⋯⋯自從漢陽救了我們一命，就對漢陽特別熱心，還親自端補品進去。她何時

對我那麼熱心過？」越想越氣：「這個有鬼，我得瞧瞧！」

書房裡的靈兒，對著漢陽笑嘻嘻，說道：

「大人，補品都端進來好一會了，你先休息一下，趁熱喝了才好！」

漢陽沒有抬頭，卻心如明鏡，繼續拿筆書寫著：

「你不必因為我救了你們，就來侍候我。有什麼企圖，你就明說吧。」

「大人，你真是天下人，無所不疑啊！你這辦案病沒得救了！」靈兒忍不住一笑。

「你還是去擔心你和寄南的病比較重要，本官辦案講究的是……」

漢陽還沒說完，靈兒立刻插嘴：

「是，大人講究的是證據嘛。」

「不，除了講究證據，還要講究『懷疑』。」

「講究『懷疑』？什麼意思？」靈兒聽不懂，糊塗起來。

漢陽起身耐心的說明：

「懷疑就是，不管遇到什麼案件，都不可以隨意的下定論，必須抱著一種中立的立場，既懷疑他『是』，也懷疑他『不是』，這樣才能細心的抽絲剝繭，做到勿枉勿縱，才不會冤枉好人。」

靈兒聽得一團迷糊，說道：

「大人這番道理太深奧了，小的聽得糊裡糊塗。總之大人，小的確實被你看穿了，小的確實有所企圖……」燦爛的笑著：「大人真厲害！」

漢陽笑了，卻又趕緊收起笑，正經的問：

「嗯！你以為本官是朝廷養的米蟲，什麼事都不會幹嗎？說，有什麼企圖？」

在門外偷窺的寄南，看著靈兒和漢陽有說有笑，簡直氣炸了。靈兒直率的說道：

「小的跟著大人一起辦案好嗎？」激動起來，熱烈的說：「小的對辦案實在太有興趣了！也不想當賓王爺的小廝了，跟著他太危險，搞不好就凍死！」真摯的懇求：「小的來當大人的助手行不行？」

「不行！」

門外偷聽的寄南這下忍不住了，立刻衝入了書房，大吼：

寄南抓著靈兒後頸部的衣領往後拉，氣急敗壞喊：

「好啊！妳這吃裡扒外的傢伙，妳忘了把妳關進冰窖的，就是這位大人的爹！走！跟我回去，咱們兩個好好的算算帳！」

靈兒雖被寄南拖著走，卻仍對漢陽不死心的喊：

「大人！漢陽大人，小的提議，你要認真考慮考慮啊！你看我家主子這麼對小的，小的還能跟他嗎？漢陽大人，救我啊！」

寄南更氣，摀著靈兒的嘴：

「妳還有得說！妳給我閉嘴！走！」

靈兒就在掙扎中被寄南拖走。漢陽若有所思的微笑著，看著兩人的背影。

❖

寄南一口氣把靈兒拉出了宰相府，拉過了幾條街，把靈兒甩進了一個巷弄裡。他氣呼呼的抓著靈兒，壓著她的雙臂，讓她貼著牆壁。兩人臉對臉，彼此凝視著。靈兒面對寄南這麼近距離的凝視，心跳不停的加速，想起了兩人在浴池裡，寄南掩護她之後，對她溫柔相視的眼神。靈兒迎視著此刻的寄南，莫名其妙的羞紅了臉。

寄南呼吸急促，深深的望著靈兒問：

「妳剛剛對漢陽說的話，都是真心的？妳想離開我？」

靈兒突然見到寄南如此正經的模樣，詫異得結結巴巴：

「我……我……我只是……」

寄南突然又恢復放浪不羈的模樣，放開靈兒，大吼：

「妳……妳什麼呀妳！妳根本就是一個從來不用腦子，只會蠻幹的糊塗蟲！」

剛剛感受寄南片刻的溫柔模樣，沒想到瞬間寄南又故態復萌，靈兒尷尬又生氣：

「我怎麼不用腦子了，我就是有思想、有抱負，才覺得應該到漢陽身邊去！至少我就可

以貼身的監視他，我這樣做有錯嗎？你呢？進宰相府那麼久了，除了差點凍死，你都幹了些什麼呀？」

「我幹了些什麼？妳不清楚嗎？」寄南瞪大眼珠：「是誰偷證據差點被逮到？我一直忙著幫妳善後，妳還好意思這樣質疑我？我還忙著救人，前天還去了一趟虎嘯山，算了，不跟妳提！我問妳，人家救了妳，妳就要貼到別人身上去了！」

「什麼貼到別人身上去？難道你在吃醋？」靈兒驚奇。

寄南為了自尊不願承認，大笑：

「哈哈哈！我竇寄南這輩子還不知道吃醋是什麼味道！為妳這個小廝吃醋，那更是哈哈哈！」

「哈哈哈！我竇寄南這輩子就……

「那你生氣什麼？我和漢陽親近了，礙了你什麼事情？你發什麼脾氣？難道我這輩子就

寄南既不願承認自己對靈兒動心，又無語以答……

「妳、妳……」降下語氣：「難道妳真的喜歡上漢陽了？」

靈兒讚美的說道：

「他很斯文，說話有條有理，還是當今的『第一神捕』，更別說救了我的小命，當然討人喜歡啊！他是除了皓禎之外，又一個我眼裡的好男人！」

「所以……妳真的喜歡他了？」寄南洩氣了。

「我也說不上來，總之嘛，我今天真的單純想去學他辦案，順便可以監視他，甚至可以想辦法從他那兒，得到什麼重要消息。我再怎麼笨，怎麼糊塗，我都沒有忘記我們該做的大事。」

「妳沒有忘記我們的大事最好！」寄南冷靜了，沉思片刻，瀟灑的一摔頭：「好吧！既然漢陽什麼都好，妳去跟他吧！我能擺脫妳這個大麻煩，真是太痛快了！哈哈！」寄南說完，掉頭就走了。

靈兒看著寄南的背影遠去，卻不知怎的，又氣憤又失落。

這夜，寄南躺在地舖上，輾轉難眠。同樣，躺在床榻上的靈兒也輾轉難眠。

靈兒想了半天，終於忍不住起身，望著地上背對著自己的寄南喊：

「喂！你大半天都不跟我說話，是怎麼回事？我們別鬧了可不可以？這樣……我真的睡不著！」

寄南默不吭聲，拉緊被子繼續背對著靈兒。

靈兒下了床榻，蹲在寄南身邊，求和的說：

「你今天好像生了不少氣，我把舒服的床榻讓給你，你去睡床上，我打地舖？」

寄南繼續沉默。靈兒靈機一動，把床上的棉被拉到地舖上，直接就躺在寄南身邊，依靠著說：

「那我們有福同享，有難同當，還是好哥兒們！我陪你睡地舖！」

靈兒就安靜的躺在寄南身邊，兩人背對著背，不一會兒，靈兒就真的睡著了。

寄南見靈兒不再發出聲音，轉身發現靈兒睡著了。他為她拉好被子，看著她洗去男兒裝扮的臉龐，那麼嬌美自然，俏麗清雅，喃喃自語：

「我到底應該把妳怎麼辦呢？」凝視著靈兒的睡容，撥開靈兒的髮絲：「好哥兒們？我們真的只是好哥兒們嗎？」盯著靈兒片刻之後，忽然振作的，理所當然的說道：「我才不會把妳這個糊塗蟲讓給漢陽，好讓妳去危害漢陽的一生？不！這樣我是害了漢陽，為了拯救漢陽，我不能把妳讓出去！」

寄南說完放心的躺下，微笑的睡著了。

❖

「我是不是做得太過分了？」

蘭馨陷入沉思，完全沒有發現皇后已經悄然來到她身邊。崔諭娘趕緊推醒蘭馨，蘭馨才驀然回頭。皇后見她魂不守舍，單刀直入的說：

「皓禎心平氣和的時候，其實也是一個風度翩翩的君子。」蘭馨想著，內心掙扎：「我是不是做得太過分了？」

這晚，蘭馨落寞的坐在院子裡的台階上沉思，想念著皓禎種種，不禁黯然神傷。

太子、皓禎、寄南……各有各的發展，千變萬化。那蘭馨呢？

「都過了二十天了，袁家到現在一點表示都沒有，我們皇室還沒有受過這種氣，妳忍得下，本宮忍不下了！」

蘭馨抬眼，迎視著皇后凌厲的目光不語。

皇后站在蘭馨面前，直視蘭馨，大聲問道：

「本宮要問妳兩句話，這個婚姻妳到底要？還是不要？要有要的作法，不要也有不要的作法！」

蘭馨直視皇后，問道：

「要的作法是怎樣？不要的作法又是怎樣？」

「要，妳就乖乖的忍辱負重，拿出妳所有手段，回到袁家去，征服那個袁皓禎！」皇后有力的說：「不要，就是本宮的事了！正好趁這個時機，給他們一個欺君大罪的罪名，把袁柏凱父子的勢力一網打盡！」

蘭馨大驚，跳起身子，怒視皇后：

「母后不是來安慰我的？母后心心念念，都是如何剷除李氏王朝的勢力？如果我和皓禎恩愛，我就是母后的『美人計』，可以把袁家護李的那片忠心改變，併吞到母后的勢力裡去？如果我們不和，母后就乾脆做掉袁家，是不是這樣？」

皇后舉手想給蘭馨一耳光，又壓抑住了。

「妳……妳這丫頭氣死我！現在是妳被逼回宮，在這兒獨守空閨，唉聲嘆氣！那袁家關心妳嗎？在乎妳嗎？人家都欺負妳到這地步了，妳還捍衛袁家？妳的骨氣到底到哪裡去了？」

蘭馨被說中痛處，大聲說道：

「朝廷上的勾心鬥角，是朝廷上的事！家裡的夫妻戰爭，是家庭裡的事！我最氣母后把兩件事混為一談！」

「那妳到底要怎樣？一聲不吭，每天坐在這兒發呆？對那袁皓禎一籌莫展，是不是？妳現在只有挨打的份，連還手都不敢，是不是？妳還是充滿霸氣的公主蘭馨嗎？」又有力的說：「我再問妳一句，這婚姻妳要還是不要？」

蘭馨昂首，努力維持著尊嚴說：

「我要！行了吧？你們誰都不可以去動袁家，去動皓禎，動到他們就是動到我！」

「本宮知道了！」皇后更氣：「妳愛上那個袁皓禎了？真是悲哀！」

「我不需要母后來教訓我，諷刺我！如果母后真有本事，就幫我做一點實際的事！」蘭馨大聲嚷。

「什麼實際的事？妳說！」

「把袁家的妖怪抓出來！把那隻妖狐給滅掉！我沒有輸給皓禎，我也沒有輸掉我的婚姻，我是輸給了一個不是人類的妖怪！」

皇后不可思議的看著蘭馨：

「好！妖怪是吧？妖狐是吧？母后幫妳作主！至於這個袁皓禎，妳別以為我就會輕鬆放過他！」

皇后說完，掉頭而去。她直接去了皇上的寢宮，看著皇上，焦急的說：

「皇上，蘭馨這件事情不能繼續這樣拖下去，宮裡早已經傳言紛紛，公主的面子，我們皇室的威嚴，不能不維護呀！」

「這蘭馨脾氣實在太拗了。」皇上一嘆：「回宮玩個幾天就算了，也該早早回去了，怎麼會鬧出這些流言呢。」

「蘭馨一直說袁家有妖狐，袁家不除妖狐，她不肯回去！皇上，就算是蘭馨無稽之談，那麼到底有沒有妖狐，咱們何不把袁皓禎叫過來問個清楚呢？」

皇上思考不語。皇上急道：

「蘭馨心裡還在乎著袁皓禎，也使得我們有所顧忌。既然重的使不得，那也得教訓教訓袁皓禎才行呀！最起碼，要問清楚，他們袁家打算怎麼做？要不然他們真以為蘭馨好欺負，連皇上和本宮都好欺負！」

「好吧！好吧！就依皇后的意思，召皓禎進宮問話就是！」

「什麼問話？是要臭罵他一頓啊！皇上，請拿出您的氣魄來，好好的教訓教訓他！威脅

恐嚇什麼都成，逼他們解決妖狐的問題，蘭馨才能安心的回去呀！」

皇上無奈隨意的點頭。

第二天，皓禎就被皇上召進宮。在皇上書房內，皓禎跪坐在皇上和皇后面前。

皇上手背手走著，猶豫半天，才一個站定，看著皓禎，問：

「聽說你和蘭馨新婚不久，就納妾了？真有其事？」

皓禎誠實的回答：

「不瞞皇上，確有其事，但懇請皇上理解，微臣從頭至尾並沒有想要欺瞞皇上和公主的意思，認識吟霜，到最後情定吟霜，都是在皇上賜婚之前。」

皇后怒氣沖沖問：

「袁皓禎，你敢對天發誓，你沒有企圖想隱瞞皇上？你分明覬覦駙馬爺的地位，想要榮華富貴，又要大享齊人之福！你欺君罔上，該當何罪？」

「看來，蘭馨並沒有把所有的過程向皇上和皇后稟明，微臣的苦衷，實際上也都向蘭馨誠實交代過了！若是皇上硬是覺得微臣有錯，那麼皇上怎麼說，微臣都無法辯駁！」皓禎不卑不亢的回答。

「你這是什麼態度？難道你還不承認自己有錯！」皇后動怒，大聲說：「袁皓禎，若是

你不貪圖榮華富貴，你大可婚前向皇上表明心跡，大可推掉這門親事，為何婚後還要拿另一個女人來傷害你的妻子？」

「皇后，有話慢慢說，畢竟本朝律例也沒有禁止男人不可以有三妻四妾，這事情朕就不追究了。」皇上趕緊緩和氣氛：「不過，蘭馨口口聲聲說袁家有妖狐，這事情，皓禎，你得解釋清楚！」

皓禎挺直腰桿，斬釘截鐵的說：

「皇上，微臣在此保證，袁家乾乾淨淨，上下和睦，在公主進門之前，從來沒有暴力行為，也絕無妖狐之說！這都是公主的片面之言！」

「你敢指天誓日，白吟霜不是妖狐？」皇后問。

「她不是妖狐！」皓禎堅定的回答：「她是天下最善良溫柔的女子，請皇后留點口德！」

「大膽！袁皓禎！」皇后大吼。

皓禎與皇后對峙，雙方犀利的眼神，充滿怒火的交戰中。

❖

同時，崔諭娘跑入蘭馨寢宮的外廳，急促喊道：

「公主，公主！駙馬爺進宮了！駙馬爺來了！」

蘭馨由臥室裡走出，臉露喜色⋯

「真的？袁皓禎真的來了？」

「是啊！現在人正在御書房，駙馬爺肯定先去向皇上請罪的嘛！」

「是嗎？」蘭馨有點懷疑：「袁皓禎會是來請罪的？依他的個性，不大可能！」

「要不然……咱們也去書房看看？看駙馬爺有沒有誠意來接公主回去？如果誠意不夠，咱們就再等等！」

蘭馨和崔諭娘趕到御書房門口，就感到書房裡瀰漫著煙硝的氣氛。兩人就在書房外悄悄的聽著。

「如果白吟霜不是妖狐，為何會讓蘭馨嚇得不敢回去將軍府，這點你怎麼解釋？」皇后強勢的問道。

「也好！本公主倒想要看袁皓禎，是帶著什麼心思來的！走！」

「她不敢回去，是因為她不敢面對真相，她不敢面對自己的殘忍！」皓禎說。

「什麼殘忍？這句話，朕聽不明白。」皇上疑惑。

「陛下，很多事情傷痛已經造成，微臣並不想再提起，只要公主能深刻反省，改善自己善妒多疑的個性，不要再繼續製造血腥的事端，這樣袁家上下，一定會非常歡迎公主回家……」

皇后不待皓禎說完，暴怒的說：

「你給本宮閉嘴！召你進宮，是給你機會，看你有沒有一點誠意和悔意，想不到你袁皓

禛如此張狂，居然還要公主反省？她需要反省什麼？反省為何看上你這個目中無人的偽君子嗎？」

皓禛一怒說道：

「她把吟霜弄到公主院去當丫頭，種種匪夷所思的虐待全部出籠！墊著沙袋打、綁著絲綢勒、抓她的頭髮直到出血，還讓她喝墨汁、用鐵錘砸她的手背，最殘忍的是用上『肉刷子』的酷刑！」

「什麼？真有其事？」皇上大驚。

「要不要請蘭馨公主和臣對質一番？」

皇后急忙插嘴：

「這些有什麼稀奇？只不過都是用來處罰那些不聽話的丫頭！會讓蘭馨這麼做，大概也是那個吟霜丫頭太笨、太壞了！」

「太笨、太壞或者是妖狐？」皓禛一嘆：「如果真是妖狐，這種種手段，也逼出原形了！如果是妖狐，應該任何酷刑都傷不了吟霜，但是，吟霜卻差點送了命！其實，如果公主有一念之仁，能善待吟霜，皓禛感恩都來不及，還會和公主對立嗎？」

門外默默聽著的蘭馨，深思鬱怒著，低語：

「他還口口聲聲護著那個妖狐！」

皇上聽得心驚肉跳，又難免護短：

「蘭馨是稍微驕縱了一點，但是駙馬也應該包容一些。現在……」為難的看皇后……「大家預備怎麼樣呢？」

皇后怒喊：

「不論這個白吟霜是人還是妖狐，皓禎，你必須把她處理掉！要接公主回家，也等你把她處理掉之後！就這麼辦！現在本宮累了，談到這兒為止！」

皓禎又氣又急的說道……

「不忙！吟霜已經是我的女人，我不會把她『處理』掉！請問陛下，您會把皇后處理掉嗎？」

「什麼話？」皇后大怒：「袁皓禎，你不想要腦袋了！這樣囂張，公然對本宮忤逆不敬，這是砍頭的大罪！」大叫：「來人呀！把這個袁皓禎給抓起來！」

衛士們立刻衝入，長劍全部出鞘。蘭馨一看不得了，飛奔入內，攔在皓禎前面。

「誰要抓駙馬，先抓本公主再說！」

衛士們倉卒後退。皇上、盧皇后、皓禎都驚看突然闖入的蘭馨。

蘭馨看了皓禎一眼，再看皇上，說道……

「父皇，蘭馨和皓禎的事，是家事，蘭馨自己解決！請母后不要插手，難道本公主回娘

家住幾天，父皇、母后就不耐煩了嗎？」

皇后怒極，瞪著蘭馨⋯

「是誰回宮哭訴被欺負？現在，妳這個囂張的駙馬已經侵犯了皇后的威嚴，我一定要將

他定罪！」

蘭馨跺腳喊道：

「母后許多事，蘭馨都記在心裡，看在眼裡！誰要給皓禎定罪，先過我這一關！恐怕牽

連太大，母后最好想想清楚！」

皇后竟然被蘭馨威脅，氣得發昏，卻真的不敢再發飆。皇上急忙把衛士都趕出去⋯

「你們出去！出去！哎呀，吵得朕頭昏腦脹！皇后，他們小倆口的事，還是讓他們自己

去解決吧！朕聽來聽去，蘭馨也太過分了！看皓禎⋯「皓禎，你回去吧！蘭馨的事情朕會

處理，就讓她繼續留在宮裡深刻反省！你們通通退下！」

在皇后憤怒的眼神下，皓禎就請安退出御書房。

蘭馨的眼光情不自禁的跟隨著皓禎。

✽

皇后這口氣，如何嚥得下去？當晚就在密室裡，告訴了伍震榮。

「氣死人了！真是氣死人了！這個懦弱的皇上，讓他辦點事情，居然像個縮頭烏龜！還讓

袁皓禎倒打一耙！真是活活的被他氣死！」

伍震榮倒茶給皇后：

「唉！皇上是什麼材料，殿下還巴望他呀？這不是自找罪受嗎？別氣別氣！要不是為了蘭馨，咱投鼠忌器，早就對將軍府開刀了，哪能輪到袁皓禎來囂張！」

「這口氣，本宮真的嚥不下去！」

「唉！要教訓袁家，本是小事一椿！你一定要想想辦法，給他們一點顏色瞧瞧！」

「那我們就用不得罪蘭馨，又可以出氣的方法！只怕下官出手，又得罪了蘭馨公主！」

「袁皓禎咬定他那個小妾是妖狐，是吧？」伍震榮思索著。

「唉！」皇后嘆氣：「妖狐都是蘭馨自己在那邊說，依本宮看來，根本就是蘭馨自己忌妒，為了回宮讓我們為她出氣，就編出個誇張的藉口，這世上哪有什麼妖狐？」

「都怪下官那個沒有用的兒子項魁，光只會紙上談兵，讓他在蘭馨婚前解決袁皓禎，居然還被農民兵和暗器打傷回來！」

「本宮知道你殺人是挺拿手的，至於捉妖，你有沒有這個本事？」皇后想想：「不管你如何捉妖，千萬別提蘭馨用刑的事情，這事蘭馨也理虧。」

「皇后放心！下官這就到將軍府去，幫蘭馨捉妖除怪！」伍震榮下決心說。

於是，這天伍震榮帶著龐大的羽林軍，毫不客氣的衝入了將軍府。

羽林軍手拿著長槍，特意到每個大廳、臥房、書房、偏廳、小院、畫梅軒……到處搜索，行動時，故意劈哩啪啦搗毀家園。袁忠、秦媽等人慌亂喊救命。

袁柏凱帶著雪如、翩翩、皓祥等一眾家眷，從各處衝到院子，袁忠迎向柏凱說：

「將軍不好了！大批的羽林軍湧入我們將軍府，把我們重重包圍了！」

柏凱對粗魯的羽林軍厲聲吆喝：

「放肆！羽林軍是保護皇宮的，更是我袁柏凱管轄的範圍！我是輔國大將軍！誰敢再亂砸將軍府，本將軍以軍法處置！快住手！」

羽林軍顯然得到密令，居然不畏柏凱，繼續亂闖亂砸。柏凱大怒，一出手，一式「二郎擔山」，雙掌齊出，左掌斜劈一個羽林軍的執槍之臂，其力道之猛，當場就將長槍打落在地不說，更將那個羽林軍給劈了個狗吃屎，右掌去勢如風，拍在另一個羽林軍的胸口，立刻就將該羽林軍震得吐血，仰天跌倒。柏凱緊接著欺步而上，變掌為拳，一路「大海潮生拳法」使出：左崩拳、右衝拳、左鑽拳、單雙換掌、轉身掌、翻身掌、背身掌、三穿掌……如潮起潮落、綿延不絕，拳掌交替，招招中的，瞬間就撂倒一群羽林軍。

翩翩拉著皓祥驚慌失措，哭喊著：

「哎呀！老天爺呀！是不是皇上真的來抄家了呀！」拉著柏凱：「唉！將軍啊！您生的好兒子呀！不好好對待公主，這下咱們全家都沒命了呀！」

「妳閉嘴！」柏凱對翩翩發怒：「是什麼情況還沒有搞清楚，哭天搶地的幹什麼？想詛咒我將軍府嗎？」

「爹！都什麼時候了，你還不清醒嗎？光罵我娘有什麼用？咱們家惹禍了！禍首就是袁皓禎！」皓祥護著翩翩。

雪如看到家園被糟蹋，慌亂著說：

「皓禎！皓禎在畫梅軒！袁忠，快去通知皓禎呀！」

袁忠還沒去，說時遲那時快，皓禎一個箭步，身形如大鵬般的躍進了院子，接上了柏凱的「大海潮生拳法」，左拳右掌，立刻就摺倒了一個羽林軍，同時旋轉下踢，掃堂腿接連使出，再踢倒了幾個羽林軍。

魯超、小樂、香綺護著驚恐的吟霜，也來到院子裡。皓禎威風凜凜的大聲一喊：

「是誰派你們來的？」

突然一個聲音大喊：

「停手！」

羽林軍個個聞聲停手。伍震榮帶著另一批羽林軍，大搖大擺的走進院子。他大聲的說道：

「本官奉皇后懿旨，到將軍府捉拿妖狐！」對柏凱奸笑：「大將軍，對不住了，今兒個本官奉命行事，多有得罪，請包涵啊！」

柏凱冷笑：

「奉命捉拿妖狐？榮王是不是走錯地方了？將軍府正氣八方，哪來妖狐？」

「有沒有妖狐？本官每個房間搜一搜便可了解！」伍震榮大喊：「來人哪！把將軍所有的房間搜個乾淨！」

皓禎霸氣的大喊：

「且慢！榮王，你這樣大張旗鼓，目的應該是針對我袁皓禎吧！房子該搜的也已經被你們搜得亂七八糟，不用再裝腔作勢了！」

「哈！你這袁皓禎就是那張嘴厲害！不讓本官繼續搜也可以，那麼你就乖乖把妖狐給帶上來吧，省得本官再砸傷了將軍府的一磚一瓦！」伍震榮說。

「榮王，你不要公報私仇，我們朝廷上的事情歸朝廷上去說，別假借名義抄了我的將軍府！」柏凱喊道。

「本官懶得在這跟你們父子大眼瞪小眼，你們也別妨礙本官的公務，來人！據說這個妖狐是個女的，見到女眷，通通抓出來！」

羽林軍聽令之後，粗魯的把所有將軍府裡的女眷、丫鬟通通抓到院子裡。柏凱大怒，氣勢凌人的喝道：

「榮王！你說你奉皇后懿旨，請把懿旨拿出來！」

「懿旨哪能做假，明日上朝，你儘管問皇上就是！」

「你假傳懿旨，該當何罪？」皓禎大喝：「何況以榮王身分，要抄輔國大將軍府，也該出示聖旨！你調動羽林軍，已經犯了軍紀！」看柏凱，喊道：「爹！這些羽林軍闖入輔國大將軍府，左驍衛上將軍府以下犯上，還被榮王操縱！」銳利的環視羽林軍，命令道：「個個報上名來，不管你們有誰撐腰，死罪一條！」

羽林軍聞言害怕，噤聲後退，悄眼看伍震榮。

「哈哈哈哈！」伍震榮大笑：「袁皓禎！你這位駙馬，怪不得讓蘭馨公主動心，本王也歡一個狐狸精呢？」就四面張望喊道：「白吟霜！妳躲在哪兒？」

被雪如護著的吟霜，再也忍不住，挺身而出了，朗聲說道：

「民女白吟霜在此！如果榮王為吟霜而來，請不要騷擾將軍府！這樣大軍壓境，為了一個小女子，榮王似乎太小題大作了！」

皓禎攔在吟霜前面：

「吟霜，妳不需要跟他說話！」

伍震榮見吟霜現身，就對手下大喊：

「把她拿下！」

皓禎和柏凱一起持劍而出，攔在吟霜面前。

「想拿下吟霜，先問問我這乾坤雙劍答應不答應！」皓禎喊。

「來人呀！如果要開戰，就全面開戰吧！」柏凱大叫：「左驍衛聽令！」

頓時，左驍衛全部湧出，和羽林軍對峙。雙方劍拔弩張，戰爭一觸即發。

吟霜臉色蒼白，眼神悲憤，臉孔卻是正氣凜然的。她一步邁出，正視著伍震榮，語氣鏗然的說道：

「榮王，你要捉拿民女，因為民女是妖狐？你有證據民女是妖狐嗎？現在這麼多雙眼睛看著，不管是羽林軍還是左驍衛，個個都是證人！爹和皓禎為了捍衛我的清白，不惜大開殺戒，萬一開戰，必定血流成河！榮王，你真的要面對這種局面嗎？你能負這個責任嗎？」

伍震榮一怔，怪叫：

「哈！這個妖女還挺會說的，妳從哪兒學到這些說話的本事？妳用什麼方法蠱惑整個將軍府？從實招來！」

「榮王，如果我是妖狐，那你這一生殺人如麻，多少親王功臣，陸續慘遭滅門，不知又是何方神聖？聽說二十一年前，安南王府慘遭滅門，十六年前，江門王府，又一夜死絕⋯⋯」

「閉嘴！」伍震榮大吼：「妳一定是個妖女，否則那麼多年前的事，妳怎麼知道？哦，安南王府滅門，袁大將軍不是跟著本王去的嗎？江門王府，妳從何而知？」

「若要人不知，除非己莫為！」吟霜悲憫的看著伍震榮：「何況榮王也不在乎別人知道！今天吟霜站在這兒，是狐是妖還是人，牽連即將爆發的一場大戰！希望榮王想清楚！這場大戰是皇上希望的嗎？是皇后希望的嗎？甚至，是蘭馨公主希望的嗎？」

伍震榮大大一震，確實被吟霜最後一個問題嚇住了。

皓禎及時上前一步，說道：

「榮王！請收兵吧！將軍府就把今天的事件，當成一個家庭糾紛下的誤會！雖然榮王幫蘭馨出面，名不正，言不順！發動羽林軍，更是叛變行為！但皓禎看在皇上、皇后面子上，就算了！再鬧下去，大家都不好看！」

柏凱更是氣勢凌人的接口：

「榮王，別以為我怕你！帶兵打仗，我比你經驗多得多！如果在將軍府開戰，你一定佔不了便宜！今天，你造成的麻煩已經夠多，可以回去覆命了！」

伍震榮看看形勢，知道柏凱所言非假，決定即時收兵。

「算了！今天看在袁皓禎是駙馬的面子上，就把這妖狐的疑案，交給大理寺去調查清楚！你們袁家也記著，如果公主回來，再受到一丁點兒的委屈，本王一定帶著聖旨上來抄家！你們千萬不要以為本王在虛張聲勢！」大喝一聲：「走！」

伍震榮說完，就帶著羽林軍，浩浩蕩蕩而去。

46

畫梅軒裡，大致已經恢復了原狀，小樂和香綺還在收拾散落的卷軸和瓶瓶罐罐。吟霜在藥架前面，心痛的看著一些被打碎的藥罐。皓禎從外面進來，走過去看了看，就幫忙收拾著，問：

「妳爹那些神藥，損失了多少？」

吟霜心痛的指著：

「這一排的藥罐都打碎了。好在藥方都在，明天起，我要去山裡採藥，把這些損失的藥丸、藥膏都補起來！」

「妳要上山？除非我陪妳去，要不然實在不安全。現在，伍家真的是跟我們槓上了。他們勢力強大，到處有殺手。何況妳已經被扣上了『妖狐』的罪名，妳單獨出門，我是絕對不放心的！」

吟霜一面收拾，一面喃喃說道：

「妖狐？妖狐？我怎麼會變成妖狐的？」

「妳別在乎這個。肯定蘭馨自知理虧，給自己回宮找的藉口，妳別往心裡去。不過妳今天敢正面挑戰老百姓聞風喪膽的伍震榮，可讓爹對妳刮目相看了！」

「我也不知道哪來的勇氣，但是被人當作妖狐，又搗毀了家園，我確實不好受，只好出面和他講講道理。」

「妳知道嗎？」皓禎想想：「妳講理講得特別好。不輸給妳高明的醫術呢。」說著，就欣賞的笑了起來。

「你還笑？我都懊惱死了！唉！我還是去上房幫爹娘收拾一下吧！怎麼有這樣野蠻的人，一進門就砸東西？」

「吟霜夫人，妳別去幫忙。秦媽剛剛還來問妳，需不需要幫忙呢？上房那邊，書房那邊，二夫人那……通通都收拾好了。」小樂說。

吟霜就跌坐在坐榻裡，若有所思。皓禎看看她，就走進了書房。書架上的書卷都碼好了，但是文字顛顛倒倒，錯誤百出。皓禎就把一卷卷錯誤的書卷，抽出來重新放好。吟霜走了過來，從他身後抱住了他，把面頰貼在他後肩上，用非常溫柔的聲音說道：

「接回公主吧！」

皓禎繼續排列著書籍，堅決的說：

「不要！」

「不要！」

「求你！」

「不要！」

「請你！」

「不要！」

吟霜長嘆一聲，緊緊抱著他說：

「這種抄家擾門的事，不能再發生了。爹娘都上了年紀，你也要為他們著想。」

「為他們著想，更加不要！」

「勉為其難？」

「不要！」

吟霜抱著他，搖著他。皓禎就轉回身子，抓住了她的雙手，兩人面對面，彼此深深互視。

吟霜眼裡，是顧全大局的哀懇，皓禎眼裡，是無法動搖的堅持。半晌後，皓禎說：

「事實上，進宮挨罵那天，我見到蘭馨了！她似乎有求和的意味，但是，我看著她，想到的是妳被肉刷子刷過的手臂，就令我寒毛直豎，剎那間，覺得整個皇宮都是陰森森的！所

以，不！絕不！我不會讓妳再陷進絲毫的危險裡！那個蘭馨，不會饒過妳，妳又太善良，不會保護自己！假若妳身上為了我，再弄出任何傷口，我會恨死自己！所以，不！絕不！」

吟霜嘆了口氣，不再說話了。

❖

蘭馨當晚就知道伍震榮大鬧將軍府的事了。她可不是吟霜，會和伍震榮講道理。在她的寢宮裡，她怒氣騰騰的握著鞭子，一鞭子就打在伍震榮的肩上，怒罵著：

「你去袁家大鬧？還帶了羽林軍？結果，你抓到妖狐了嗎？誰要你幫我出頭？本公主說過，誰都不許碰袁家，你沒聽到嗎？你以為你這個榮王，沒有人制得住你嗎？你還敢來我這兒邀功？我打死你！」

皇后氣壞了，大喊：

「蘭馨，妳敢用鞭子打榮王？是敵是友，妳都分不清嗎？」

伍震榮慌張的躲著鞭子，討好求饒的說：

「蘭馨公主，總要有人幫妳出氣是不是？下官已經丟下話，下次他們再讓妳受委屈，下官就把袁家抄家滅門……」

「你抄誰的家？滅誰的門？」蘭馨追著伍震榮打：「本公主已經嫁進袁家了，你不知道嗎？你這是在威脅袁家還是威脅我？你是在幫我還是害我？」

盧皇后大怒喊：

「來人呀！把公主的鞭子搶下來！」

衛士衝進門來，立刻和蘭馨搶鞭子。伍震榮反為蘭馨求情：

「皇后息怒！蘭馨公主現在氣糊塗了，下官就給她打幾鞭，讓她消消氣也沒關係！妳們母女，千萬別為了下官傷和氣！」

伍震榮說話時，蘭馨的鞭子已經被衛士搶下。蘭馨更加生氣懊惱，對伍震榮吼道：

「我們母女的和氣，早就被你這個『下官』破壞得乾乾淨淨！你還在這兒說什麼風涼話？本公主現在限你十天之內去向袁家道歉！向皓禎道歉！他們原諒了你，我就不去父皇那兒告狀，要不然……哼哼！」

伍震榮大驚：

「啊？去向袁家道歉？去向皓禎道歉？」

「真是女大不中留！」皇后不禁大嘆，盯著蘭馨：「妳這麼在乎皓禎，又為什麼弄出沙袋、墨汁、肉刷子？弄不死人家就冤人家是妖狐！」

蘭馨對皇后怒喊：

「我沒有冤枉她！她就是妖狐，就是妖狐……」

伍震榮趕緊說道：

「好好好！我去道歉！我去道歉！道歉完了再想辦法捉妖狐！」

捉妖狐這事，實在不好辦。但是，伍震榮一直有顆棋子，還沒發生很大的作用。那就是方漢陽。當初把漢陽安插在大理寺，實在沒有料到這個「嘴上無毛」的斯文小子，並不像他爹方世廷那麼好操縱！可是，不管怎樣，方世廷是爹，漢陽是兒子，還是會收到一些效果。

現在，只要漢陽去袁家，用大理寺名義，聲勢浩大的調查一番，然後咬定吟霜是妖狐，抓進大理寺就好辦了！伍震榮想出辦法，就來到宰相府作客。

漢陽聽了伍震榮的一番說法，大驚的問：

「什麼？袁家有妖狐？」

「那個袁皓禎父子咬定不承認，還有那位白吟霜，居然毫不畏懼本王，一介女子，說話頭頭是道！一看就不是簡單的人物。但是，越是如此，本王更加懷疑，所以，漢陽，你非得去查清楚這白吟霜的來歷不可！」

漢陽冷靜的思索，喃喃說道：

「原來，皓禎又娶了如夫人？」自言自語：「白吟霜？那不就是在長安大街救治祝大人的女神醫嗎？」說著，臉色一正：「榮王，既然都親眼見過那位如夫人，除了說話頭頭是道，還有什麼疑點，讓您懷疑她是妖狐呢？」

「嗯，實在說，本王看不出什麼疑點！」伍震榮沉吟道：「可能這就是疑點吧！她太冷靜了！本王已經發動羽林軍，她還能侃侃而談，連一點懼怕都沒有，這不近人情！能把公主逼到回宮，也實在太玄！」

「公主回宮的事情，朝廷上下都傳遍了，這皓禎還真大膽，居然這麼久了還不接回公主！看來這位妖狐，功力深厚！」世廷接口。明顯的在幫伍震榮說話。

「爹！」漢陽皺皺眉：「我們又還沒有證據證明皓禎的如夫人確實是妖狐，還是讓漢陽去調查看看再下定論吧！」

「寄南和皓禎兩人關係那麼好，或許也可以從寄南那邊試探出一點蛛絲馬跡！」世廷指示的說。

「這個已經想到了！我一會兒就去找他們問問！」

「這寄南和他的小廝，還沒管教好嗎？」伍震榮看世廷。

「上次把他們關進冰窖，幾乎要了他們的命！這兩個頭痛人物，礙著皇上的面子，只好走一步算一步！總不能真的把他們弄死！」

伍震榮點頭不語。

❖

將軍府有妖狐之說，就這樣傳了出去。至於漢陽奉命捉妖狐，寄南和皓禎還沒得到消

息，因為兩人都被氣呼呼的太子，召進了太子府。

太子滿臉不平，看著皓禎和寄南說道：

「這虎嘯山的一幕，回想起來還是驚險重重，你們說，難道我們就這樣吃個啞巴虧？我要把那個伍項麒抓起來！雖然他蒙面又裝成怪聲怪調，我依舊知道是他！」

「依我看，伍項麒好歹是你姊夫，又是駙馬，即使知道他在設局，又牽涉到女人，聲張了對你的名聲不好，你只能嚥下去！」皓禎勸著。

「不行！」寄南不服氣的說：「不能饒了他們，本王的腳現在好像還陷在泥濘裡一樣！我只要一想到那虎嘯山，我們也得設個局，讓他們跳進去！」

「就是！你們兩個聰明人，趕快想個主意，讓我出這口冤氣！我只要一想到那虎嘯山，我就渾身冒火！」太子恨恨的說。

「或者以其人之道，還治其人之身！我們也用美人計，不知道行不行？」寄南說。

「太慢！」太子說：「我只想衝進那駙馬府，把那個駙馬拉出來痛揍一番！」

「這樣也是個乾脆的辦法！如果啟望兄真想這樣做，我靖威王一定奉陪！」寄南起勁的：「不如我們今夜就夜探駙馬府……」想著：「麻袋！麻袋！對對對！宰相那方法好，用麻袋罩住他，一頓痛打就行了！」

「你們想想清楚，那駙馬府就如此容易闖進去嗎？萬一抓錯了人呢？萬一失手呢？太子

116

打駙馬，這算哪一齣戲？」

太子瞪著皓禎，大聲呼氣：

「那駙馬陷害太子，又算哪一齣戲？難道我堂堂一個太子，就這樣認栽嗎？」

「你何曾栽了？亡命而逃的不是你，是那個駙馬！」皓禎臉色一正，看著太子說道：

「我們和伍震榮這場仗，是個漫長的行動！你不要小不忍而亂大謀！木鳶不知道是不是就是那位斗笠怪客？如果是他，他也親自出馬了！」忽然想起，深思的問：「你們說，斗笠怪客怎麼會知道吟霜？會要我們趕快去找吟霜？顯然，他也知道吟霜的醫術！」

「是啊！」寄南也想了起來：「這位斗笠怪客，實在神祕！不過，在岩石林吟霜受傷時，他出現過！或者，他早就認識吟霜！或者他埋伏在東市，看過吟霜治病！」

「原來是斗笠怪客吩咐你們找吟霜？」太子驚奇的問：「我還以為是皓禎的主意！」思索著，說道：「這證明我們天元通寶，是彼此消息靈通的！就是我這個太子，有點窩囊！」

「啟望，想開點！」皓禎說：「伍震榮昨天帶了羽林軍，大鬧我們將軍府，幾乎拆了我家！還硬栽吟霜是妖狐！我被他氣得快吐血！但是，我只能忍下！除非我們能夠一舉扳倒伍震榮，我們不能再弄出私人的麻煩，讓木鳶措手不及！要以天下為重！」

太子神色一變，不禁對皓禎蕭然起敬，說道：

「皓禎說得甚是！」

寄南卻跌足大嘆：

「打架又打不成了？」看著太子，忽然問：「你把那青蘿怎麼樣了？雖然她是榮王府送來的，那種風度、氣度和談吐的女子，實在世間少有。不管是不是苦肉計，人家好歹幫你挨了一劍，你懲罰她的時候，也要手下留情。」

「啊？」太子一呆：「你還幫青蘿說話？」

「本王對於美女，總是心懷仁慈，沒有原則的！」寄南笑嘻嘻說道。「幸好，伍震榮沒有對本王用美人計！」

❖

安撫完了太子，寄南回到宰相府。他不知道他身邊就有個美人，只是常被他當成小廝看待，也不曾憐香惜玉。因為去太子府，他不方便帶著靈兒。靈兒心中有氣，這個主子大概真的不要她了！她心中罵著，一面在臥房裡換衣服，頭上是男妝，下身穿著小廝的長褲，靈兒正忙著給自己的胸脯纏著布條，一圈又一圈的纏著，弄得滿頭大汗。

「唉！我真是命苦，全天下大概只有我這個笨蛋，才會這麼做吧。勒得我喘不過氣來！」

寄南從太子府回來，進了大廳，沒見到靈兒，就一腳跨進了臥房。一看靈兒在更衣，他大驚，急忙把身子轉開，背對靈兒，嘴裡嚷著：「我沒看見！我什麼都沒看見！」

靈兒邊纏邊抱怨。

靈兒從床上抓起一件衣服，就扔向寄南，大罵：

「你進門也不敲門？就這樣闖進來？你不安好心！我都被你看光了！」

寄南抓下蒙著自己腦袋的衣服，說道：

「妳才太不小心，換衣服也不把門門上，這是被我看到，萬一被別人看到，妳小廁的身分就拆穿了！」忽然看到手裡的衣服，居然是靈兒的褻衣�子。寄南更驚：「妳看妳看！

拿什麼東西砸本王？？這是什麼？」高舉手裡的衩子。

靈兒抓著身上還沒纏好的布條，半裸著飛奔上來搶衩子，喊著：

「你這個混帳東西！你把我貼身小衣拿去幹嘛？趕快還我！」

寄南的眼光不由自主的追隨著靈兒，眼睛都直了，讚美道：

「哇！妳身材太漂亮了！腿又長，腰又細……」

靈兒伸出雙手去遮寄南的眼睛，嘴裡喊著：

「是君子，就把眼睛閉起來！」

靈兒這樣一伸手，胸口的布條直往下掉，寄南看得目瞪口呆。靈兒趕緊縮回手，拉住布條遮著胸，漲紅了臉踮腳……

「你還看！你還看？還不把眼睛閉起來？」

「妳在我面前這樣蹦蹦跳跳，還要我閉眼睛？什麼君子？我賣寄南從來就不是君子！再

說，妳這『貼身小衣』，這漂亮的『詞子』，可是妳扔到我臉上來的，我沒罵妳無禮，妳還罵我……」

兩人正在吵著，房門一開，漢陽大步進門來。

寄南一看不得了，抓起床上一堆衣服，把靈兒連頭帶腦包得密不透風，不巧把一條長褲套住了靈兒的頭，寄南再去推漢陽。

「又一個不敲門的！」寄南對漢陽笑道：「漢陽，有事嗎？出去談！出去談！」

寄南一面說，一面把漢陽往門外推，漢陽伸長脖子往裡面看。

「裘兒在幹嘛？」漢陽問：「他求著要當我的助手，我是來通知他，我可以用他當助手！」

靈兒眼睛被長褲罩著，什麼都看不清，以為是件衣服，雙手亂伸找袖子，聽到漢陽的聲音，急忙開心回答：

「謝漢陽大人恩典！謝謝你，你太好了！那我就是你的助手囉！」

寄南把漢陽用力推出門，攔在門口：

「你要用我的小廝當助手，有沒有得到我的同意呢？這事我不同意，他連我的小廝都不能勝任，怎能勝任當大理寺丞的助手？」

靈兒大怒，大聲喊：

「竇王爺，你這人簡直是小人！本小廝現在鄭重宣布，不當你的小廝了……」

靈兒一面說，一面和套在腦袋上的長褲奮戰，滿屋子亂轉，一不小心，腦袋撞在牆角上。這一撞還不輕，靈兒哀聲喊道：

「哎喲哎喲！痛死了！」就套著褲子，倒在地上。

寄南一驚，砰的一聲把房門闔上，把漢陽關在門外，急忙過來扶起靈兒。寄南拉下她蒙在頭上的長褲，揉著她撞紅了的腦袋，關心的問：

「怎麼一件衣服都穿不好？腦袋怎樣？疼嗎？」

靈兒瞪著他：

「你把我的漢陽大人關在門外？」

「什麼妳的漢陽大人？」寄南生氣，小聲的說道：「我才是妳的寄南王爺！妳看妳這衣冠不整的樣子，要給漢陽也看光嗎？」

靈兒急忙又抓起衣服護住自己，人喊：

「出去！你也給我出去！去陪著我的漢陽大人！」

寄南聽話的出去了，主要是去盯著那個方漢陽，怕他偷看，一面自言自語：

「我就說嘛！只要碰到美女，我就沒原則！不是沒原則，是沒轍！」一愣想著：「裘兒算是美女嗎？」想著她那婀娜多姿的身材，那熟睡時的臉龐，不由自主的微笑起來，心中低語：「她不算？誰才算？」他終於發現美女了！

總算，靈兒換好了衣服，一切都弄整齊了。只是，額頭上有個紅腫的包。寄南、漢陽正在長廊中邊走邊談。她就追了上去，神采飛揚的對漢陽說道：

漢陽一本正經的說：

「辦案我有特別能力，漢陽大人用了我準沒錯！」

「不見得！剛剛看你換一件衣服，居然換得亂七八糟，最後還撞了頭，真是不可思議。

我覺得你事到臨頭就手忙腳亂，是不是辦案的材料，還要觀察。」

寄南一驚，急問：

「辦案，就要有眼觀四面、耳聽八方的能力。」漢陽坦然自若的說。

靈兒更驚，呐呐的問道：

「換衣服？漢陽，她換衣服你也看到了？」

「那……漢陽大人看到了什麼？」

「看到你頭上套著褲子，兩手找不到袖子，褲管拖在腦袋後面，像一隻長耳朵的兔子，滿房間亂跳！」

「嘿嘿！」靈兒傻笑：「漢陽大人說話真有趣！」小心的問：「還有呢？」

「還有……就是你這位主子，把我推出了屋子。」

「咳咳！」寄南也傻笑：「漢陽你在作打油詩嗎？『頭上套著褲子，兩手找不到袖子，

像隻長耳朵的兔子，還有一位主子，把你推出屋子！』」

「是！」漢陽深思的說：「你倆這個案子，實在有一點棘手。爹娘拿你們沒有辦法，柴房冰窖都沒用，我要仔細找出治你們的方子！」就大發現的說道：「裘兒，你跟了本官吧！當我的小廝和助手，先把你們兩個分開，這樣共處一室，怎麼治得好斷袖之癖呢！」

「不要！絕對不要！」寄南大叫。

靈兒轉著眼珠問：

「跟了漢陽大人，不會也要跟漢陽大人同一個房間吧？」

寄南拉著靈兒的耳朵，咬牙說道：

「漢陽，讓她和我幫你一同辦案，你等於多了兩個助手，至於她去當你的小廝，我不准！她已經把我的生活攪得大亂，就不要讓她再來禍害你！」

漢陽乾脆的說：

「好！一言為定，從今日起，你們兩位正式成為本官助手，明天和本官一起去將軍府，

調查妖狐一案！」

靈兒和寄南驚愕，異口同聲喊道：

「啊？將軍府？妖狐？」

❖

就這樣，第二天，漢陽帶著他的兩個新助手，來到了將軍府。皓禎陪著三人進了畫梅軒

的大廳，香綺奉茶，然後吟霜款款而出，對漢陽盈盈施禮。

「吟霜見過方大人。」又低語：「其實早就見過了。」抬頭凝視漢陽：「聽說大人是奉令

來將軍府，調查吟霜是不是妖狐，是嗎？」

漢陽一怔，看寄南、靈兒和皓禎，問道：

「這是機密！是誰洩露了本官的來意？」

「哈哈！」寄南大笑：「是你的大助手和小助手聯合行動！漢陽，你找助手前，一定要

把他們調查清楚！我和裹兒，正是皓禎和吟霜的知己，怎麼可能不洩密呢？」

「寄南、裹兒，你們不要插嘴，讓漢陽辦案。」皓禎看向漢陽：「漢陽有話儘管問，我

和吟霜，一定知無不言，言無不盡。」

「那我就開始問案。」漢陽一本正經的說，就看著吟霜問道：「妳是妖狐嗎？」

「吟霜不是妖狐！」吟霜坦蕩蕩的回答。

「據說，妳有蠱惑全家的能力？」

「蠱惑兩字不知道是什麼意思？是讓全家都喜歡嗎？那我完全沒有這能力，因為公主恨

我入骨，假若我是妖狐，一定可以收服公主，怎會把公主氣到回宮？」吟霜說。

「說得也是！這將軍府最有權勢的人物，應該是公主吧！」漢陽沉吟的凝視吟霜。

「除了公主，也沒有其他人說吟霜是妖狐吧？」皓禎深思的笑著：「或者，吟霜不是妖狐，我才是什麼樹仙、山怪的？反正都是因為我，才讓公主生氣、吟霜受虐，全家不得安寧！」

「少將軍的意思是，**世間本來沒有妖狐鬼怪，只因為有種種心理的原因，例如愛恨情仇，而讓魔由心生？**」漢陽深深看著皓禎說。

「漢陽！」皓禎驚嘆：「你讓我刮目相看，真是相見恨晚！對了！就是這樣，請問你也在大理寺一陣子了，辦了多少離奇的案子，你見過妖狐鬼怪嗎？」

「還真的沒有親眼見過。皓禎這種理論，也是我常常假設的。但是，我接觸的案子確有幾件牽扯到一些巫醫巫術，百姓也穿鑿附會，議論一些不尋常的異像，這又怎麼解釋？」

「那確實很難解釋！我想，這世間有千千萬萬的人，總有幾個生來就有異稟的人，這些異稟，平常人沒有，就會少見多怪！就像『天狗食日』這種事，說不定有一天，也會有合理的解釋！人，要學的東西還很多！」

漢陽點頭，折服的對皓禎一笑：

「你應該也來當我的助手！」

「哈哈！」寄南大笑：「漢陽別太貪心，你要多少助手才夠？今天沒有白跑一趟吧！」

「漢陽大人，如果吟霜是妖狐，小的一定是月亮裡那隻搗藥的兔子！」靈兒說。

「而且連一件衣服都穿不好，在褲管裡找袖子的兔子！」寄南接口。

靈兒、寄南大笑，漢陽勉強維持莊重，唇邊卻滿是笑意。吟霜笑看他們說：

「寄南、裘兒，你們笑得那麼古怪，一定有我不知道的典故，不可以瞞我，快說！」

靈兒、寄南異口同聲說道：

「不能說！不能說！」

「唔，有祕密！有祕密！」皓禎拍拍漢陽的肩：「如果辦案告一段落了，讓我作東，我們來喝酒吧！」

❖

這是漢陽第一次在嫌疑犯家裡喝酒。而且，他喝得十分盡興。皓禎的正直爽朗，吟霜的雅致脫俗，寄南的嘻笑怒罵，裘兒的傻裡傻氣⋯⋯營造出一種賓至如歸的感覺。漢陽看著皓禎和吟霜，直覺就是一對璧人，蘭馨確實是多餘的。他這樣想著，就不禁為蘭馨嘆息，也為自己失之交臂的情緣而嘆息。

喝完了酒，漢陽拉著皓禎，在書房中密談。漢陽看著皓禎說：

「我算是追查過妖狐案了，但是並不表示我的意見就是定案！如果有心人一定要說吟霜是妖狐，也能舉出證據，本官不見得能保她不是。我是大理寺丞，上面還有大理少卿，再上面還有大理寺卿。」

「我瞭解，只要你能相信她不是，我就感激不盡！」皓禎說。

漢陽看了皓禎好一會兒，責備的說：

「既然心中只有一個吟霜，為何還要娶公主？我不會武功，知道打不過你，但是，我很想狠狠的揍你一拳！」

皓禎看了漢陽一會兒，說道：

「這一拳，你揍了！而且揍得我很痛！」吸口氣反問：「當初，公主是二選一，你為什麼不爭取、再爭取？我雖然會武功，因為你不會，我不打你！但是，我真的很想打你一拳！」

漢陽眼神一暗，坦率的回答：

「你打了！而且，打得我很痛！」

兩人深深互視著。多麼矛盾的立場，多麼對立的地位，多麼尷尬的處境，但是，友誼就這樣生根發芽，迅速茁壯起來。對皓禎來說，竟然有鍾子期初聽到俞伯牙彈琴，說出的那句話：「巍巍乎若高山，蕩蕩乎若流水！」的感覺。**高山流水，知音難覓，錯過的相知，錯配的婚姻！上蒼給人間，開了多少玩笑？**

太子卸下身上的長劍，掛上牆，再解下腰間的腰帶，取下腰帶上的玉帶鉤，不禁看著玉帶鉤發怔。太子妃看著他的神情說：

「這玉帶鉤失而復得，也不容易。那件劫金案雖然沒破案，漢陽還是把這玉帶鉤還你了。這大理寺丞和他爹不一樣，還是挺有人情味的。」

「嗯，物歸原主！」太子沉思著，納悶起來：「玉帶鉤丟掉是個意外，咬定玉帶鉤老早就丟了，那青蘿不可能事先和伍震榮串供，我會不會真的冤枉了青蘿？」

「太子！」太子妃說：「你把那四個丫頭關了好多天，到底預備要把她們怎樣？」

太子煩躁的回答：

「從榮王那兒來的人，絕對不能信任！」要說服自己：「她們一定早就被訓練得成精了，

否則，榮王怎會把有殺父之仇的女子，送到我這兒來？」

「那……你也不能把她們關到老死吧?」

太子深思不語。心裡有點不安,匆匆說道:

「我去書房,還有一些重要的工作要做!我那贊善大夫還沒遞補,失去了祝之同,我像失去了一位亦師亦友的人,這種損失,是再也無法彌補了!」說到這兒,對伍震榮更是恨之入骨。

隔天清晨,太子拿著卷軸,匆匆往大門外走,喊著:

「鄧勇!你去哪兒了?有沒有備馬?」

空中忽然一道飛影掠過,快若穿燕、迅似驚鴻。太子立刻身形一閃避開,抬頭一看,竟是自己的護衛杜野,鄧勇和眾衛士緊追在後,飛舞著追逐圍捕。鄧勇大叫:

「別讓他跑掉!」一面追,一面喊:「太子!奸細就是杜野!」

杜野揮舞著手中長劍,且戰且走,抵抗著追兵,往大門外衝去。太子騰身而起,飛躍上前,使出「夜叉採海」,右掌一探一抓,一把就抓住了杜野的衣領。接著一個拗步捶,立刻把杜野摜倒在地。不料杜野俐落的一個「鯉魚打挺」,翻身而起,長劍直直的刺向太子,太子一驚躲過,喊道:

「杜野!你是我多年的護衛呀!」

太子的「昆吾劍」出鞘,和杜野交鋒,兩把劍迎著陽光閃耀,上下翻飛、太子的劍術

既沉穩、又靈活，臨危不亂，深得「以意使劍」的宗旨！兩劍追逐纏繞，劍身相碰，鏗鏘作響。很明顯的，太子無論在劍術上、氣勢上、都更勝數籌！鄧勇和眾衛士一擁而上助太子一臂之力，眾劍圍攻，招招致命；劍光將杜野罩住，杜野難敵眾多高手，迅速的落敗下來，手中長劍被磕飛落地。鄧勇一把抓住了杜野，把杜野按著跪在太子腳前。鄧勇稟告：

「太子！鄧勇對杜野懷疑已久，今天終於抓到他了！」踢著杜野：「你是怎樣溜出去向伍項麒報告太子行蹤的？怎樣對太子設局的？」

「杜野？」太子驚問：「你真的是榮王的奸細？難道我們太子府，對你不夠好嗎？」

「有什麼好？」杜野倔強的回答：「一輩子都是隨從！跟在太子屁股後面跑！如果我有了足夠的銀錢，可以買許多護衛跟在我屁股後面跑！」

「那麼，你就是為了錢，把我出賣了？你最近賣了什麼？」

「虎嘯山！五十兩黃金把你騙到虎嘯山！夠了吧？」

杜野被捕，知道難逃一死，豁出去爽氣的回答：

「原來，虎嘯山是這麼回事！那麼，那張青蘿寫的字箋，也是你從榮王那兒拿來，栽贓

太子臉色一變：

「她們四個的？」

「不錯！榮王保留她們所有的私人物品，隨時可以派到用處！」

太子一呆，抓到奸細的喜悅，遠遠不敵冤枉了青蘿四人的痛楚！

「鄧勇！把杜野給關進地牢裡去！他是人證，可別給他逃了！」太子怒喊。

「不用關我，拿人錢財為人做事，我什麼都不會招！」杜野說完，突然從懷中取出一柄匕首，瞬間就抹了脖子，血濺花園。鄧勇衛士和太子，全部措手不及，杜野已經倒地而亡。

太子回到書房，太子妃心驚膽顫的看著他，真沒想到，太子身邊的護衛，竟然是伍震榮的奸細，太子的生命，真的像皇上所說，是建立在「危險」兩字上面的。還好鄧勇時時刻刻相隨太子，要不然，恐怕早就遭遇了不測。太子妃心裡恐懼不安，太子的心思卻在另一件事情上面。他對鄧勇吩咐說：

「把青蘿她們四個帶來。對她們好一點，如果她們想先梳洗，也讓她們先去梳洗，我在這兒等著她們。」

片刻之後，青蘿、白羽、楓紅、藍翎四人，被帶進書房。只見四人神情憔悴，雖然已經梳洗過了，依舊難掩落寞和傷痛。四人看到太子和太子妃，就在兩人面前跪坐於地，個個低頭，默默不語。

太子和太子妃，歡然的看著面前的四個女子。太子就柔聲的說道：

「青蘿，委屈妳們了！現在奸細已經抓到，真相大白！妳們可以洗刷所有的罪名了，一切和以前一樣，妳們還是在太子府裡當差，我不會虧待妳們的！如果妳們有什麼要求，告訴

「我，本太子一定彌補妳們這次的委屈！」

青蘿抬頭，堅定的看著太子，開口說道：

「太子，在監牢裡，我們四個已經商量好了，如果我們還有重見天日的一天，我們只希望像一般老百姓一樣，過著平凡的日子，找個肯接納我們的人，生兒育女。所以，如果太子肯成全我們，就把我們四個放出太子府，讓我們自生自滅！」

太子一驚，盯著青蘿看：

「青蘿，這不是妳的真心話！妳只是在嘔氣罷了！」

「嘔氣也罷，不嘔氣也罷！」青蘿平靜的說：「太子府、駙馬府、榮王府……我都住過了！冤枉委屈也都一樣！我們四個都飽經風霜，知道在這些宮闈豪門裡的滋味，我們不想再繼續這樣的日子，請太子成全！」說完，磕下頭去。

其他三個女子也磕下頭去，一致的說道：

「請太子、太子妃成全！」

太子妃走到四人面前，拉起青蘿：

「妳們都起來吧。那牢裡的日子不好過，妳們都受到了冤枉和打擊，現在想的，不一定是正確的，我讓人給妳們送幾件新衣裳去穿，妳們打扮打扮，然後好好吃一頓，補補身子，再來討論去留的問題如何？」

楓紅、白羽、藍翎都動搖了，低頭不語，唯有青蘿倔強如故。

「謝謝太子妃！青蘿就此別過，還要去尋找弟弟，不再停留了！打扮打扮也不必，怎樣打扮，也掩飾不掉身上的污穢！如果太子和太子妃答應，青蘿就此告辭！」

太子瞪著青蘿，哀心歉然、神情激切，大聲說道：

「妳弟弟我再繼續幫妳找，妳一個人到哪兒去找？再說，我那服飾都是妳在打點，妳去了，誰來打點？」

「找弟弟差點害了太子，不敢再勞動太子！至於服飾，我在牢裡這些日子，不是也有人打點嗎？太子不缺人手。」青蘿倔強如故。

太子重重呼吸，胡亂找人的理由：

「那皇太孫佩兒跟妳跟慣了，誰來帶？」

「總有人可以帶的。」青蘿平靜的說。

「這麼說，妳走定了？」太子深深看她。

「是！」青蘿堅定的說：「青蘿不再留戀，走定了！只要太子准許！」

太子何時被人這樣拒絕過？面子、裡子都下不來，一怒，甩袖說道：

「青蘿所請照准！要走立刻就走！」悻悻然從桌上拿起卷軸，就大步往門外走去，到了門口，又轉頭說道：「太子妃，給她一點盤纏！」說完，不再回頭，出門去了。

青蘿匍匐於地，輕輕說道：

「太子保重。」

❖

太子不到二十歲時，就奉旨和太子妃成親，太子妃是禮部尚書的女兒，是個不折不扣的大家閨秀，端莊自恃，恪守本份。太子從來不是一個對女色迷戀的人，有太多「天下事」讓他操心。自從被立為太子，他就以百姓福祉為己任，除了太子妃，他不曾對任何女子動情。

其實包括太子妃，他只是理所當然的接受，並未嚐到「動情」的滋味。直到遇到青蘿。但是，這唯一一個讓他動情的女子，就這樣離開了太子府。抓到的奸細又自刎了，無法作證榮王預謀殺害太子之事，令太子的心情，跌落谷底。

他很想找皓禎聊聊，皓禎卻忙得很。擺脫了蘭馨，又搬進了畫梅軒，他這段日子過得像神仙。雖然也有伍震榮大鬧、方漢陽來追問妖狐之事，都不曾讓皓禎的幸福感稍減。這天清晨，皓禎準備要出門上朝，吟霜幫他穿著衣服，扣著扣子。這朝服有夠複雜，從頭上的襆頭到身上的袍衫，到佩帶的革帶，都有講究。吟霜仔細的幫他整理著，皓禎看著她，情不自禁在她額上印下一吻。吟霜抬眼看他，神祕兮兮的笑著，輕聲說：

「下朝之後早點回來，有事情要告訴你！」

「有事情要告訴我，就馬上說呀！還等什麼下朝？到底是什麼事？快說！」皓禎抓住她

的雙手。

吟霜就俯在他耳邊悄悄說道：

「你要做爹了！」

「什麼？」皓禎一驚：「妳說什麼？」

「我說……」吟霜羞赧的說：「你要做爹了！」

皓禎眼睛睜得大大的。

「妳是說……妳有喜了？」

吟霜點點頭。

「妳確定嗎？」

吟霜再點點頭。

皓禎大喜，抱著吟霜就地發瘋，嘴裡喊著：

「簡直是天大的好消息！吟霜有喜了！不得了……」趕緊把吟霜放下，小心翼翼的扶她到床邊，按著她坐下。「趕緊坐好，趕緊坐好！妳可千萬別給我動了胎氣！坐在這兒別動！」就揚著聲音大叫：「小樂！香綺！趕快準備雞湯……吟霜有喜了！」

小樂和香綺都衝進房間。小樂放開聲音就大嚷：

「有喜了？哇哈哈哈，吟霜夫人有喜了！」轉身就跑：「我去跟將軍報喜去！」

「小樂！」皓禎喊著：「你回來，這麼大的喜事，當然由我來說！」抓著吟霜：「我們一起去說！」

吟霜害羞的一扭身子：

「你去就好了！我不去！」

皓禎轉身就衝出房間。一路跑過庭院、長廊、水池、花園……各處，嘴裡不停的大喊著：

「爹！娘！你們要當爺爺奶奶了！爹！娘！大消息！大消息！吟霜有喜了！」

柏凱、雪如、翩翩、皓祥都被驚動了，從屋子裡紛紛奔出來。雪如一把抓住了皓禎的手，驚喜的問：

「真的？吟霜有喜了？多久了？」

「什麼多久了？」皓禎不解。

「是剛剛有的？還是兩個月？三個月？」

皓禎拍著自己的腦袋：

「哎呀，忘了問她！不知道！不知道啊！」

柏凱不知道何時已經到來，打了皓禎肩頭一下。

「不知道？你這個爹真糊塗！」忽然笑看雪如：「以前我也是這樣，一聽到妳有喜，高興得團團轉，其他什麼事都弄不清楚！哈哈哈哈！袁家有後了！」

「將軍！恭喜恭喜！恭喜恭喜！這是天大的喜事啊！」袁忠喊道。

立刻，小樂、魯超和所有僕人丫頭都聚集過來，眾人歡天喜地的大喊著……

「恭喜將軍夫人！賀喜將軍夫人！大喜大喜大大喜！」

庭院一隅，皓祥和翩翩看著這一幕。翩翩對皓祥說道：

「哎呀，這下不得了，從外室變丫頭，從丫頭變小妾，從小妾變如夫人，現在有喜了！

公主再不回來，恐怕在袁家什麼地位都沒有了！」突然瞪著皓祥說：「你為什麼總比皓禎

慢？青兒、翠兒跟了你兩年，連一點消息都沒有嗎？」

皓祥瞪翩翩，衝口而出：

「妳當年為什麼也比大娘慢？讓我比皓禎小了幾個月？如果我是長子，會受這麼多委屈

嗎？」

翩翩啞口無言了。

✥

庭院裡，雪如依舊喜悅的拉著皓禎的手，說道：

「這事太重要了！吟霜雖然自己是神醫，還是要請一位真正的大夫來診斷一下。有了確

實的好消息，再來慶祝！」

「袁忠！」柏凱就興奮喊道：「快去把杜大夫請來！」

「將軍大人，」雪如笑得摀住嘴：「是麥大夫啦！那杜大夫是專治跌打損傷的，婦女的事可不管的！」

柏凱、雪如、皓禎、秦媽、小樂、香綺都闐笑起來。眾丫頭僕人也笑彎了腰。

麥大夫進了將軍府，再到畫梅軒，證實了吟霜自己的診斷。他滿臉堆著笑容，對柏凱和雪如說道：

「恭喜大將軍，恭喜夫人，一點也不錯！吟霜夫人有喜了！」

眾人歡喜，雪如趕緊問道：

「大概有多久了？」

「應該才一個多月！」

「一個多月？」雪如欣喜的拉著吟霜的手，急道：「這段日子最重要，千萬要小心，生的冷的都別吃，一定要保護好肚子裡的胎兒！」

柏凱急忙對麥大夫道謝。

「吟霜夫人多休息，不要提重的東西，我再開幾帖補身安胎的藥，定時來診視，大將軍就等著迎接孫子吧！」麥大夫在眾人一片道謝聲中，被袁忠送出門去。

皓禎就喜悅的看著吟霜，鄭重的說：

「從現在起，妳什麼事都別做⋯⋯」喊著：「香綺，妳看著小姐，別讓她太累！還有，

138

秦媽背痛，袁忠關節痛，小樂摔傷了腿……都不是妳的事！別一天到晚幫這個扎針，幫那個把脈，上次還為娘悄悄去山上採藥，妳以為我不知道，其實我清楚得很，妳已經是全家大大小小的女大夫了！」

吟霜羞澀而好脾氣的說道：

「你別小題大作，我還是可以幫大家扎針看病開藥的，我的藥比外面的好。」

「吟霜是好心有好報，實在太高興、太高興了！哈哈哈哈！」柏凱笑著。

翩翩一股熱心的樣子，拉著雪如說道：

「這吟霜還是年輕，有了喜不能搬東西，那天榮王來大鬧，我看她整天忙著搬傢俱，收拾東西，會不會動了胎氣呢？」

「就是就是！」雪如擔心：「這吟霜，多少不能做的事，她都做了！我看，皓禎，過兩天我們帶吟霜去觀音廟燒個香，我要還願，還要為吟霜祈福！」

皓禎忽然想到什麼，說：

「這個好消息，一定要告訴寄南和裘兒。」喊道：「魯超！去一趟宰相府！」

魯超興奮說道：

「昨兒個有事出門，聽說寶王爺最近忙得很！不但成了漢陽大人的左右手，還到處行俠仗義！老百姓都在讚美他呢！靖威王現在名氣響噹噹！」

皓禎和吟霜，不約而同的驚喜說道：

「是嗎？」

❖

畫梅軒中歡聲一片，皇宮裡的公主院落中，蘭馨拿著木劍練著，一邊練一邊說：

「一點一點分一點，是暗示要和我分嗎？一點一點合一點，是個洽字！要合就要融洽嗎？難道他都有意義的？」

蘭馨一面想著，一面把木劍練得虎虎生風。忽然聽到背後有聲音，就舉劍直刺過去，嘴裡大喊：

「一點一點留一點！來者是誰，還不快『溜』？」

這一劍差點刺到進宮來見蘭馨的皓祥身上。皓祥驚險閃過，驚魂未定，拍拍胸口喊：

「哇！公主這一劍，差點刺到我心口，還好我命大！」

蘭馨見到皓祥，一怔：

「怎麼是你？」向皓祥身後再看看，沒見皓禎，眼神黯淡：「是你哥派你來當說客的嗎？」

高傲的抬著頭：「你回去告訴他，有話叫他當面來找本公主，找誰當說客都沒有用，本公主不會回去的！」

皓祥故意陰陽怪氣的說道：

「再不回去的話，公主在將軍府的地位就快要不保囉！公主若是繼續關在這裡生悶氣，放著別人恩恩愛愛的過日子，只怕是便宜別人，傷了自己的心！」

蘭馨臉色一沉，尖銳的問：

「什麼意思？恩恩愛愛？難道皓禎真的收了那狐狸精當小妾？」

「不是小妾！現在是『如夫人』了！上上下下都喊她『吟霜夫人』了！何止是皓禎，我爹我娘都認了吟霜，人家現在是我爹娘面前的大紅人，而且……還有一個更震撼的消息，不知道該不該告訴公主……」察言觀色的欲言又止：「就怕公主承受不了……」

蘭馨眼神犀利的大吼：

「說！不要拐彎抹角，什麼消息你快說，承不承受得住，那是本公主的事！」

「好！公主好氣魄！最好真的承受得住。白吟霜已經懷孕了！現在將軍府全家上下，個個開心得不得了，好像家裡中了個狀元似的！」

蘭馨和崔諭娘一聽大震。蘭馨怒不可抑的抓住皓禎的衣領，瞪大眼珠瘋狂的問……

「什麼？白吟霜懷孕了？她居然懷孕了？她憑什麼可以懷上皓禎的孩子？」

崔諭娘氣急敗壞喊道：

「白吟霜是個狐狸精，她是個妖怪，她怎麼能懷上駙馬爺的骨肉呢！哎呀！真是造孽呀！這是禍事不是福事呀！」

蘭馨抓著皓祥，越抓越緊。皓祥掙扎著：

「公主！快放手！我喘不過氣了，公主，我好心來告訴您消息，您不能恩將仇報呀！傷害您的是皓禎和那個白吟霜，不是我！公主！」

蘭馨氣極了，大力甩開皓祥，皓祥撲通一聲跌倒在地。他狼狽的爬起來說：

「公主，您衝我凶就不對了，整個將軍府只有誰是向著公主的，您應該最清楚！我今天進宮，就是為公主打抱不平才來的，您再不回去，難道要眼睜睜看著白吟霜，搶走您元配的地位？」加重語氣：「您可是公主啊！怎麼能輸給一個來歷不明的妖女呢？」

「你閉嘴！」蘭馨怒吼：「本公主一輩子都不會輸給誰！何況白吟霜也只不過是個妖狐，還沒有資格成為我的對手！」狠狠的下定決心：「本公主一定要親手收了這個妖精，把她埋在大雁塔下，讓她永不超生！」

「還有一個消息⋯⋯」

「你不會一口氣說出來嗎？還有什麼消息？快說！」蘭馨大聲喊。

「三天後一清早，大娘和皓禎，要帶著吟霜去觀音廟祈福還願！聽說，那個時辰，觀音廟還沒人，是特地為將軍府安排的！」

皓祥帶來的消息，確實壓垮了蘭馨。皓祥離去以後，蘭馨回到寢宮，整整兩天茶飯不思，在房裡走來走去，苦苦思索著。這天，已經是吟霜要去觀音廟上香的前一天，崔諭娘用

托盤端來飯菜，希望蘭馨可以吃點東西。蘭馨忽然命令的說：

「崔諭娘，明天一早，我們也去觀音廟！我要看看袁家那個狐狸精，現在是個什麼樣子？」

「公主，不要去招惹他們吧？」崔諭娘害怕的說。

蘭馨抬眼看崔諭娘：

「妳怕了他們？現在已經不是女人跟女人的戰爭，現在是人和妖怪的戰爭！吟霜一定以為我怯場了，被打敗了！但是，我蘭馨不可能這樣就敗下陣來！他們全家上香，一定浩浩蕩蕩，我要比他們更大的聲勢！傳令下去，讓羽林軍保護著我去！」

「羽林軍？妳要開戰嗎？」崔諭娘一驚。

「不是開戰！是壯大聲勢！」想想又說：「還有，把我那件百鳥衣找出來！」

❖

第二天，觀音廟內香煙裊裊，雪如領著皓禎和吟霜跪在佛像面前，虔誠的祭拜。雪如感恩的對佛祖說：

「以前盼著皓禎早日成親，一直希望有一天帶著兒子和兒媳婦來上香。今天這個美滿的夢想，終於實現了。馬上我又有孫子可以抱了，信女感謝觀音菩薩大慈大悲呀！」

「感謝菩薩！」皓禎深情的看著吟霜：「讓我能夠與吟霜相遇，擁有這麼多的幸福，請保佑吟霜的健康，保佑我們的孩子！」

吟霜也感動的，虔誠的說道：

「吟霜在此，謝謝菩薩的安排，讓我走進袁家，體會到人世間最深刻的愛，我願用我的一生，為皓禎奉獻！」

祭拜完後，皓禎貼心的扶著吟霜起身，兩人眼神交會著甜蜜的深情。靈兒和寄南當然也來了，兩人分享著皓禎和吟霜的甜蜜。他們到了菩薩面前，也分別向佛像面前磕頭，嘴裡唸唸有詞的祈禱著，拜完兩人起身。寄南用手肘推靈兒：

「喂！妳剛剛對佛祖說些什麼悄悄話？」

靈兒認真的回答：

「我向佛祖說啦，希望祂賜給我一個好姻緣，不用像皓禎那種十分好的男人，只要有皓禎七分好就夠啦！」

「奇怪了，妳最近真的很著急嫁人的樣子啊？都求菩薩幫忙了？」寄南說。

「沒辦法！被吟霜和皓禎兩人刺激到了嘛！太羨慕了！」靈兒說。

「人家菩薩在天庭裡可忙著呢！」寄南竊笑：「才沒空理妳。妳應該求我這個活菩薩比較快！」

「求你？」靈兒嗤之以鼻：「你的眼光那麼爛，哪會幫我物色好人啊！不要誤了我的終身就阿彌陀佛了！」

寄南又被靈兒調侃，比出拳頭想揍靈兒，靈兒一溜煙的就跑出門口。寄南不服氣的喊

著：

「我可是『神出鬼沒救百姓，不怕惡犬和豺狼！』鼎鼎大名的靖威王，妳這個小廝對我太沒規矩了！我揍妳！」

皓禎和吟霜手拉手，看著寄南這對小冤家又打又鬧，兩人心有靈犀的微笑著。大家陪著雪如，一起離開寺廟往外走去。

靈兒率先跑向寺廟口的庭院。一出廟門，便撞上了迎面而來，盛裝打扮的蘭馨。

只見蘭馨穿著華麗的百鳥衣，在一群穿著鎧甲的羽林軍護送下，浩浩蕩蕩而來。她高高的昂著頭，羽林軍整齊的邁著步伐，像個女王，氣勢不凡。靈兒一驚，喊：

「哎喲！蘭馨公主！這是要去邊疆打仗嗎？穿的這是妖女戰袍嗎？」

靈兒和蘭馨彼此狠狠對視，皓禎、吟霜、寄南、雪如也走出寺廟踏入庭院。大家看著穿著百鳥衣盛裝的蘭馨，和護駕的羽林軍，個個驚疑著。

蘭馨走近雪如身邊，故意酸溜溜的說：

「你們這一大家子也來上香啊？娘，兩個多月不見，府上可好？聽說家裡現在熱鬧非凡，好像有什麼喜事降臨是吧？」

雪如尷尬不知從何說起，皓禎一個箭步就擋在雪如面前，正對蘭馨，有力的說：

「家裡確實是有喜事，我想這種事情也沒有必要隱瞞妳，妳早晚也會知道。這裡是清淨的寺廟，如果妳有話要說，或者想挑事，那麼我們最好找個地方慢慢說。」

「本公主為何要和你慢慢說？」蘭馨沉穩的走到吟霜面前，直視吟霜：「我倒想問問這個妖女，她肚子裡的孩子，到底是誰的？」

皓禎上前，用力抓著蘭馨的手，甩開蘭馨，擋在吟霜面前：

「妳不要滿嘴胡言亂語，侮辱我的骨肉，孩子是我的，妳有什麼不滿儘管衝著我來！別找吟霜的麻煩！」

蘭馨對皓禎咬牙切齒：

「袁皓禎，我對你一再的隱忍，一再的給你機會，可你居然無視我的存在，無視我皇家的威嚴。你一再踐踏我的自尊，踐踏我選擇你的恩德！簡直是厚顏無恥，可惡到了極點！」

「我說過，我們的婚姻本來就是一個錯誤，現在一切都來得及挽救，就看妳怎麼想，公主是聰明人，只要妳放手，不要執迷不悟，就會海闊天空！我朝從一而終的規矩早就有名無實，妳可以有更好的選擇！」皓禎耐心的說。

「要我放手成全你和這賤人嗎？」蘭馨大吼：「她是妖怪，是狐狸精的化身，你以為你生出來的孩子，會是正常人嗎？」對著雪如等眾人吼：「執迷不悟，糊塗的都是你們這些被她迷惑的人！」就對羽林軍下令，指著吟霜：「去把那個妖女抓起來！」

眾羽林軍往前一衝，皓禎立刻揮手一攔。對羽林軍正氣凜然的喝道：

「都不許動！這兒是輔國大將軍袁柏凱的家人，你們羽林軍的紀律何在？誰敢上來，除非砍下我少將軍袁皓禎的腦袋！」大吼：「還不退下！你們要謀逆嗎？」

羽林軍被皓禎的氣勢震懾，全部不自覺的後退了幾步。蘭馨不可思議的看著羽林軍……

「你們居然不敢動手？」再看吟霜……「妳如果不是妖女，怎會有這麼大的力量？」

蘭馨說著，突然抽出鞭子，一鞭子對皓禎抽去。皓禎一招「風掃梅花」，右手急抓，一伸手就抓住了鞭子，誰知蘭馨是個虛招，立刻放掉鞭子，皓禎收勢不及，身子往後退了兩步，蘭馨就撲向吟霜，一把抓住了吟霜的兩隻胳臂猛搖，怒喊著……

「妳這個歹毒的狐狸精，妳到底想害皓禎到什麼地步！妳說妳說！妳是從哪個山洞裡來的？」

吟霜的眼光，直直的看著蘭馨身上的百鳥衣，一面被搖著，一面問道……

「公主，這就是那件著名的百鳥衣嗎？」

蘭馨一怔，大聲說道：

「是！這是一件百鳥衣，專門伏魔降妖！等到我把妳打出原形，我要用妳的皮，再做一件『百獸衣』！」

眼看情況不對，皓禎、寄南、靈兒一擁而上。皓禎去拉扯蘭馨……

「妳放掉吟霜，否則我對妳再也不客氣！」

「公主，已經有好多老百姓在看熱鬧了！」寄南急急勸道：「公主的家務事，鬧到人家

廟門口來合適嗎？」

「對付這種不講理的人，就要打！你們還講什麼道理？」靈兒就衝上前去，從皓禛手裡

搶下蘭馨的鞭子，一鞭子就抽向蘭馨。

羽林軍迅速的圍了過來，長劍瞬間出鞘，排成一面劍牆，整齊的一擋，把靈兒衝撞得跌

倒在地。

寄南趕緊扶起靈兒。蘭馨就跳到了一個高高的台階上。

只見蘭馨高昂著頭，百鳥衣迎著陽光，發出各種不同顏色的反光，熠熠生輝。四周的羽

林軍圍繞，個個穿著鎧甲，無論是服裝，還是佩劍，還是頭上的軍盔，也在閃閃發亮，眾星

捧月般，把她烘托得像一個出凡入化的女神。

吟霜目不轉睛的看著這樣的蘭馨，眼中充滿了悲切，一字一字說道：

「百鳥衣！我爹就為了這件百鳥衣，被殺死了！」

「什麼？殺死妳爹？」蘭馨一怔。

「百鳥衣！除了我爹的命，還有一百隻鳥的命！」

吟霜眼神充滿了悲傷和正氣，再一字一字說道：

「百鳥衣！除了我爹的命，還有一百隻鳥的命！一百隻活生生飛在天上的鳥！」

蘭馨的眼睛和吟霜對視，被吟霜的眼神再次震懾了，又被吟霜的語言刺激，突然感覺一股莫名的恐懼和寒意襲來。不禁打了一個寒噤。

剎那間，蘭馨突然出現幻覺，她看到自己的百鳥衣若干處開始震動，有如鳥兒振翅欲飛。接著，她看到有幾片羽毛跟著飄落。接著，有一隻鳥突然從百鳥衣中飛起。接著，第二隻，第三隻、第四隻、第五隻鳥……陸續飛起。接著，那件百鳥衣竟然幻化為上百隻鳥，成迴旋形繞著蘭馨向上飛去。在百鳥衣幻化飛舞時，蘭馨身不由己的被帶動，身子旋轉著。蘭馨看到旋轉的自己，和同時迴旋飛舞的鳥群，形成一種特殊的人鳥舞蹈。然後，一百隻鳥全部散開，向天空飛去。

其實，這百鳥飛去的景象只有蘭馨一人看到，眾人眼中，卻是蘭馨穿著百鳥衣，忽然旋轉飛舞，羽林軍全部仰頭看著，不知為何蘭馨翩翩起舞。皓禎等人，也莫名其妙的看著，全部看呆了。此時，有個馬屁羽林軍瘋狂鼓掌，大叫：

「公主的『百鳥朝天舞』，太好看了！」

眾羽林軍立刻呼應，鎧甲長槍像儀仗隊般互碰，鏗鏘有聲，歡呼震天：

「百鳥朝天舞！百鳥朝天舞！公主是『百鳥朝鳳』！」

蘭馨突然驚醒，在她的視覺裡，眾鳥歸位，還是完好的百鳥衣。

蘭馨恐懼著，雙手抓住胸前的百鳥衣，低問崔諭娘：

「剛剛百鳥衣是不是化成百鳥飛走，現在又變回來了？」

崔諭娘上前扶著蘭馨：

「哪兒有？只有公主穿著百鳥衣，忽然跳起舞來！」

蘭馨不信，猛然抓住一個羽林軍問：

「你看到百鳥飛走嗎？」

蘭馨大驚，瞪著吟霜，失聲尖叫：

「百鳥飛走？沒有沒有，只有公主在跳舞！」

「她是妖怪！她在對我作法！我的百鳥衣明明變成百鳥飛走又回來了！」急呼：「崔諭

娘，我們快走！快走！」

蘭馨就穿著百鳥衣，在羽林軍簇擁下，崔諭娘扶持下，急急忙忙離去。

皓禎見蘭馨走了，擔心的看著吟霜，扶著她問：

「妳還好嗎？」

吟霜淚流滿面，跪落在地，仰天說道：

「爹！吟霜不孝！吟霜不孝！」

皓禎心痛的把吟霜扶起，緊擁著。靈兒怒氣沖沖，向著遠去的蘭馨臭罵：

「踩著別人鮮血做的白鳥衣，還敢穿來炫耀！狼心狗肺的公主！」

48

蘭馨從觀音廟回到皇宮，進了房間，就對崔諭娘驚恐的嚷道：

「崔諭娘！妳可親眼看到，那個妖狐居然對我作法，讓我在眾人面前跳舞！」她激動得一塌糊塗：「那個白吟霜真的不是人，對！就是她那一雙眼睛，她那一雙狐狸眼睛瞪著我，我就犯迷糊了！我就中邪了！」

「公主！白吟霜真的用她那雙狐媚的眼睛，對妳下了魔咒嗎？」崔諭娘害怕的問：「我看您突然跳起舞來，簡直是嚇傻了！」越想越驚惶：「看來，咱兩個多月沒回袁家，這妖狐好像功力更深厚了！這要怎麼辦？」

「居然在廟門口就施展妖術，連菩薩她都不怕嗎？」蘭馨不禁打了個寒顫，趕緊脫下那件百鳥衣，拋在地上，抱著手臂喊道：「崔諭娘，趕快把這件百鳥衣，拿去燒掉燒掉！吟霜已經在百鳥衣上下了魔咒！快燒掉！」

崔諭娘急忙撿起百鳥衣往門外跑。

蘭馨腿一軟，倒進了坐榻裡，悲痛無助的自言自語：

「是是是！馬上燒掉！馬上燒掉！」

「這個戰爭，我好像已經輸了！皓禎向著她，袁家向著她，她又會用法術來對付我，我該怎麼辦呢？」

٭

蘭馨在皇宮裡自己嚇自己。皓禎卻在畫梅軒裡，急著安撫悲痛的吟霜。他扶著吟霜坐下，著急的俯頭看著她，膽戰心驚的問道：

「妳怎樣？現在妳有身孕，可不要太激動！別告訴我，妳動了胎氣！」

吟霜悲憤不已，還沒從廟前的震撼中回神，嘴裡一直喃喃說著：

「百鳥衣！我爹死得真慘，死得真冤！」

「吟霜！」靈兒氣得跳腳：「那公主故意穿百鳥衣去跳舞，故意要刺激妳！妳不能中計，

如果妳中計，妳就更加冤枉了！」

「奇怪！」寄南困惑不解的說：「蘭馨顯然是去觀音廟堵皓禎和吟霜的。她怎麼知道大家會去觀音廟？難道有人向她通風報信嗎？」

皓禎握住吟霜的手，感到吟霜的手在發抖，更加擔心。

「妳在發抖，這刺激太大了！妳到底怎樣？我看妳又被蘭馨抓住猛搖，會不會搖出問題來啊？急死我了！」懊惱的拍著自己的腦門：「去觀音廟原是為了祈福去的，居然造成了反效果！」大喊：「香綺香綺！安胎藥熬好了沒有？」

「公子別急，在熬著呢！」香綺說。

正說著，雪如帶著秦媽急急進門。雪如著急的問：

「吟霜，要不要請麥大夫來診治看看？」

皓禎趕緊迎上前來。

「娘！不用請麥大夫！為了以防萬一，香綺已經去熬藥了，自從吟霜懷孕以後，這安胎藥就一包包的備著，比大夫來還快！」

「那就好，那就好！」雪如走到吟霜面前，仔細看她臉色：「蒼白得很，這蘭馨……怎麼有這麼多花樣？吟霜啊，妳肚子裡這塊肉，已經是袁家全家的希望，妳自己是神醫，幫我們袁家保護好這個孩子！」

吟霜感動著，落淚了。

「是！娘！吟霜今天太激動，以後一定小心又小心！」

「以後，還是少出門吧。在家總是安全一點，今天這個場面，也實在太驚人。如果防不勝防怎麼辦？」

寄南想著想著，怒上眉梢，喊道：

「蘭馨是和我一起長大的，居然變成這樣子！這件百鳥衣……」突然大吼……「裘兒！跟我回宰相府，我要向那個假扮清官的方漢陽討個公道！」

「方漢陽？這事和漢陽大人有什麼關係？」靈兒問。

皓禎和雪如也驚看著寄南，滿臉狐疑。寄南暴躁的喊……

「有關係！有關係！有大大的關係！」

寄南不由分說，拉著靈兒的胳臂，就衝出門外去了。

寄南和靈兒趕回宰相府，在院子裡就撞上了漢陽。他手裡握著好幾卷公文，匆匆往大門方向走，準備去大理寺辦公。忽然看到寄南和靈兒出現在他面前，就喊道：

「哈！你們這兩個助手終於出現了，一早就不見蹤影……」

漢陽話沒說完，寄南伸手就對漢陽重重一推。漢陽跟蹌著連退了好幾步才站住。

「寄南，你在幹嘛？」漢陽驚愕的問。

寄南上前，就抓住漢陽胸前的衣服，氣勢洶洶的吼道：

「你這個表面正直、心裡有鬼的大理寺丞！老早我和皓禎就向你報案，你為什麼不追查？不辦案？只要是伍家的案子，你就置之不理，是嗎？你和你爹一樣，為虎作倀！你更壞，還用什麼『懷疑、證據』做藉口！如果你當時辦了『百鳥衣』的案子，今天還會讓吟霜

受到刺激嗎？如果吟霜小產了，就是你害的！」

寄南說完，激憤之下，一拳就對漢陽打去。漢陽哪兒受得了寄南的拳頭，整個身子飛出去，跌倒在地。靈兒著急的奔過去，攔在漢陽身前，對寄南喊道：

「王爺！王爺！你怎麼打漢陽大人呢？應該去打那個公主吧？是公主穿著百鳥衣，帶著羽林軍，大跳『百鳥朝天舞』，讓吟霜受刺激的，不是漢陽大人呀！」

寄南把靈兒用力一推，靈兒也跌倒了。寄南撲上去，再度拉起漢陽，一拳打去。

「白神醫為了那件百鳥衣，被伍項魁殺死，你為什麼不辦案？你為什麼不把伍項魁繩之以法？你吃掉案子，暗中保護伍家，你根本是伍家的走狗！」

漢陽一聽，臉色大變，也不知道從哪兒來的力氣，掙開了寄南，一拳打中寄南的下巴。

寄南完全沒防備，被打了一個正著。

剛從地上爬起來的靈兒，見一向斯文的漢陽出手，驚得目瞪口呆。

漢陽不再保持君子風度，嚷道：

「誰是誰的走狗？你才是皓禎的走狗呢！居然對本官如此無禮！」邊說邊整理服裝：

「要我辦白神醫的案子，你們遞上訴狀了嗎？別忘了你們只是口頭告官，什麼程序都沒有，你要我們大理寺怎麼辦案？」

寄南氣不打一處來，又要上去打，靈兒緊張的攔在兩人之間，急喊：

「不要打！不要打！宰相夫人來了！」

寄南一面衝上前，一面罵：

「你居然敢打本王，還跟我講程序？你這就是官僚！如果是清官聽到任何風吹草動，都會主動辦案！連我這個小小靖威王，聽到什麼不平事，我都會去關心一下！你呢？你是官官相護！貪生怕死，不敢動伍家的人，方漢陽，我看不起你！我要搋死你這狗官！」

寄南說著，又對漢陽衝去。

采文帶著丫頭僕人急急趕到，驚喊：

「寶王爺！手下留情呀！漢陽不會武功，你那拳頭會要了他的命！你們怎麼會在這兒大打出手？」就正視寄南，威嚴的說道：「寶王爺，你可是皇上交給咱們『管束』的『待罪之身』，你要知道分寸！辦案的事，到大理寺去談，家裡是安靜和平的地方，不是你們的戰場！」

寄南見采文出現，只得按捺下來，兀自氣沖沖的怒視漢陽。

漢陽趕緊對采文說道：

「這『寶王爺』今天變成『鬥王爺』了！像一條『鬥牛犬』一樣！驚動了娘，實在讓漢陽不安！不過，幸好裘兒這小廝幫我攔住了鬥牛犬，孩兒沒有大礙！」就正視寄南說：「至於那『百鳥朝天舞』是怎麼回事？本官讓裘兒來跟我說明就好了！想來你這忘恩負義的王

爺，也忘了是誰把你們從冰窖裡救出來的！本官不會用冰窖對付你，你去自己房裡閉門思過吧！」對靈兒說道：「跟我走！」向書房走去。

「是是是！我去向漢陽大人報告經過！」靈兒趕緊點頭，要跟著漢陽走。

「裘兒，妳是我的小廝，跟我走！」寄南怒吼，反方向走去。

靈兒站在兩人中間，不知道要跟誰。「王爺！小的先去報案，百鳥朝天舞的奇案！」

寄南往前一衝，拉著靈兒的耳朵就走。

「他遲早會知道『百鳥朝天舞』的案子，妳不說也有人會說！妳跟我走！」

❖

寄南把靈兒拖回房間，關上房門，用食指戳著靈兒的腦袋開罵：

「妳還要跟著他走？妳看看他，伍項魁在東市欺負妳和吟霜，我們報了案，他辦案了嗎？」

「至少漢陽上回還是辦了祝大人的案子，你當時還說他能幹呢！」靈兒試圖安撫：「好啦！好啦！你今天火氣真大，真的變成鬥牛犬了！」

寄南一聽火更大，追著靈兒就想拉她的耳朵，靈兒繞著房間奔逃。

「妳敢跟著漢陽罵我鬥牛犬？妳真是欠揍！」邊追靈兒邊滔滔不絕的開罵：「祝大人的案子根本沒破！奶娘畏罪自殺，後面的主謀者抓到了嗎？他根本就是一個表面辦案、畏懼強

權的偽君子！」

靈兒邊逃邊說：

「你一直對我發火有什麼用啊？你自己想想，你跟我說過什麼？住到宰相府來，有三個目的，你現在達到任何一個目的了嗎？你這樣一打，把我們好不容易和漢陽大人建立的友好關係都打掉了！下次漢陽再去找吟霜和皓禎的麻煩，我們怎麼辦？」

靈兒這篇話，寄南倒是聽進去了，不禁跌坐在坐榻上發呆。他一陣心浮氣躁，就抱著自己的腦袋，亂搖一陣，嘴裡唏哩呼嚕的說道：

「這個方漢陽深藏不露，東西南北，也不知道他是哪一路？這樣一打，真的是自找麻煩！每個人都有弱點，不知道他的弱點是什麼？」

靈兒就走到寄南身邊，彎腰對寄南說道：

「你說漢陽是一個冷靜的人，那我們要讓他不冷靜啊！」靈光乍現：「哎！有了！漢陽幾乎沒有碰過女人，你覺得我們來個美人計如何？」

「美人計？他就不碰女色的人，怎麼用美人計啊！」

「那美人計不行，也可以用美男計啊！」靈兒發出驚人之語。

「什麼美男計，本王爺聽不懂！」

「哎！你就會罵我笨，連這個美男計你都聽不懂！」洋洋得意的：「美男計就是……譬

如用我這俊俏的男兒身來勾引他呀！」

「什麼？妳想去勾引他？」寄南大驚：「那妳分明想讓宰相府的老爺夫人都瘋了不成？我倆的斷袖病沒醫好，反而也讓漢陽染上斷袖病，那漢陽的娘，一定會氣得上吊的！」

「這個不行，那個不行，咱們到底怎麼辦呢？」靈兒洩氣。

寄南轉眼一想，醋勁發作：

「裘兒，本王爺覺得妳非常可疑！妳動不動找機會去接近漢陽，現在當他助手不夠，還想用妳自己去勾引他？妳不會真的喜歡上漢陽了吧？妳說！妳給我說清楚！」

「哎！咱們現在是談如何保護吟霜，如何讓你打人這事下台階？你這到底扯哪去了？你這樣火冒三丈的，是哪根筋不對了？」

「反正我就是覺得妳這人動機不單純！」寄南吃醋：「妳如果看上了漢陽，妳最好清清楚楚、明明白白的老實告訴我，不要讓我……讓我……」說不下去了。

「不要讓你什麼？一個堂堂王爺，講話還這麼不乾脆！你說呀！不要讓你什麼？」

「本王爺就是不想說了！妳想怎麼樣！」寄南吼。

「你有病！老是動不動就對我發無名火，我欠你了嗎？」靈兒也吼。

「妳才有病！妳的病就叫做不知好歹、腦筋不清！連自己是男是女，現在都變得糊糊塗塗了！」

靈兒眨巴眼睛，突然開竅似的問道：

「你的意思是說，要我用『女兒身』去勾引他嗎？如果我恢復女兒身，你的斷袖病也等

於治好了！」

寄南大驚，抓起桌上的卷軸，就對著靈兒的腦袋敲去，嚷著：

「妳敢用『女兒身』去勾引任何人！妳現在是我的小廝，我這斷袖病不想好，行不行？

妳就待在我身邊乖乖當小廝，行不行？」

靈兒抓起另外一個卷軸，敲了回去：

「你這個王爺越來越怪！我現在就想恢復女兒身，這個小廝不想幹了，行不行？」

兩人劍拔弩張，怒目相對。

就在「百鳥朝天舞」還是疑案，靈兒也來不及向漢陽報案時，皇宮裡卻出了一件大事。

這件大事把所有其他的事都壓下去了，驚動了朝廷正邪兩派所有的人。

49

皇宮裡的大事，要從皇后說起。

東郊別府終於完工了。這天，莫尚宮陪著皇后，帶著若干護衛和宮女，來到別府泡溫泉。護衛分別在大廳外，澡堂外守衛著，宮女和莫尚宮就侍候皇后香湯沐浴。石砌的澡堂裡冒著熱騰騰的蒸氣，霧漫漫，煙裊裊。皇后泡得滿臉汗水，面色紅撲撲的，有如雲蒸霞蔚，宮女們用一條大布幔，圍裏著皇后緩緩走出池子。皇后疑惑著問莫尚宮：

「奇怪！榮王約本宮來驗收別府，怎麼還不來？」

莫尚宮與宮女一起為皇后擦汗更衣，背著宮女，不安的悄聲問皇后：

「娘娘，榮王邀皇后來別府驗收，怎麼還特別交代輕車簡從呢？這天候也不好，可能要下雨了，奴婢覺得，還是早點回宮去吧！」

「妳急啥呀？」皇后輕蔑的看了莫尚宮一眼，邊穿好衣服，邊嬌媚神祕的笑著：「榮王

肯定是被其他事情絆住了，這兒有美景又有溫泉，本宮想多待會兒，享受享受。一時片刻還不想回宮呢！」

莫尚宮看著皇后陶醉的臉色起疑，忍不住直率的問：

「難道是榮王想背著皇上……約娘娘來這兒私會……」

皇后把擦汗的帕子丟向莫尚宮的臉：

「放肆！本宮和榮王的事情，不准妳多嘴！」

皇后說話間，澡堂裡的霧氣更加瀰漫，突然，澡堂裡的宮女一個個身體酥軟昏倒。

莫尚宮一驚，伸頭向溫泉室外看去，驚見室外的護衛也全部昏倒在地。她趕緊回到室內，正要向皇后報告，皇后竟然搖搖晃晃的也倒了下去。莫尚宮大驚，急忙上前扶住皇后，著急的大喊：

「皇后！皇后娘娘！快醒醒呀？這是怎麼回事……」

莫尚宮話沒說完，感到一陣天旋地轉，自己也昏了過去。

大約一個時辰之後，莫尚宮醒了過來，看到昏倒的宮女也都慢慢醒轉，可是，澡堂裡卻沒有皇后的蹤影。莫尚宮搖搖晃晃的站起身子，趕緊摸著石砌的牆，到了澡堂外，看到護衛也一個個醒來了，急問：

「皇后娘娘呢？誰看到了皇后娘娘？」

護衛們慌張迷糊的四面張望，大家搖頭的搖頭，困惑的困惑：

「一陣頭暈，就什麼都不知道了！皇后娘娘？」

「不好！皇后娘娘不見了！」莫尚宮喊著：「大家快找皇后娘娘！整個東郊別府，一個角落都別放過，快找快找！」

護衛立即四散，翻遍了東郊別府，找不到皇后的蹤影。皇后在東郊別府失蹤了！

皇上得到消息，是莫尚宮回宮通報的。驚慌失措的皇上，也顧不得快到黃昏了，緊急把心腹大臣，通通召進宮。太子、皓禎、寄南、漢陽、柏凱、世廷、伍震榮不知發生何事，都火速趕來，全部聚集在皇宮偏殿裡。皇上臉色蒼白，急得五內俱焚，手足無措，不住唉聲嘆氣，對著大家慌亂的說道：

「緊急傳你們進宮，是因為皇后不見了！」瞪著站在一邊的莫尚宮，大聲喝問：「妳們怎麼會讓皇后不見了？為何要瞞著朕到東郊別府？」

莫尚宮匍匐跪地，著急哭著：

「皇上息怒！皇后是……」抬頭看著伍震榮：「是接到榮王的密柬，說東郊別府落成，要皇后輕車簡從……親自去驗收！」

伍震榮一怔，大驚，怒罵莫尚宮：

「妳一派胡言！」對皇上說道：「啟稟陛下，臣整日都在太府寺核對帳目，太府寺官員可以作證。臣不曾給皇后什麼密柬，更無邀請皇后去別府驗收！這事恐有文章，莫非有人想陷臣於不義啊？」

「母后失蹤了？」太子驚喊：「這是何等大事，現在先別管密柬，為防母后不測，應該趕快派出人馬，搜尋母后下落！」

「皇上，太子說得沒錯！」柏凱一聽，事態嚴重，緊急稟道：「此事絕不能讓百姓知道，增添皇后的危險。更不宜大張旗鼓的動用羽林軍，也不能動用中央十六衛，這會造成社稷不安，謠言四起！」

皓禎趕緊請命：

「皇上，臣負責京畿的安危，經常帶著便衣衛士巡邏各處，不會讓百姓起疑。臣立刻派出人馬，盡快搜救失蹤的皇后！」

寄南雖然深恨皇后，但是，皇后失蹤可是影響整個朝野的大事！他立刻挺身而出：

「我也去！我也去！東郊那兒我王府的人特別熟悉，可以幫忙打聽線索！」

「啟稟皇上，顯然皇后是被劫持了！臣請命立即到別府去採集證物，必須查出是什麼東西迷昏了護衛和宮女。再說，若榮王沒有傳密柬給皇后，那麼宮裡肯定有內鬼，才可以輕易讓皇后上當出宮，這些都是追緝匪徒的重點。」漢陽也跟著啟奏。

皇上急得心慌意亂，喊道：

「你們個個精明，所請通通照准！該找人，該查案的，不該驚擾百姓的，通通快去執行……」他盛怒的說：「一定要給朕平安的找回皇后，一旦抓出匪徒立刻殺無赦！」

大家齊聲答道：

「臣尊旨！」

❖

此時的皇后，正在一間殘破的農莊內。

皇后頭髮散亂，手腳都被綁著，躺在地上。她漸漸甦醒，看到眼前許多蒙著嘴臉的農民圍著自己，農民們衣衫襤褸，眼神憤恨。皇后驚恐萬分，她掙扎著問：

「你們是誰？」看清四周更加驚慌，對外亂喊：「莫尚宮！莫尚宮！來人啊！來人啊！」

對著農民大罵：「你們好大的膽子，居然敢挾持本宮！快放了本宮，否則你們個個項上人頭不保！」

為首的農民豪氣扯下蒙臉巾，露出真面目，對皇后恨恨的說道：

「我是柳四，那是王海！我們敢抓妳這像妖精的臭婆娘，還怕我們自己的人頭？哼！今天，我們就要為民除害！」說著，左右開弓，揚手給皇后幾個大巴掌，邊打邊說：「讓妳勾結奸臣弄髒皇室，讓妳在朝廷亂搞欺騙皇上……」

皇后何時挨過這樣的大巴掌，受辱和疼痛讓她恐懼得亂了方寸，睜大眼睛不敢相信的看著，聽到王海起鬨叫好：

「淫婦打得好！搶我們農地，苛刻農民百姓！該打！」煽動柳四：「不過可不能讓她這麼好死，得慢慢折磨她！」

皇后掙扎哀號，大叫⋯

「好大的狗膽！竟敢對本宮出手！我是皇后之尊，你們不得放肆！住手！救命啊！救命啊！皇上救命啊！」

「皇上？妳的皇上現在救不了妳！我們隨時可以取妳性命！」柳四喊著，上來一陣拳打腳踢，皇后痛得慘叫⋯

王海拿帕子塞進皇后的嘴裡，皇后只能在喉嚨裡嗚嗚著，什麼話都說不出來了。

「救命啊！救命啊！皇上⋯⋯震榮⋯⋯救命啊⋯⋯」

這夜的長安城風聲鶴唳，皓禎和太子帶著眾多衛士穿過街道，快馬疾馳而過，太子邊跑馬邊對皓禎說道：

「真沒想到忽然跑出這麼一件大事！誰會有如此膽量，劫走皇后，目的何在？」低聲問：

「會不會是天元通寶幹的？」

「你、我、寄南都沒接到木鳶的指令，絕對不可能！」皓禎堅定的說道。

兩人住口，飛馬疾馳，隊伍幾乎踏碎了長安的石板馬路。

百姓個個探頭張望，趕緊躲進家門，關門避禍，彼此不安叮囑著：

「朝廷又在抓什麼欽犯？不關咱們小老百姓的事，關門要緊！」

皓禎和太子、寄南各帶著衛士人馬，在東郊別府附近的叢林、樹林、鄉野間搜尋。之後，三方人馬在事先約定好的鄉間小土地廟前匯集，低聲商談。此時漢陽的人馬也趕到土地廟，太子急忙問道：

「漢陽，你剛從別府出來，有沒有找到什麼線索？」

「回太子，皇后坐的馬車早已隨著皇后一起失蹤，別府內也找到了一些草鞋的腳印，絕對不屬於宮女衛士的。預估有十名以上的歹徒，鞋印臣已經拓印下來了，而且也採集了別府內的溫泉水和周邊樹葉、窗紙，正要回大理寺做查驗。」漢陽說。

「現在天色不早，想在別府附近的樹林裡找鞋印，恐怕不容易，但這鄉道馬車輪子輾過的痕跡，倒還容易著手！」寄南說。

「由此看來，歹徒可能是駕著皇后的馬車逃離的！」皓禎吩咐：「那麼我帶著人馬循著車輪痕跡開始搜索。寄南，你帶著人馬在別府方圓的樹林裡繼續尋找，不要放過任何的蛛絲馬跡。」語畢看向太子。

太子不待皓禎發言即接口：

「別府方圓三公里內沒有居民，我帶著人馬往三公里外繼續尋找！」叮嚀的說：「任何茅屋、石屋、農舍……都不要放過，尤其小心附近的地勢，千萬別被誘進什麼懸崖或是沼澤裡！大家各自行動！」

皓禎、太子、寄南、漢陽四人互視一眼，立即分散往目的地前進。

❖

這夜，大家都在尋找失蹤的皇后，不知情的靈兒，又被寄南單獨留在宰相府裡，等得毛焦火辣。她舞動著流星錘，在宰相府的院落和門口，東張西望，嘴裡輕聲怒罵：

「什麼臭屁王爺？整天都不見人影，到現在還不回來？不知道跑到哪兒去拈花惹草了？等他進門，我就用我的流星錘，給他一陣『流星掃落葉』……」

靈兒正說著，大門開了，漢陽在門外下馬，拎著一籃窗紙、拓印、衣飾……等各種檢體，匆匆進門，回頭對門外侍從交待：

「馬都拉到馬房去，這個時辰，大理寺都沒人，我必須到書房去趕緊檢查這些證物……」

漢陽話沒說完，靈兒從院落草叢間竄出，只當是寄南回來了，忽然揮舞著流星錘，一陣狂風暴雨似的攻擊，打向漢陽，怒喝：

「你知道現在什麼時辰了？你去哪兒風流，自己招來，要不然我打得你在地上叫奶奶！

叫祖宗！叫……」

事發倉卒，漢陽一個閃避不及，被打到腦袋，不禁大叫：

「裘兒！住手！你一個人在院子裡發什麼瘋？我已經忙得暈頭轉向，回家還要被我的助

手打！」

靈兒趕緊收起流星錘，歡然的看著漢陽：

「漢陽大人！是你啊？你怎麼不報個名呢？我以為是我那王爺……」看著漢陽手中的證

物：「咦！漢陽大人，你去辦案嗎？怎麼不帶我這個助手？這籃東西是什麼？交給助手才

是！」說著，就搶過那籃證物。

「我還要向你報個名？笑話！」漢陽著急的說：「快把東西給我，這些都是證物，我今

天也不能睡覺，必須連夜從這些證物裡找出端倪，你對證物不熟悉，回你的房間去吧！別來

打擾我！」

靈兒拿著籃子嗅著：

「咦！這些證物有種奇怪的香味！不，有好幾種不同的香味，如果吟霜在這兒就好了！

她一天到晚聞百草，什麼香味她都分辨得出來……」

漢陽眼睛一亮，急急的說：

「聞百草……」有力的喊：「裘兒助手，趕緊跟我去找吟霜！」

漢陽就帶著靈兒，連夜趕到吟霜那兒，到了畫梅軒，吟霜迎了出來，只見漢陽急沖沖的，頭上還腫了個包。香綺連茶都來不及上，漢陽就急著說道：

「吟霜夫人，實在事關緊急，必須前來打擾！這些證物，越早找到來源，就能越早破案！皓禎、寄南都在為這件案子連夜偵察，恐怕今夜也無法回家！」

吟霜感到漢陽的緊張，有點心膽顫：

「是不是發生什麼大事了？大將軍也沒回來，大家都為了這案子在連夜工作嗎？不知道有沒有危險？」

靈兒睜大眼睛說：

「漢陽大人，我那臭屁王爺也在忙這件大案嗎？你怎麼不早說？」突然大怒：「有這樣驚動大將軍和皓禎、寄南的大案，居然把我這個助手瞞得緊緊的，當我是死人嗎？」拉著吟霜：「別幫漢陽大人『聞百草』！讓他們這些能幹的大人自己破案去！」

漢陽急急說道：

「這個案子是大機密，你們也不要聲張！吟霜夫人……」

吟霜拚命點頭：

「吟霜知道，絕對不會說出去。把證物趕緊給我！」

靈兒看漢陽和吟霜的神色，也開始緊張，不敢再抗議，趕緊把證物遞給吟霜。吟霜就拿

起衣服一件件的嗅，植物也每一株嗅一嗅，說道：

「漢陽大人，在這些證物上，我發現了一個共同的味道，這味道的來源就是『醉仙桃』，也有人叫它『山茄子』。全株有毒，尤其是它的種子和花蕊毒性最強，花蕊有催眠之效。一般我為病人療傷用的止痛藥，就會需要用到『醉仙桃』。若是做成迷魂香，就必須先磨成粉末，和菸草一起燃燒。」

「果然吟霜夫人對藥材瞭解甚多，」漢陽敬佩的說：「本官就怕藥草繁多，檢驗困難，耽誤了調查的時效。剛開始還以為是長春花做的迷魂香，現在吟霜夫人提供了這個方向，我們就事半功倍了，多謝女神醫指教！」

「不忙！」吟霜拿著一個鞋子拓印聞了聞，又再拿了一個拓印聞著：「這些鞋子的拓印裡，也都有一種共同的香味，名叫『女兒草』。這草很稀有，假若你們在找犯人，而這些都是犯人的鞋印，那麼趕緊去找有『女兒草』的地方！」

漢陽抱著那籃證物，就要往外走，急促的說：

「漢陽告辭！趕緊通知他們去！」

「漢陽大人！」靈兒喊道：「你認識女兒草嗎？皓禎、寄南他們，認識女兒草嗎？」

漢陽一怔，又站住，問吟霜：

「女兒草長什麼樣子？」

「上次魯超帶我去找藥草，曾經在東郊『驢兒坡』地區找到過！那兒遍地都是！」

漢陽深吸口氣，又是佩服，又是欣喜，喊道：

「東區驢兒坡！地理位置也對！吟霜夫人，我這就趕緊去處理！」回頭又喊：「裘兒，你就在這兒等你的王爺吧！我看到他幫你說一聲！」匆匆欲去。

「漢陽大人，你要把這驢兒坡的事，通知皓禎他們嗎？」吟霜急忙問道。

「正是！」

「那我有更快的方法！」吟霜就對窗外喊道：「猛兒！猛兒！」

漢陽驚愕的看著吟霜。這女神醫好厲害，還有比快馬更快的方法嗎？正在驚疑中，卻看

到一隻大鳥飛來。

❖

皇后這天有夠慘。一早，就狼狽的被帕子搗著嘴，柳四等人押著她到農莊的井邊。柳四

掏開她嘴裡的帕子說：

「想喝水嗎？讓妳嚐嚐我們百姓喝的是什麼樣的水？」

農民用木桶拉出黃澄澄的井水。柳四一把押著皇后的頭，按進井水裡，命令道：

「喝！趕快喝！身為皇后，也當一天農民試試！」

皇后憋著嘴不喝，掙扎間打翻了水桶，滿身弄得更加狼狽，她邊掙扎邊吼著：

「大膽狂徒！放開本宮！放開本宮！你們這幫土匪，馬上死到臨頭了！放開！」

「妳這嬌貴身軀，不敢喝是嗎？」柳四再抓著皇后的臉，往稻田的泥地上壓著：「田裡

一根稻米都種不出來！我們正餓著肚子，你們皇家倒是一間間的蓋行宮，可曾想過我們百姓

過著多麼辛苦的日子？」

皇后雖然狼狽，仍舊高傲，仰頭怒視：

「你們自己種不出東西餓肚子，關本宮何事？」想了起來：「原來你們就是那幫唱著

『五枝蘆葦壓莊稼，萬把鐮刀除掉它』的亂黨草寇！哼！你們別得意，本宮失蹤一定已經鬧

得皇宮天翻地覆，皇上會派出羽林軍來救駕，你們一個個都別想逃出長安的天羅地網！」

柳四隨手拾起地上的鐮刀，仰天長嘯，視死如歸：

「哈哈哈！原來皇后也知道這首歌謠，妳倒提醒我用鐮刀鋤掉妳這妖婦！」在皇后面前

耍弄鐮刀：「我就為那些餓死的百姓報仇……」舉刀就想對皇后砍去。

王海突然出現，阻止柳四：

「柳四，別衝動！還不是讓她死的時候，外面有動靜，我們快點躲起來！」說完拉著皇

后進入農莊內。

這時，皓禎、太子、寄南帶著衛士們，已經團團包圍了農莊。

「幸好猛兒及時送來地名，顯然吟霜也在幫忙辦案。驢兒坡有女兒草的地方，總算找到

了！」皓禎慶幸的說。

皓禎、太子、寄南騎在馬上面對門窗緊閉的農莊大門。太子對皓禎和寄南說：

「為了確保皇后安全，大家不要衝動，父皇雖說逮到綁匪就殺無赦，但是還是需要查明

真相，一定要留下活口！重要重要！」

寄南立刻對屋裡喊道：

「是！皓禎正有此意，最好是能夠招降綁匪！」

「屋裡的人聽了，你們已經被重重包圍，最好你們沒有傷害皇后，快把皇后放出來！有

什麼事情找我靖威王！」

「如果靖威王的面子不夠大，本太子在此！」太子跟著喊著：「你們劫持皇后有何目的，

儘管站出來說話！」

「我們知道你們人都在裡面，不硬闖是給你們求生的機會，此刻自首放了皇后，朝廷絕

對不會為難你們！我驍勇少將軍用人頭保證！」

農莊內，王海偷偷的從窗內窺視屋外的動靜，回頭煽惑柳四：

「外面重重兵馬，恐怕是逃不出去了，不如抓著皇后威脅他們，或許能給我們農民要求

點什麼！他們皇室什麼金銀財寶都有！」

「是啊！」一個農民附和：「跟著柳哥蹚這渾水，就知道會沒命了，與其白死，不如出

去和他們談判。」

「常聽說太子是個大好人，讓他知道我們百姓農民的苦，或許太子就是我們的救星！我們去向太子伸冤，去投降吧！那個靖威王和少將軍，也是有名的豪傑！」

眾人對著柳四誠摯的點點頭。柳四遲疑的說：

「他們現在只是想招降我們，對我們說說好話而已！」生氣的說：「你們不是都說不怕死嗎？不是說要痛宰皇后、為貧病死去的爹娘孩子報仇嗎？怎麼現在都動搖了？」怒向王海說：「王海，這一路你是怎麼跟我說的，還找了宮裡的人把皇后引誘出來，怎麼這時候又怕死了！」

皇后聽到柳四他們的爭執，嘴裡被堵著帕子，氣得嗚嗚的想插嘴。

「唉！」王海勸著：「不是怕死，是想辦法扭轉乾坤，或許我們都不用鬧到人頭落地，我們出去跟太子談談看吧！為了你天上的爹娘，好歹我們也賭一把！」

農莊內的農民意見分歧。農莊外的皓禎、太子、寄南眼見屋裡沒有動靜。寄南納悶說：

「該不會屋裡有什麼密道，被他們逃走了？」

「即使有，也逃不出這方圓幾里，我們的衛士已經把這驢兒坡全包圍了，他們插翅難飛！」皓禎說。

「再等等，現在還不能進攻，也不要刺激歹徒，否則會危及皇后的性命。」太子說：

「他們一定有目的，如果真要取皇后性命，早就可以取！我們少安勿躁，看看他們的目的是什麼？」

「哈！」寄南冷笑：「皇后也有今天啊！多等一會，多讓她受罪也好！不過，你們聽到皇后的聲音了嗎？會不會她已經沒命了？」

皓禎一急，就對著農莊內大聲喊話：

「農莊裡的兄弟們，皇后是不是安好？讓皇后跟我們說句話好嗎？」

農莊裡的農民互看，王海就上前，把皇后嘴裡的帕子掏出來，皇后立刻大聲哀叫：

「救命啊！這些強盜土匪要本宮的命……」

皇后話沒說完，王海立刻又把帕子塞回皇后的嘴裡。

農莊外，太子、皓禎、寄南等三人點頭，彼此示意。太子說道：

「我們繼續喊話，讓這些綁匪知道，我們也是苦民所苦，感化他們。現在最忌諱的是輕舉妄動！」

50

農莊這兒，內外陷入僵持狀態。皇宮裡，皇上一夜未眠，在書房著急來回踱步。對於盧皇后，皇上是恩情並重，就算知道她有些逾矩，平時也不忍苛責。現在，皇后失蹤，只怕凶多吉少。皇上只要一想到這點，就五內俱焚了。此時此刻，所有皇后的缺點都忘了，皇后的優點，卻全部浮在眼前。既然莫尚宮說，是伍震榮的密柬，把皇后騙到別府，這皇后的行蹤，伍震榮應該有數吧？他怒視著伍震榮問：

「已經過了一夜了，怎麼還沒有找到皇后？太子跟著皓禎出去找人，有沒有什麼消息回報？」

「皇上請息怒！」伍震榮稟道：「臣和皇上一樣著急皇后的安危，但請皇上保重龍體啊！太子真有孝心，為了皇后也親自參與行動，應該很快就會有消息的！項魁、項麒雖然不能動用羽林軍，但也都通通發動衛士到處尋找皇后下落，請皇上安心！」

正說著，漢陽行色匆匆趕來。

「漢陽，是不是有消息了？」皇上急問。

「啟稟皇上，在莫尚宮的衣服，別府現場和周圍環境的蒐證之下，可以證實歹徒是用醉仙桃做成的迷魂藥香將眾人迷昏，再擄走皇后。」漢陽說道。

「那京城裡藥舖多的是啊！通通抓來拷問拷問，或許能找到線索！」

「歹徒的計畫非常周密！」漢陽繼續說：「很技巧的利用別府溫泉的煙霧，來掩護迷魂香的飄送。而能知道別府溫泉峻工，再給皇后密束的，這人若不是皇后身邊的人，也一定是皇宮裡的人。」

「皇宮裡上上下下幾千人，什麼人這麼大膽想對付皇后？朕的皇室裡，到底隱藏著什麼樣的陰謀？漢陽，命你速速找出真凶！」皇上越想越急，心知皇后平時樹敵不少，如果皇后落入敵人圈套，這「敵人」也必定手段高強！

「陛下放心，經過高人指點，太子、靖威王和少將軍都到驢兒坡去找尋，相信不久就會帶來好消息⋯⋯」

漢陽正說了一半時，伍項魁氣喘吁吁，衝入書房，大喊著：

「太子和皓禎找到皇后的蹤跡了，就在別府三公里外驢兒坡的一處農莊裡！好像是被一群農民叛徒給劫持，現在雙方還在僵持談判，項魁怕皇上著急，快馬奔回稟報！」

皇上急促問道：

「僵持談判？那皇后還沒救出來？她是否安全？有沒有生命危險？」一想，當機立斷喊道：

「不行，朕不能只是在宮裡等候消息，曹安！備車！」

「曹安！」伍震榮急忙喊道：「你讓衛士保護好皇上，趕去驢兒坡農莊！皇上，下官立刻帶項魁先走一步，飛騎趕去支援太子救出皇后！」

伍震榮說完，帶著項魁就衝出了御書房。

❖

在驢兒坡農莊那兒，太子、皓禎、寄南跟裡面的農民諄諄善誘，說了許多好話，雙方繼續僵持。裡面的農民，分成兩派，柳四主張立刻殺了皇后，置自我人頭於不顧，用生命換得正義。王海主張投降，用皇后換得糧食銀兩和性命。雙方爭執激烈，但是，畢竟是一些農民，誰不貪生怕死？最後，浪費了好多時辰，快到晌午時分，裡面的意見終於在太子、皓禎等人的說服下，統一了。

農莊突然開門，柳四用刀架在皇后脖子上，走出屋外，王海帶著農民等人也隨後一起走出。皓禎、太子、寄南下馬拔刀，眾衛士也警戒著對峙。太子對柳四大喊：

「不要傷了皇后，放下你的刀子！」

「你就是太子？可以為我們百姓伸冤的太子？」柳四問。

「沒錯！蒼天在上，本太子絕不食言，放了皇后，一切好談！」太子有力的說。

「我們小老百姓就像螞蟻一樣，被朝廷踐踏太久了，現在要如何相信你們？」柳四問。

「太子一向苦民所苦，在民間人盡皆知太子為人，勸你快放下刀械投降。劫持皇后，並不能解決問題。」皓禎好言勸著。

突然間，伍震榮、伍項魁、伍項麒飛騎趕到。伍項魁一個策馬向前，衝出隊伍，喊道：

「跟這幫歹徒還有什麼好談的，皇上說過殺無赦，太子的人馬不下手，浪費這麼多時辰，就讓我來！」大喊：「來人！抓下這幫綁匪！立即處斬！」

伍項魁的人馬便團團圍住皓禎、太子、寄南及柳四等綁匪。

柳四一看，情勢不對，刀子更加深陷進皇后的脖子裡。皇后掙扎嗚嗚的叫著，對伍震榮流著眼淚。太子霸氣大喊：

「伍項魁，你若不想看到皇后受傷，就快和你的人一起退下！此案由本太子負責！」再大喊：「退下！」

伍震榮怒罵柳四：

「真是膽大包天，居然敢把刀架在皇后的脖子上！」瞪著太子，咄咄逼人的問道：「太子，你懦弱無能不作為，居然還祖護綁匪！難道這件劫持案，和太子有關？」

皓禎無懼的面對伍震榮，振振有詞的說：

「榮王，你不要含血噴人，就為了找出是誰和這劫持案有關，才不能草率殺人！」

寄南湊近伍震榮身邊說道：

「別忘了有一份署名榮王的密柬，才害得皇后被綁，榮王的嫌疑也不小呀！」

「本王沒有工夫和你們這幫毛頭小子浪費唇舌！」伍震榮喊：「項魁、項麒，誰阻擋你們，一律格殺！」

剎那間，皓禎、太子、寄南與伍家兄弟，雙方人馬兵戎相見。伍項魁朝柳四奔來，皓禎、寄南、魯超攔住伍項魁、伍項麒，和重重伍家衛士相持不下。一團混亂之中，太子和鄧勇飛身而上，鄧勇踢飛了柳四手中的刀，太子立刻出手，一招「夜叉探海」，左掌鎖喉、右掌分挫，打倒了柳四，救走了皇后，喊道：

「鄧勇，快把皇后帶到安全的地方。」

太子話才說完轉身，驚見柳四已被伍項魁一刀刺入胸膛身亡。他氣得痛罵：

「可惡的伍項魁，你殺了我的證人，就是試圖湮滅證據！」

太子飛身踢向伍項魁，兩人刀光劍影的過招。

這時，皇上的馬車已經趕到，皇上走下馬車，見到狼狽的皇后，不禁心痛如絞，立即上前，一把就將她擁入懷裡。皇上激動萬分的說道：

「皇后有沒有受傷？歹徒傷了妳哪裡呢？」

皇后淚流滿面，在皇上懷中欷欷發抖，痛哭說道：

「皇上，臣妾差點再也見不到皇上了！皇上要為臣妾作主啊！」

曹安趕緊說道：

「陛下！皇后娘娘！快上馬車，離開此傷心之地吧！」

曹安就侍候皇上、皇后坐上馬車，皇上看著披頭散髮、面頰紅腫、衣裳皆濕、滿身泥濘的皇后，整顆心都絞扭起來，可憐的皇后，何時吃過這種苦？受過這種折磨？他緊緊擁著皇后，拍撫著她的背脊，不住口的安慰。馬車立刻起動，向歸途疾馳。

在農莊這兒，王海趁亂想往後溜走，項麒突然一劍攔住擋下。王海就欣喜的說：

「大人，您真是英明，一切都照您預料的發生！小的完成任務了！」掏出一把匕首給伍項麒：「大人給的匕首也用不上了！」

伍項麒微笑的接過匕首，對王海說道：

「你的任務是完成了！我這就送你一程！」

伍項麒一反手，立刻把匕首刺入王海的胸口裡。王海搗著傷處：

「大人……你……你想滅口！」

王海倒地身亡，伍項麒再用自己手中的劍對王海補了兩、三劍。

柳四其他同夥農民，也都在混亂中，全部被伍震榮的手下刺殺身亡。

皇后雖然救回了，但誰是幕後真凶？怎會造成這場大難，成了最重要的問題。皇上驚魂

未定、怒氣未消，威嚴的坐在殿上，震怒的說道：

「你們兩方人馬還要吵多久？從農莊打到朕的殿上了，還要吵！」

太子忿忿難平說道：

「父皇雖然在盛怒之下命令殺無赦，但留下活口，才能釐清案情，榮王急欲殺人，實有

滅口之嫌！」

「下官一切都是遵照皇上的聖旨辦事，而且也順利救回皇后。太子不該在皇上面前胡言

亂語，有失太子風度。」伍震榮說道。

寄南無懼的對伍震榮痛罵：

「什麼胡言亂語，明明可以把人好好帶回審案，你偏偏還要你兩個兒子痛下殺手，甚至

連對太子都毫不留情、真刀真槍的廝殺！」

「皇上！」皓禎氣憤說道：「太子、寄南和微臣，已經控制了局面，可以救回皇后，也

拿下人犯！榮王卻強勢介入，揚言阻擋者一律格殺，完全將太子視為仇敵般的對付！皇后重

要，太子也重要！這點請皇上明鑑，為太子作主！」

漢陽站出來，說道：

「啟稟皇上，臣已調查出十位綁匪的身分，都是城郊外的農民。這十位也從未有犯罪的紀錄。至於囚禁皇后的農莊……」看向伍震榮。

「怎麼樣？那農莊有什麼問題？找出宮裡的內應沒有？」

「漢陽，你辦案公允，任何疑點都必須勿枉勿縱，你快告訴皇上！」伍震榮說。

「陛下，經臣調查，那農莊很意外的，居然是義王的莊園，不知是否因為巧合，就給綁匪利用了！」

「什麼？」太子吃驚：「怎麼會是皇叔義王？漢陽，你確實查得清清楚楚？」

「就是就是！」寄南接口：「要找宮裡的內應，誰都可能，就不可能是義王。」

「是義王的莊園也不用太吃驚，曠廢的農莊，也沒有籬巴道築牆，什麼人都可能闖入，何況是亡命之徒！」皓禎說。

方世廷挺身而出，說道：

「皇上，是不是義王，宣進宮詢問詢問便可知曉。最好忠、孝、仁三位王爺都請來問問，反正四王也是形影不離的。」

「好，就宣四王來見！」皇上說道。

不久後，忠、孝、仁、義四王全部來到殿上。

義王聽到問起東郊的農莊，就坦然說道：

「皇兄，那塊莊園是先皇賜給臣下的沒錯，但是五年前，見農民無地可耕種，就撥給附近的居民隨意耕作。不知為何會捲入皇后被劫的案子？」

「送給農民耕作的事情臣也清楚，那時水源充裕，土地肥沃，收割非常順利，臣陪著義王還去過農民家裡，喝過豐收酒。」忠王接口。

「那豐收酒，臣也喝了！」孝王說：「只是很遺憾，兩年前那塊莊園的水源就被破壞了，抽不出乾淨的泉水，農地也就越來越壞，到最後那塊農地就種不出東西來了。」

「我們和義王也曾到處奔波，想查出破壞水源土質的原因……」仁王跟著說：「可能是東郊別府和附近行宮大興土木的關係，抽取了太多地下水源。」

伍震榮大聲的打斷：

「你們四王一人一句，故事說完沒有？現在居然指桑罵槐的說到東郊別府。皇上是在找劫持皇后的真凶，你們從豐收酒說到破壞水源，這一切根本都是你們事先就套好招的！」

「所以義王不認識柳四、王海？」皇上問。

「柳四認識啊！」義王坦率的回答：「當年就是去他家喝的豐收酒。王海？沒聽說過這名字。」

「認識那就對了！」伍項麒點頭，一口咬定：「義王既然熟識綁匪，囚禁皇后的農莊又是義王提供。這麼直接的關連，還有什麼可置疑的，宮裡的內應肯定就是義王！」

「有這樣審案子的嗎？」太子瞪眼：「認識綁匪就是主謀？」怒視伍項麒：「你也認識義王，難道你也是綁匪之一，父皇和皇叔更是兄弟，難道父皇也是綁匪？」

皓禎、寄南不禁偷偷的笑著。伍震榮對他們一吼：

「這麼嚴重的大事，你們還笑得出來！皇上，不只是義王可疑，太子和皓禎、寄南保護匪徒不肯動手救皇后，這都是事實，當時出動的人馬都可以出來作證。」

正在這時，皇后忽然急急趕來，哀聲喊道：

「皇上，您不能再縱容太子和義王種種的罪行！」

皇后雖已梳洗更衣，回到平時的妝扮，但也難掩憔悴。皇上快步迎向皇后：

「皇后歷險歸來，又受到不少皮肉之苦，怎麼不多休息療養，何必老遠趕來呢？」

「不趕來，就怕仁慈的皇上又要被利用了！」皇后淚眼婆娑：「皇上呀！臣妾就算有千錯萬錯，好歹是您的皇后！臣妾不知道是擋了誰的道，居然出此惡計想置臣妾於死地。皇上，您一定要嚴查嚴辦啊！」

「皇后，妳不要激動，案子一定會查個水落石出，這大堂之上，快別哭了！」怒視四王：「誰有嫌疑，都當打入大牢嚴審。皇上您不能再心慈手軟，快將四王和太子、皓禎、寄南這幫人通通押入大牢！皇上！」

「臣妾委屈呀！怎能不哭，劫持一朝國母是何等的大罪！」怒視四王：「誰有嫌疑，都

「沒有證據，怎麼可以強制入罪？」皇上揪心的說。

「皇上，說四王、太子還有臣等將軍府牽涉其中，實在太過牽強，何況忠王病體初癒，經受不住這些牢獄之災的折騰。」柏凱說道。

伍震榮有力的對皇上施壓：

「陛下，臣等請求將一千嫌犯送入大牢候審，以慰皇后受創心靈。此時不當機立斷，以後皇室人人難安！如果下次劫走的是陛下怎麼辦？」

「皇后殿下！」漢陽急問：「那封把皇后誘到東郊別府的密束，能否給微臣過目一下？」

「這是最直接的證據！」

「密束？」皇后瞪大眼：「看過就丟了！誰會留著那小紙條？如果本宮知道這紙條關係本宮的性命和榮王的威信，還會丟掉嗎？如果是榮王要陷害本宮，還會用自己的筆跡和名字嗎？皇上啊！」眼淚又掉下來：「榮王和本宮是親家，家眷們也走得很近，這明明就是有人想一箭雙鵰，殺了本宮再嫁禍榮王！皇上，您要幫本宮作主！」

殿上各大臣遲疑間，受伍震榮犀利的眼神脅迫，紛紛跪下喊：

「皇上聖明！皇上聖明！」

皇后含淚再度施壓，悲啼的說道：

「太府寺的竊金案，還有萬兩黃金的劫案，皇上一再的縱容、包庇四王和太子，才使得

他們膽大妄為、欺凌臣妾。皇上，您答應要為臣妾作主的呀！皇上，君無戲言啊！」

皇上無奈，只得咬牙說道：

「漢陽，暫時先將四王帶到大理寺大牢候審，沒有朕的旨意，誰都不能提訊四王、接近四王！」

「臣遵旨！」漢陽低聲說道。

太子大聲激動抗議：

「父皇，您萬萬不可以如此，父皇！」

皇后用淚眼瞄著皇上，皇上安撫的對她點頭。皇后一轉頭，卻用勝利的眼光，掃視著太子、皓禎、寄南三人。三人被這眼光簡直氣炸了！

三人離開皇宮後，都聚集在畫梅軒大廳中，個個憤憤不平。魯超、鄧勇在門口嚴密守衛。香綺侍候完茶茶水水，就悄悄退下。太子氣得發昏，說道：

「皓禎、寄南，我們居然這麼笨，跟著榮王布下的陷阱往裡面跳！拚了命去救皇后！結果是個假劫案！你看，他們狠到利用完了就全部滅口！那些笨農民和我們一樣笨！氣煞我也！」

「榮王已經連皇后都利用上，明明就是要把四王和我們三個都趕盡殺絕！可恨的是，我

們聽到皇后被劫，還會忠心耿耿的去救皇后，這是我們的悲哀！」皓禎說。

「當時是我們得到猛兒送來的信息，『女兒草』和『驢兒坡』，第一個發現皇后被關的地方，就該衝進去先殺掉那個誘餌！我們就是笨！還想招降那些農民，這才給了伍家時機來滅口！」寄南後悔不迭。

「女兒草和驢兒坡還是吟霜供獻的線索！」靈兒氣呼呼嚷道：「如果太子和王爺根本沒發現那農莊，也不會被姓伍的反咬一口！我也笨，吟霜也笨！那個漢陽大人如果不是同謀，就也是笨！」

吟霜一直傾聽著，此時一步上前，誠摯而有力的說道：

「大家不要再自責了，你們聽到皇后被劫持，就個個忠心耿耿的去救皇后，這就是你們最可貴的地方！如果你們聽到國母被劫持，還沾沾自喜，那你們和榮王又有什麼兩樣？榮王真正利用的，不是皇后，是你們的忠心和善良！」

寄南跳腳捶桌：

「可是，這忠心和善良，卻把本朝最有功勳的四王送進了監牢！四王呀！那是對皇上忠心耿耿、把自己的一切都奉獻給百姓的四王！」

「今天，父皇是不肯辦我們，等到過兩天，伍震榮和母后，再對父皇耳邊嘰咕嘰咕，那些大臣再喊幾句『皇上聖明』，我們三個也會去監牢的！恐怕去的是刑部監牢，不是大理寺

監牢了！」太子說。

「啟望！」皓禎說道：「你好歹是太子！難道你不能也去皇上耳邊嘰咕嘰咕嗎？」

「我現在是嫌犯，再去嘰咕，就是犯人了！我對我那父皇，也失望了！」太子說：「他

只要碰到母后的事，就完全失去理智！」

「大家不要這麼消極好嗎？」吟霜給眾人打氣：「我相信『心存善念，天地動容』！我也

相信『心存惡念，天地不容』！你們不是說，皇上不許任何人提訊四王嗎？可見皇上也有一

念之仁！送進監牢，可能是在保護四王，而不是要害四王！」

「啊？吟霜妳這是什麼意思？我聽不懂！」靈兒說。

「吟霜的意思是，在監牢裡最安全，不會被人暗殺！」皓禎代吟霜解釋。

眾人面面相覷，不禁深深思索。此時，魯超把漢陽帶進門，通報著：

「漢陽大人趕來了！」

眾人都看向漢陽。漢陽說：

「就猜到你們一定在畫梅軒，我特地趕來，只能說幾句話，馬上要去辦事。大家對四王

在牢裡的情形一定很擔心，我向大家保證，一定讓他們生命安全，還會照顧他們的生活。大

家放心。」

「你保證？」皓禎盯著漢陽。

漢陽重重點頭說道：

「我保證！畢竟我朝的四王，也是天下的四王，更是百姓的四王！」

寄南一巴掌拍在漢陽肩上，說道：

「如果你爹方宰相在你耳邊嘰咕嘰咕，你會不會改變？」

「辦案就是辦案，怎可靠嘰咕嘰咕來斷案？」漢陽正色的說。

「有你這幾句話，本太子就放心了。」太子一嘆，忽然看著漢陽的額頭：「咦，你頭上

怎麼啦？受傷了？」

漢陽摸摸額頭苦笑：

「我是這次案件裡，唯一受傷的一個！被個『風火球』給砸了！」

靈兒悄悄溜到吟霜背後去了，偷笑著。寄南看向靈兒，即使在如此沉重的心情下，唇邊

也浮起隱隱的笑意。

畫梅軒裡個個義憤填膺，皇宮裡依舊詭計重重。

在皇后的密室裡，伍震榮終於得到皇后的通知，冒險來探視皇后。皇后見到了他，一甩手就給他一個大耳光，怒罵：

「你好大的膽子，出此計策居然沒有通報本宮，讓本宮毫無防備就被惡人擄走，你真把本宮當成一顆棋子？」

伍震榮撫撫被打紅的臉，趕緊抱著皇后安撫：

「皇后娘娘，臣是該打，妳要怎麼處罰都行！這一切都是萬不得已啊！為了讓整個劫案逼真一點，只好委屈了皇后！」

皇后推開伍震榮，生氣的說：

「哼！你這老賊，就只有你會想出這種險招，將本宮置於險地，簡直是玩火！這回要是

沒把四王和太子那幫人拉下來，你的仕途也可以結束了！」

「皇后別生氣了！多虧妳在皇上面前推波助瀾，這下子四王不是入獄了嗎？放心，這回妳吃的苦頭絕對沒有白挨！項麒果然聰明，這一切都是他策畫的。」

「真是有其父，必有其子！」皇后冷笑。

伍震榮想和皇后親熱，挨近皇后，拉著她的手…

「皇后受驚了，讓臣來侍候侍候皇后。」

皇后給伍震榮一個妖媚的白眼。伍震榮就摟著皇后，溫柔的說：

「等皇后心定了，也該管管蘭馨的事了！下官才知道如何對付那個袁皓禎！太子就像妳那個皇帝說的『三人同心，堅不可摧！』妳得拿拿主意！也別委屈了蘭馨！」

「伍震榮一番話，提醒了皇后。是的！還有個頭痛的蘭馨，嫁給了那個絆腳石袁皓禎！她到底該把蘭馨怎麼辦呢？

就他最棘手，下官投鼠忌器，只因為他是蘭馨的駙馬！但是，皓禎不除，太子就像妳那裡……

❖

經過幾天的休息，皇后總算恢復了往日神采，決定要解決蘭馨的問題了。這晚，皇后大步走進蘭馨的臥室，莫尚宮對崔諭娘招手，崔諭娘就識相的退出房間，把房門關上。蘭馨臉色不佳的看著皇后，冷冷的說：

「母后歷劫歸來，氣色還不錯嘛。現在妳大概是左右逢源吧？」

「妳不要對本宮明諷暗刺，那些都幫不了妳！現在需要幫忙的是妳不是我，妳就好好的聽我說幾句！」

蘭馨不語，看著皇后。皇后就走近蘭馨，深深看她，有力的說道：

「妳常常揮著鞭子，罵我不知羞恥，有了妳的父皇，又跟榮王有染！但是，妳有沒有想一想，我朝現在最重要的兩個男人，一個是妳父皇，一個是榮王，怎會都對我俯首稱臣？本宮是如何做到的？」

「母后覺得，這是一種光彩嗎？」

「現在本宮不跟妳談是非。本宮用女人的身分，告訴一個完全不懂如何操縱男人的女兒，應該怎樣去得到她想要的！」

這一下，蘭馨完全明白了，聲音弱弱的問道：

「母后怎麼做到的？」

「『放低身段，溫柔嫵媚，委屈求全，投其所好』！這十六個字讓妳好好思考，只要妳把持了他的心，妳要怎樣他都會依妳！那時，妳才是強者！才是勝利者！」

蘭馨思索著，眼裡有著恍然大悟的神情。皇后瞪著她說：

「妳母后可以把兩個男人弄得服服貼貼，妳卻連一個都弄不好？妳給我爭氣一點行不

194

行？如果妳想通了，就不能再虐待那個妖狐……也不用怕那個妖狐！」

蘭馨有氣無力的回答：

「現在想虐待也沒機會了，皓禎根本不會讓我回去！」

「誰說的？」皇后大聲說：「他不來接妳，本宮就親自把妳堂堂正正的送回去！他現在

還是駙馬，難道他還能拒絕嗎？」

蘭馨眼睛一亮，對於皇后，第一次如此心悅誠服。

於是，這天皇宮女眷出門，華蓋亭亭，旗幟飄飄。眾多的衛士和宮女，前簇後擁著兩頂

豪華的轎子，浩浩蕩蕩進入將軍府大門。衛士高聲喊道：

「皇后娘娘駕到！蘭馨公主駕到！大將軍速來接駕！」

將軍府中，僕人丫頭衛士驚惶著、奔竄著。袁忠急喊：

「大將軍！大將軍！夫人夫人！」

翩翩拉著到處跑的皓祥，問：

「這又是什麼情況？要來砍頭嗎？」

「快躲回房裡去！這種氣勢，不砍頭也要坐牢！」皓祥說。

母子二人，倉皇而逃。

而大廳裡，柏凱和雪如驚慌失措。雪如慌亂的問：

「怎麼辦？一定是來問罪的！衣服都沒換，怎麼接駕？」

柏凱拉住亂轉的雪如：

「來不及換衣服了！趕快接駕吧！是福不是禍，是禍躲不過！」他整整衣冠出門，帶著

雪如迎到庭院，朗聲說道：「微臣袁柏凱恭迎皇后娘娘！」

皇后在宮女和莫尚宮的攙扶下出轎。蘭馨也在崔諭娘和宮女的攙扶下出轎。

袁忠帶著將軍府的僕人丫頭衛士等全部跪下地，齊聲說道：

「將軍府恭迎皇后娘娘！恭迎蘭馨公主！」

柏凱和雪如，就陪著皇后和蘭馨走進大廳。

魯超趕緊奔進畫梅軒，對皓禎和吟霜說道：

「少將軍，皇后親自把蘭馨公主送回來了！帶著幾十個宮女和衛士，浩浩蕩蕩好大的排場。

崔諭娘和莫尚宮帶著宮女，正在清理公主院！」

「什麼？」皓禎大驚。

小樂跟著奔來，一疊連聲喊：

「公子！公子！皇后已經到了大廳，將軍要你趕緊去接駕！」

皓禎瞪大眼，有如大難臨頭，反射般的說道：

「我不去！」

吟霜聽著，驚惶著，急忙推著皓禎，把他往門外推。

「你爹叫你去，你怎能不去？皇后親自出動，你怎樣也得低頭！不管怎樣，也算皇恩浩蕩。經過皇后劫持事件，也沒動到你！何況，那公主也沒對不起你！」

皓禎瞪著吟霜：

「她把妳弄得遍體鱗傷，還在廟門口大跳『百鳥舞』刺激妳，差點害妳失去孩子，這都不算對不起我？怎樣才算對得起我？」

「那都是過去的事了，我相信公主這次回來，一定帶著善意而歸的！請你快去接駕吧！」

要不然，家裡真的會有大災難的！」

袁忠和眾多僕人也跟著奔來。袁忠著急說道：

「公子！將軍和夫人要你趕快去接駕，和迎接公主回家！」

皓禎心情大亂，還在掙扎。吟霜一急，痛喊道：

「皓禎，為你的孩子，趕緊去吧！不能讓抄家滅門的事，再發生一次！上次來的是榮王，現在可是皇后呀！」

皓禎被打敗了，跟著眾多僕人，急急出門去。

＊

大廳中，皇后端坐在正中，幾十個宮女簇擁在後，衛士兩邊侍立。蘭馨一身盛裝，溫柔

197

嫵媚的坐在盧皇后身前。大批宮廷衛士，在門外環侍。

柏凱、雪如都恭敬的站著。

皇后不亢不卑，卻有力的說道：

「不論皇室還是平常百姓家，小兒女夫妻吵架，做長輩的總是勸和。說真的，蘭馨是宮裡長大的，從小被她父皇捧在掌心裡，難免驕縱了一些，這次回宮，本宮和她父皇，也教訓過她了……」

皇后正說著，皓禎趕到，皇后看到皓禎，就住了口。蘭馨看到皓禎，就站起身來。

皓禎只得進門，對皇后行禮道：

「微臣皓禎叩見皇后殿下！」

「早就不是『微臣』了。何況上次還救駕有功！」皇后就微笑著，充滿感情的說道：

「皓禎，蘭馨還小，如果有些事做得讓駙馬不高興，一定是家教不夠好的原因！」

「皇后殿下說哪裡話！都是皓禎家教不好，這些日子，微臣也教訓了他！有勞娘娘親自到將軍府，真讓微臣惶恐！」柏凱不安的說。

皇后和顏悅色，卻話中有話：

「咱們現在是親家，都不必把身分官階抬出來，既然是親家，也等於是一家人！皓禎有任何不愉快，經過了兩個多月，也該結束了。小兒女的事，不要弄得兩家父母失和，小事變

大事。」悄悄踢了蘭馨一下。

蘭馨便急忙走到皓禎面前，笑臉迎人的說道：

「皓禎，以前蘭馨不懂事，做錯很多事情，現在知錯了！以後再也不會把公主院弄成戰場，你也別再生氣了，好不好？」

皓禎愣了一下，對這樣判若兩人的蘭馨，有點手足無措，只得答道：

「皓禎也有很多的不是，如果公主能和皓禎成為親人，不是敵人，依舊是皓禎的幸運！」

蘭馨聽出皓禎在強調親人兩字，弱弱的笑道：

「親人也好，家人也好，蘭馨的傲氣，早就被駙馬收服，只剩下傻氣了！不知道這個家，還歡迎我嗎？」

「收服不敢當！這個家中的老問題依然存在，希望公主包涵！只要公主能夠包涵，當然它還是公主的家！」皓禎說。

「哦，小倆口講和啦，這種場面實在太感人了！」皇后假意感動的擦擦眼角，就去拉住雪如的手。「親家母，只有我們當娘的人，才能體會這種『不放心，很擔心，又操心』的經歷，直到看到他們和好，才有『總算安心』的感覺吧！」

雪如受寵若驚的、真心感動的、一疊連聲答道：

「是呀！是呀！皇后娘娘說進臣婦心坎裡去了！皓禎，再也不可以任性鬧脾氣了！趕快

把公主帶到公主院去吧！」

「慢一點！」皇后忽然喊道，環視眾人：「本宮還想見見皓禎的如夫人，白吟霜！」

皓禎臉色驟變。雪如、柏凱等人也神色一驚。

於是，吟霜被袁忠從畫梅軒叫了過來，她徐徐進門，對著皇后跪了下去，說道：

「民女白吟霜叩見皇后娘娘！娘娘金安！」

「抬起頭來！」皇后威嚴的說。

吟霜跪在那兒，抬頭看皇后。

「妳就是鼎鼎大名的白吟霜？」皇后問。

皇后看了看皓禎，再看吟霜，就起身，繞著吟霜走了一圈又一圈，眼光死死的盯著吟霜。

吟霜聽皇后語氣不善，不敢回答。皓禎緊張的看著吟霜，擔心的神情一目了然。

她走了好幾圈之後，才平靜的說道：

「白吟霜，本宮聽到很多關於妳的傳說，是真是假，本宮可以深究，也可以不深究。皓禎是駙馬，這是不爭的事實！希望妳知道分寸，不要傷了皓禎和公主的和氣！本宮看妳眉清目秀，想妳也不是妖魔鬼怪！但如果傳聞太多，宮裡就必須派人來將軍府驅魔除妖，所以，希望傳言到此為止！」

吟霜還來不及回答，皓禎一步上前說道：

「皇后娘娘，今天既然送公主回家，就請不要恐嚇吟霜！否則一定是歷史重演，讓皇后娘娘的好意，再度落空。吟霜已經有孕，不便久跪，請讓她回畫梅軒吧！」

皇后就要發作，蘭馨緊張的一步上前，害怕的看了吟霜一眼，說：

「母后！蘭馨住在公主院，吟霜住在畫梅軒，誰也不犯誰！她能讓我穿著百鳥衣像中邪一樣跳舞，蘭馨不想再惹她了！母后也別再追究吧！」就看著皓禎說：「不知道公主院收拾好了沒有？皓禎，我們過去看看吧！」

皓禎站著不動，眼睛看著吟霜。皇后只得說道：

「吟霜！妳下去吧！」

「謝皇后！」吟霜磕下頭去，又抬眼看皇后，說道：「娘娘！吟霜一定堅守本分，不敢和公主爭寵！有關吟霜的任何傳言，吟霜不敢辯駁，只有兩句真心話不得不說，民女從小學醫，懷著悲天憫人的胸懷，只救人，不會傷人！」

吟霜說完，就起身，對柏凱、雪如行禮。

「將軍、夫人，吟霜先下去了！」

皓禎聽到吟霜對爹娘改了稱呼，眉頭一皺。

盧皇后深沉的眼光，卻直直的看著吟霜消失的背影。

❖

與此同時，宰相府裡的漢陽在書桌前看公文。寄南敲敲門，不等回答，就大步進門去。

靈兒在窗外偷窺著。漢陽抬眼看了寄南一眼，面無表情的問：

「有事嗎？」

寄南嘻嘻哈哈的在他面前一坐，說道：

「我們那四王還好吧？你有沒有熬點雞湯給他們補補身子？現在你那監牢是他們的家，要讓他們過得好一點！」

「是不是需要本官把他們的四位夫人，都送進去呢？」漢陽問。

「那倒不必！讓幾位夫人探監，也是好的！」

「我看，那監牢交給你這個鬥牛犬去管吧！」

「你還記得鬥牛犬的事呀？那天是本王爺太衝動了一點，漢陽沒『鬥牛』病，有『心病』，咱們這兩個病人，就把那天的事，一笑置之如何？」

「本官有什麼心病？」漢陽依舊面無表情的說。

「心病都藏在心裡，哪會輕易讓本王爺知道？不過，關心公主，關心百鳥朝天舞，是真的吧？」

漢陽瞪了寄南一眼：

「百鳥朝天舞的事，裘兒已經告訴本官了。」

「哦？我那裘兒，對漢陽倒是挺忠心的。現在，漢陽是不是瞭解我會大發脾氣的原因呢？就怕公主也病了，讓吟霜再度蒙上不白之冤！」

漢陽眼睛又一瞪：

「公主也病了？哪會人人都病了？」

「唉！」寄南一笑：「這芸芸眾生，幾個人沒病啊？你那大理寺，關了一群有病的人呢！朝廷上，還有一群『病入膏肓』的人呢！一天到晚想陷害這個，想嫁禍那個，想劫持這個，想暗殺那個！」

漢陽聽了，心中一動，眼中閃過一抹光芒。此時，靈兒笑嘻嘻的入房。

「漢陽大人，經過大家合作救皇后，雖然也不知道是對是錯，但我們兩個，還是你的助手吧？」

「其實，皓禎和吟霜如果來當我的助手，應該比你們兩個都強！」漢陽說。

「那漢陽大人就大錯特錯了！皓禎全心在吟霜身上，你的案子，他會丟的丟，忘的忘，全部繳白卷！」靈兒說。

「那可不然，這次營救皇后，他可一點疏失都沒有！」

「哈哈！你這個大理寺丞，用我倆當助手已經綽綽有餘！皓禎和吟霜那種高手，漢陽還用不起！」寄南嘻皮笑臉的說。

漢陽瞪了寄南一眼，靈兒趕緊幫漢陽磨墨。

「漢陽大人！」靈兒一面磨墨，一面說：「你那天說，四王是百姓的四王，裘兒聽得心都熱了！現在，這天下百姓的四王，就拜託大人了，千萬千萬不能讓他們餓著、氣著、冷著、熱著、累著、苦著……」

「你有完沒完？」漢陽打斷：「乾脆把你們兩個送進去侍候他們如何？」

「好呀！」寄南說：「不過，如果發生劫獄事件，與本王無關！」就對漢陽悄悄說道：「我們大家都被人耍了，四王也冤枉入獄了！要不要報仇？咱們乾脆把四王給劫出來如何？」

漢陽瞪著兩人，兩人就都住了口。寄南忍不住一嘆：

「還是和皓禎聊天比較有意思，不知道他現在是不是和我想著同一件事！」

❖

皓禎並沒有想著如何劫獄，他正忙著應付突然回家的蘭馨公主。已經兩個多月沒走進公主院大廳，現在陪著蘭馨，重回這大廳，他心中是充滿無奈和抗拒的。蘭馨卻深情的看著他，真摯的說道：

「皓禎，以前那個囂張跋扈、殘忍任性的蘭馨已經不存在了！現在站在你面前的，是一個卑微的蘭馨，讓我們把所有的不愉快都忘記，重新開始吧！」

皓禎驚愕、困惑的說：

「妳還是用妳平常的語氣說話吧！妳這樣變成一個小媳婦的樣子，我很不習慣！那個霸氣的妳，才是真正的妳，我不想要妳整個性情大轉變！這樣，好像妳在對我演戲！」

蘭馨悲哀的說：

「我不是在演戲，我是不知所措！」

「怎麼講？」

「從小到大，我要的東西都能到手，使我予取予求。自從嫁到將軍府，才知道不是這樣！我要的那個你，距離我很遠，我可望而不可及。你知道這多麼損傷我的自尊，打擊我的自信嗎？所以，虐待吟霜的那個我，是不正常的，是被妒恨控制的怪物！現在我痛定思痛，願意為你重新活過！請你給我機會！」

「妳知道現在情勢沒有改變。」皓禎凝視她：「我還是原來那個皓禎，我對吟霜依舊不變。如果妳回來，我依然只能跟妳做親人，不能跟妳做夫妻。」

「明白了，我們就做親人吧！」蘭馨悲哀的說：「但是，今晚是我回來的第一晚，你能不能配合一下演演戲，就在公主院過夜吧！我保證不會犯你所有的忌諱！」

皓禎見蘭馨如此低聲下氣，不禁有點心軟⋯

「讓我想想看。」

❖

晚上，皓禎在畫梅軒的大廳裡走來走去，矛盾抗拒著。吟霜在桌子前包藥，放下藥包，就去抱住皓禎，說道：

「今晚，無論如何也要去公主院。崔諭娘、衛士、宮女多少雙眼睛看著，你不去，公主太沒面子，明天馬上就會傳到宮裡。」

皓禎托起她的下巴，看著她：

「今天早上皇后來的時候，妳為什麼叫爹娘為將軍、夫人？妳不敢在皇后面前承認妳是我的人嗎？妳用改變稱呼來跟我劃分界線嗎？」

「我不想刺激公主，畢竟她離開的時候，我還在她身邊當丫頭。」吟霜低語。

皓禎一嘆，凝視著她：

「妳雖然擁有一個完完整整的我，妳的心裡，依然是自卑的。我要怎樣才能建立妳的自信？」想想說：「我今晚不能去公主院，那樣對妳太不公平。」

吟霜抬頭盯著他，有力的說道：

「我現在不要公平，只要平安！我肚子裡有你的骨肉，我要這個孩子安全的、健康的來到人間！請你也理智一點，人生從來就沒有公平這兩個字，現在的局面，你、我、公主三個，每個都在委屈求全！你不明白嗎？」

吟霜說著，就把他的手，拉到自己的肚子上。

「感覺一下，不知道是兒子還是女兒，在對你說『爹！保護我就要穩定公主的情緒，你已經是我爹，不能再任性了！』」

皓禎又無可奈何的一嘆。

所以，這晚皓禎去了公主院，進了那間他千方百計要逃離的臥室。蘭馨把崔諭娘和宮女都打發了，室內只有他們兩個。

蘭馨有點尷尬的整理著床鋪，把兩個枕頭分得很開的放好，說：

「你睡左邊，我睡右邊。中間還空了好多位置，我們誰也不碰誰。」

皓禎拉了兩床棉被，就鋪在地上，把枕頭也拉到地鋪上，說：

「不，妳睡床榻，我打地鋪就可以了。今天很累了，我們早點睡吧。」

皓禎說著，就倒向地鋪，用棉被連頭裹住，側著身子，背對著床。蘭馨落寞的看了看他，嘆口氣倒上床榻。

於是，一個在床上，一個在床下，兩人都是無眠的漫漫長夜。

52

從將軍府回宮，皇后就一肚子心事。這天在闕樓見到伍震榮，皇后滿臉隱憂，對伍震榮嘆氣說道：

「那個白吟霜，一定是蘭馨的後患，非除掉不可！」

「皇后要除掉誰，只要交待一聲，下官就去辦理，用得著唉聲嘆氣嗎？」

「可是皓禎的心，根本在白吟霜身上，萬一過程中有閃失，蘭馨的終身也就斷送了，還會反過來怪我們！這種情況，真讓我拿皓禎和白吟霜無可奈何！」說著，就咬牙切齒起來：

「蘭馨這個傻丫頭氣死本宮！這樣的駙馬就該一刀砍了！」

伍震榮不語，深思的想著。那白吟霜，他也領教過，即使帶著羽林軍去大鬧將軍府，也不曾傷到她一根寒毛，反而被她教訓了一頓。他也恨她恨得牙癢癢，到底要怎樣才能治她呢？

就有這麼巧，這天，榮王府裡來了一個稀客，本來，這個人物從來不在伍震榮眼睛裡，

雖然他是將軍府裡的二公子。但是，今天不一樣！他可能會帶來將軍府和公主院的一些祕

密！於是，伍震榮在大廳裡，接見了皓祥。

皓祥會到榮王府，也是走火入魔。他認為自己在家裡，處處被皓禎壓著，多少冤枉氣沒

地方出！今天他谿出去了，站在大廳中，恭恭敬敬等著伍震榮。

伍震榮出來，皓祥立刻對他行禮說道：

「王爺，您行事一向恩怨分明，乾脆俐落，那我也就不兜圈子，直言不諱了。今天皓祥

來此，是特意向榮王輸誠來的！」

「哦？」伍震榮疑惑的：「你要輸誠？你是袁家人、太子幫的，本王要如何相信你？」

「小的才不是太子幫的人！我哥皓禎和我是天敵，不是兄弟！我們先不說他，現在最重

緊的是公主！我知道王爺非常關心公主，但是公主在袁家實際上是毫無地位、孤立無援的。

打從公主進門，也只有我和我娘最關心公主。公主在將軍府受了許多委屈，我們母子也是多

次仗義執言，但還是鬥不過那個白吟霜！」

伍震榮耳朵一豎，眼睛一亮，銳利的看著皓祥，問道：

「依你在家的觀察，白吟霜到底是不是妖狐？」

「她當然是妖狐!」皓祥斬釘截鐵說道:「王爺,您還記得皓禎抓白狐、放白狐那段往事吧?我敢肯定白吟霜就是皓禎放走的那隻白狐,現在她化成人形,是來報恩的!」

伍震榮回憶皓禎徒手抓箭,救下白狐那幕,恍然大悟道:

「經你這麼一說,這人狐戀的故事就合情合理了!」

「是呀!」皓祥憤憤說:「家裡出了個妖狐,全家還把她當寶貝,現在居然懷上我們袁家的種,地位簡直爬到公主的頭上去了!這妖孽不除,公主只能天天擔驚度日,我真害怕公主會憂心過度,急出病來的!」

「公主生病了?」伍震榮擔憂,一握拳:「白吟霜!本王就不信沒人治得了妳!」

伍項魁正好從屋裡走出來,聽到白吟霜的名字,一驚,問道:

「爹,你們在談誰呀?我好像聽到白吟霜這個名字!」看皓祥:「皓祥,你也在!」

「白吟霜就是袁皓禎的如夫人,公主口中的妖狐!」伍震榮說。

「這個白吟霜我認識!」伍項魁立刻口沫橫飛的說道:「她看病問診相當厲害,當初我曾經想把她獻給爹,做為咱榮王府的家醫,可她性子可橫著呢!而且⋯⋯」癡想著:「她呀,長得確實是一副妖媚樣!她在東市的時候,差點就讓我得手了,後來被皓禎搶去當如夫人,可惡!」

「你的意思是,你真的和白吟霜交過手?」伍震榮看著項魁問。

「當然！我和她的恩怨還沒了呢！」

伍震榮心裡，立刻浮起一個念頭，看著項魁說道：

「那很好！既然恩怨未了，爹就再給你一次機會，去把你的恩怨消除！中秋那夜，將軍府大宴賓客，我們父子就去捧個場吧！皓祥，來！一起聊聊！」

皓祥受寵若驚的加入，三人就交頭接耳的密談起來。

❖

轉眼來到中秋，將軍府大門前，賓客一一到來。將軍府庭園、長廊、樓臺、水樹、賞月亭……都裝點著許多華麗的燈籠。賓客在庭院川流不息，三三兩兩談笑寒暄。柏凱、雪如忙著招呼客人；袁忠、秦媽、小樂等家僕，上上下下忙忙碌碌的奉茶奉點心。

伍震榮和伍項魁、方世廷早已到訪，散步在將軍府花木扶疏、錯落有致的庭園裡，翩翩和皓祥作陪，伍震榮的衛士隨侍在側。伍震榮說風涼話：

「你們看看，家裡有個駙馬爺之後，趨炎附勢的人也都靠過來了！將軍府也挺會拉攏民心，四王被關，這時候趕緊辦個中秋宴！」

「這朝廷裡，哪一個不懂得見風轉舵！」世廷附和：「將軍府再怎麼講究志節，還不是得攀龍附鳳，和四王撇清關係，才能飛黃騰達。現在朝廷上，因為四王的關係，已經涇渭分明了！」一番話，聽得伍震榮心花怒放，直點頭。

「這中秋宴到底是為公主辦的？還是為他們家如夫人懷孕了在慶祝啊？唉！公主一定挺委屈的！」項魁轉變話題，潑冷水。

翩翩尷尬，賠笑奉承的說：

「當然是為公主辦的呀！感謝各位大人賞臉，讓我們將軍府今夜蓬蓽生輝呀！」

「咱們在這花園逛個老半天了，也還沒有見到公主！咱們不如先去公主院，向公主請安！」世廷提議。

「這個主意好，皓祥來幫各位大人帶路，請！」皓祥說。

翩翩和皓祥便熱心的招呼伍震榮等人離去。

寄南、靈兒見伍震榮離開，便從樹叢後面走出來。靈兒與寄南竊竊私語，忿忿的：

「想不到那個蛤蟆父子也來到將軍府，還說什麼風涼話？人家將軍府宴客，是老早訂下的，誰知道你們這些混帳，會陷害四王！」

「妳要小心啊！」寄南警告：「妳現在是男子漢裘兒，別又火燒眉毛暴露身分，到時候沒人可以救妳！能不和那對父子打照面，最好就不要碰頭，總之妳離他們遠點！」

漢陽冷不防的在靈兒身後發出聲音：

「你們在這兒鬼鬼祟祟的做什麼？又在偷看誰呢？」

寄南、靈兒一怔，趕緊轉身向著漢陽。

「唉呀，大人，鬼鬼祟祟的是你吧！突然這樣冒出來嚇死人了！」靈兒說。

「漢陽，你跑哪去了？害我們到處找不到你。你爹娘他們正要去見公主，你需要我帶你去公主院嗎？」寄南問。

漢陽一本正經的轉過臉：

「本官又沒有什麼特別的事情，為何要去見公主？」

「說得也是！」靈兒接口：「那種沒良心的公主，有什麼好見的，漢陽大人也不是他們那一群勢利鬼，想去巴結公主。咱們還不如去見吟霜和少將軍呢！太子也在那兒！」拉著漢陽：「走吧！我們去畫梅軒！」

❖

畫梅軒裡，皓禎、太子和吟霜在密談。魯超站在門口把風。

「可是我實在生氣！」太子激動：「父皇自從母后『歷劫歸來』，就把母后寶貝得什麼似的，幾乎言聽計從！那四王雖然漢陽守信，沒有讓他們吃苦，可是，你想想看，他們是王爺呀！就這麼冤哉枉也的進了牢，我們怎能袖手旁觀？何況還有我的皇叔義王呢！父皇對我說過，他絕不骨肉相殘，他食言了！」

「忍耐忍耐！」皓禎說：「不是你生氣，我們個個生氣，可是木鳶沒有給我們指示，我

「什麼？劫獄？啟望別異想天開了！這念頭千萬打消！」皓禎一驚，瞪著太子。

覺得還是靜觀其變。我們三個，也是敵人的目標，先穩住自己，才能打擊敵人。」

吟霜對太子說道：

「最大的目標，應該是我吧！你們是受我之累！」太子苦笑。

「最大的目標還不是你，是皇上的那張龍椅，皇上也是個大目標！」

「吟霜這句話，才說中了要害！我父皇……」

太子話沒完，靈兒、寄南帶著漢陽到來。靈兒大聲的通報：

「皓禎，漢陽大人來啦！」

漢陽趕緊對太子施禮：

「臣方漢陽參見太子！」

「哦，你也來了！」太子注視漢陽：「我正在和皓禎談，借住在你們大理寺的四位佳賓，那四位佳賓是冤枉的！冤獄會引發許多悲劇，慎之慎之！」

「漢陽，千萬別走錯路！你心知肚明，你們招待得還好吧？」臉色一正：

「哈哈！」寄南大笑：「太子老哥，漢陽大人今天來作客，你是太子，別威脅臣子！不過你那些話，本王已經跟漢陽大人說過了！還有另一個偉大的建議，被漢陽瞪眼瞪回來了！

哈哈！我可是以助手身分說的！」

漢陽苦笑道：

「今天這場『中秋宴』，怎麼讓我覺得『山雨欲來風滿樓』呢？」

「哪兒有風，哪兒有雨，月亮好得很呀！」靈兒沒心機的說。

「我們也該去觀月樓，爹和娘肯定在等皓禎，大家走吧，有話再談。」吟霜說。

於是，大家就向花園中走去。

❖

花園裡，雪如和采文像是老朋友似的，邊走邊聊天。采文真摯的說：

「這陣子，好像將軍府出了很多事情，一直想來探望，又怕自己來的時機不對。」

「宰相夫人不用客氣，將軍府人口多，煩心的事情難免也就多一些。像你們宰相府就好了，宰相爺珍惜夫人一如往昔，家丁簡單也沒給夫人添麻煩，夫人真是好福氣。」雪如溫和的笑著。

「唉，」采文真誠的回答：「宰相大人也只有這點好，說出來也不怕夫人見笑。年輕的時候，我們是貧賤夫妻百事哀。那些苦日子，真是不堪回首。還好大人功成名就之後，就發誓不納妾，算是對我的回饋。也許這是我這輩子最值得欣慰的事吧。」

「看來宰相爺真是一個重情重義的人，對夫人信守承諾，真是不簡單。」

正說著，吟霜、皓禎、太子、寄南、漢陽、靈兒迎面而來，香綺跟隨在後。賓客們看到太子，立刻紛紛行禮，一陣忙亂。采文的目光，卻被皓禎那英武中帶著書卷氣的特殊氣質，

給深深吸引了，心裡想著：「如此人物，當了駙馬卻毫無驕氣，也是個奇人！」

大家行禮完畢，雪如拉著吟霜說道：

「吟霜啊，今晚天氣有點涼，妳有沒有多穿一點呢？現在妳的身子是我們大家的，可要照顧好呀！」

「娘！」吟霜羞澀的阻止。

采文盯著吟霜：

「聽說皓禎的如夫人是一位美人，果然真是漂亮呀！」

「謝謝夫人的誇獎，吟霜才疏學淺，更不是什麼美女，只是被皓禎和袁家錯愛，充滿感恩之心的小女子。」吟霜說道。

「她還是一位博學的女神醫！上次幫我破了一個大案！」漢陽佩服的說。

「夫人聽到的謠傳應該不止這些吧？恐怕說的是什麼狐狸？什麼妖怪吧？」皓禎直率的接口。

「果真如此，本太子應該多多借用這份才華！人，能力有限！」太子笑著說。

「那些謠傳我一句都不會相信，現在親眼看到了吟霜，我更不會相信了！」盯著皓禎，采文儒雅的笑著，也由衷的說道：

「你能和漢陽這樣站在一起，我覺得很歡喜。希望你能多多照顧漢陽，幫助忽然轉變話題：

漢陽！」她心想，這孩子的神采竟讓她想起自己的弟弟。

「謝謝夫人，這話太不敢當！由您這樣身分的長輩來肯定我們，這是這麼長久以來，最令我們感到欣慰的話了！」皓禎說。

采文的眼神，充滿了欣賞，說道：

「這世間都是緣分在作弄，你和公主的事情我也能理解。唉，都怪我們漢陽沒福氣！他要是也能像你一樣，文武全才，真不知道該有多好！」

「看來我娘是在長他人志氣，滅自己兒子的威風啊！」漢陽忍不住插嘴，面對采文說道：「漢陽雖然不會武功，但是文才也是一等一的好！」

「對對對！」靈兒也插嘴：「不只是文才好，漢陽大人還是咱們長安城的第一神捕！」

「對寄南：「王爺，你說是吧！」

「不只是文才好的第一神捕，而且還是足智多謀的大理寺丞！」寄南接口。

「今天大家是在玩接龍嗎？」太子一笑：「那我也來接，漢陽不只是文才好的第一神捕，是足智多謀的大理寺丞，更是正義凜然的少年英雄！」眼光銳利的看漢陽。

寄南、靈兒一聽，拚命鼓掌叫好。

吟霜笑著看漢陽⋯

「這樣的接龍吟霜也來參加一個。」就說道：「漢陽不只是文才好的第一神捕，是足智

多謀的大理寺丞，更是正義凜然的少年英雄，還是不畏強權的公正清官！」

「今天是在秋節賞禮嗎？每人一句，你們有何居心？」漢陽看眾人。

皓禎一嘆搖頭，對漢陽說道：

「你呀，老毛病又犯了！你真是文才好的第一神捕，足智多謀的大理寺丞，正義凜然的少年英雄，不畏強權的公正清官，但卻是一個疑神疑鬼的方漢陽！」

眾人一聽，全部忍俊不禁的大笑起來。

片刻之後，大家都聚到了觀月樓，柏凱雪如招呼賓客入坐。伍震榮帶來的衛士，一直跟隨保護著。賓客座前，擺放矮桌，上面放著各種酒水、佳餚、點心、水果等。太子、皓禎、吟霜、寄南也就座賞月。靈兒在寄南身邊，雖是男兒裝扮但也小心翼翼，迴避伍震榮和伍項魁的目光。

公主穿著華麗的盛裝，在崔諭娘和宮女的攙扶下，大大方方的來到觀月樓的一樓。蘭馨突然停住腳步，感慨的對崔諭娘低語：

「以為皓禎會到公主院來接我，誰知他連出現都沒有。想必他已經在這兒接待客人了！我這『委屈求全』四個字，還真是做到底了！」

「總之這麼多客人，還都是衝著公主面子來的！」崔諭娘安慰的說。

蘭馨一抬頭，就撞上了漢陽。兩人相對一看，都有若干難忘的感慨。

218

「公主金安。很久沒看到公主了，不知最近可好？」漢陽懇切的說。

「漢陽，你在大理寺，應該什麼都知道吧？蘭馨回宮的日子，你怎麼不來看看我？或者

我還可以考考你，偷什麼東西，偷什麼東西不犯法？」

漢陽一怔，回憶當時，不堪回首，有點苦澀的說：

「偷什麼東西都犯法，只有偷笑不犯法！一個永生難忘的『偷笑』！」突然問道：「如果

當時我答出了這個題目，我會加分嗎？」

「或者會吧！」蘭馨也怔了怔。

兩人還要說話，皓禎急急走來，說道：

「蘭馨，原來妳在這兒，正要去接妳！爹娘都在觀月樓賞月了，大家都在等著妳呢！來

吧！」又對漢陽說道：「第一神捕何時溜走的？一起上樓吧！」

蘭馨就跟著皓禎上樓去。漢陽跟在後面，看著前面兩人的背影，不勝感慨。

蘭馨坐在皓禎的右側，忍不住瞪向在皓禎左側的吟霜。吟霜對蘭馨禮貌的點個頭，靈兒

卻與蘭馨怒目相視。寄南小心的保護著靈兒，生怕她的真實身分被發現。一群年輕人坐在一

起，卻各有各的心事。

「各位貴賓，今夜皓月當空，清風拂面、花好月圓，我們一起向大將軍敬酒，祝大將軍

壽比南山！」寄南忍不住瞪向在皓禎左側的吟霜。

大家吃吃喝喝賞月時，伍震榮就站起來，走向袁柏凱面前敬酒。伍震榮高呼：

「各位貴賓，今夜皓月當空、清風拂面、花好月圓，我們一起向大將軍敬酒，祝大將軍

「青雲直上，鵬飛萬里！」

所有賓客全部舉杯跟著祝賀，齊聲說道：

「祝大將軍青雲直上，鵬飛萬里！」

「謝謝！」柏凱舉著酒杯，起身回敬：「謝謝各位大駕光臨，若有招待不周，還請見諒！

請各位佳賓盡情喝酒！喝酒！」

伍震榮再舉杯，走到皓禎面前：

「各位貴賓，少將軍的如夫人已經有喜了，我們應當也祝賀少將軍這份添嗣之喜！」

賓客們又舉杯說著恭喜。蘭馨勉為其難，跟著舉杯。

皓禎與吟霜也舉杯向大家回禮。

伍震榮此時對伍項魁做了一個眼神，伍項魁就坐近吟霜身邊，突然大聲說道：「咱們以

前感情那麼好，天天膩在床上，妳還記不記得？」一把抓著吟霜的手：

「哎呀！白吟霜，原來妳在這兒，我找妳找得好苦啊！」

吟霜驚愕萬分。蘭馨雖也意外，但卻冷眼旁觀。

「快放開你的髒手！」吟霜掙扎著喊。

皓禎一見伍項魁抓著吟霜，又說些亂七八糟的話，立刻搧了伍項魁一耳光，厲聲喊道：

「伍項魁！你胡說八道些什麼？」

項魁搗著臉，忍耐的大聲嚷：

「袁皓禎，你上當了！這個狐媚的白吟霜，也曾經跟我好過！」故意轉身對賓客們說：「她也跟我說她懷了我的骨肉！逼我要休了我家的夫人，否則要和孩子一起投河自盡！」

柏凱、雪如、翩翩、采文、漢陽、世廷個個震愕！皓祥暗暗得意著。

太子、靈兒、寄南大怒。吟霜起身，悲憤的喊：

「伍項魁！你在東市的惡劣行為，多少雙眼睛有目共睹，對我而言，你的功勞就是讓我認識了仗義出手的皓禎和寄南！然後你為了一件百鳥衣殺死我爹，現在，你又想誣衊我的清白，你以為大家會相信你的胡言亂語嗎？」

寄南忍無可忍，從座位上跳出來，抓著伍項魁大喊：

「伍項魁，閉上你的狗嘴！你不要在這妖言惑眾，要不然本王把你丟到湖裡餵魚去！」

伍震榮拍桌威嚇：

「寄南，你反了嗎？他的爹還在這裡，你把本王當作什麼了？」大喊：「項魁，這個白吟霜，還和你做過些什麼事？你只管說！」

「榮王！」太子起身怒喊：「你反了嗎？本太子在此！你們再要信口雌黃，侮辱吟霜夫人，通通拿下！」

項魁甩開寄南，不理太子，繼續說道：

「她會醫術，經常對我扎幾針之後，我就神智不清了，天天要我跟她一起同床共枕，完全讓我離不開她！」

柏凱、雪如臉色鐵青，尷尬憤怒至極。皓禎怒急攻心，衝上前去大罵項魁：

「你根本一派胡言，我撕爛你的嘴！難道你說這些謊言，你的良心不會不安嗎？你這人還有沒有絲毫的品德，絲毫的羞恥心？」上去就是一招「流星破空」，左手一式劈掌虛招，右拳直攻項魁左胸，出招迅疾、拳去如風，只聽得項魁一聲悶哼，左胸中拳，登時連退數步。

皓禎一出手，伍震榮的衛士也全部出動，護著伍項魁，與皓禎大打出手。靈兒機靈的看看眾人混亂的狀況，快速的閃身離開。寄南喊著：

「皓禎，不要跟他廢話！這種人只能用拳頭！」使出「纏絲散手」出手快捷、腳走形意，身如飛鴻。他拳掌肘膝並用，穿梭遊走，迅若疾風，接連打倒數名衛士，一轉眼，就來到項魁面前，當胸就給了伍項魁一拳。這一拳，是寄南在盛怒之下發出的，力道奇大，伍項魁被打得飛到太子面前。

「本太子和寄南看法一樣！」太子大聲說，接住倒過來的項魁，一招「旋身撩陰掌」，左手上架，右手上抽至胸，立刻變掌為拳，又一拳打在項魁左胸。這拳名為「力劈華山」，力道強猛無比，項魁胸中一熱，口中一甜，嘴角滲出鮮血。

榮王的衛士立刻衝了出來，三個衛士擋住太子，兩個衛士迅速的把項魁拉出戰場。

漢陽冷靜的觀察一切。

項魁退後一步，在衛士重重保護下，繼續說道：

「這個白吟霜天天逼我要休了我的夫人，我不依她，就威脅我說要對我們全家下蠱。直到有一天，她在東市看上了袁皓禎，我才終於解脫這個白吟霜的糾纏……」

皓禎氣得大喊：

「你顛倒是非，我要殺了你！」

崔諭娘落井下石，故意大聲說：

「那……那如夫人肚裡的孩子，到底是誰的呀？」

蘭馨一嘆，喃喃自語：

「還好，這些話不是我說的，否則駙馬跟我會沒完沒了！原來白吟霜這麼有名！當初應該是東市之花吧！」

她咬牙切齒說道：

吟霜怒極，雙眼直直的瞪著伍項魁，眼中似乎要冒出火來，雙手緊緊握拳，氣得身子顫抖。

「伍項魁！你會受到報應的！」

吟霜話聲才落，忽然之間，伍項魁的身子一顫，只見他的頭上臉上爬滿了蠍子，尾巴搖

著晃著，毒針歷歷在目，有的還往他的嘴裡鑽。項魁驚嚇大叫：

「蠍子！蠍子！哪兒跑來這麼多毒蠍子⋯⋯」

賓客們紛紛驚嚇躲避，卻又忍不住回頭盯著看，你擠我撞，場面大亂。

藏在項魁身後，穿著小廝服裝，隱身在僕人中的靈兒，悄眼瞪著伍項魁，咬牙自言自語：

「這次不用『雞飛鼠跳』，來點更厲害的！讓毒蠍子螫死你這臭蛤蟆！」

伍項魁見自己滿身蠍子亂爬，又驚又急，卻繼續胡說八道：

「白吟霜是勾人的狐狸精，還是會作法的妖怪，袁皓禎上當了，受騙了！大家看，蠍子都被她變出來了⋯⋯」

伍項魁說著，突然覺得雙腿有異，低頭一看，竟有一條巨蟒，順著項魁的腿爬了上去，將伍項魁整個身子從下到上的纏住。賓客們嘩然驚悚，大家各喊各的大叫：

「哇！不得了！毒蛇！毒蛇！好大的毒蛇！」

「哇！哪兒來的大蟒蛇？還有多少？會不會咬人呀？快跑！快跑！」

「這一招厲害！讓本太子也大開眼界！」太子驚嘆。

霎那間，整個觀月樓驚聲連連！大家逃的逃，躲的躲，亂成一團。

靈兒早就溜得不見蹤影了。

漢陽則瞪大眼珠，不可思議的觀看著。

蘭馨、崔諭娘見伍項魁身上，又是蠍子又是蟒蛇，驚恐萬分。蘭馨顫抖著說：

「又來了！妖怪又來了！這下大家都看見了，不是我胡說吧？」大喊：「有妖怪！有妖怪！有妖怪……」

吟霜含淚繼續怒瞪著伍項魁，仍然氣得全身發抖。

只見伍項魁身上盤著巨蟒，蛇頭對著他的頭，他驚嚇至極抓著蛇頸跳躍掙扎。

「救命呀！救命呀……哪兒來的大蛇呀……」項魁顫聲大喊。

吟霜含淚繼續怒瞪著伍項魁，眼中怒火騰騰。伍項魁抓著身上的蛇頭，驚慌亂竄，沒命的喊著救命。伍震榮救兒心切，便搶過衛士的佩刀要幫伍項魁砍蛇，但伍項魁生怕傷了自己，只能逃避伍震榮的刀，場面一片混亂。伍震榮喊道：

「項魁不要驚慌，待我把這妖怪砍死！」追著伍項魁揮刀。

皓禎看向吟霜，見吟霜怒不可止，忍不住呼應吟霜，正氣凜然的大喊：

「滿嘴毒舌的人，就是妖怪！會被毒蛇纏住！砍死毒蛇，也就砍死了被纏住的人！榮王不妨用力斬妖除怪！」

太子忽然拔劍對項魁衝去，嘴中大喊：

「榮王！你不敢斬妖除怪，本太子幫你代勞！」就追著項魁殺去。

伍震榮聽皓禎這麼一喊，急忙收刀，伍項魁險險躲過這一刀，狼狽不已。

項魁大驚，抓著蟒蛇亡命奔逃，太子猛追不捨，邊追邊喊：

「不知道妖是誰？怪是誰？反正我通殺了就是！」

榮王這才急急喊道：「太子手下留情！那蛇妖不殺也罷！」

賓客們或驚或懼，有的奔逃，有的抱在一起。伍項魁奔跑中，掙脫了蟒蛇，將蟒蛇拋向樓下的草堆。太子收劍不及，硬把伍項魁的衣服翻飛劃破。頓時，伍項魁的衣服碎了一地，狼狽的穿著內褂在那兒顫抖不休，臉色慘白，也不敢再胡言亂語。

太子從容收劍，喊道：「榮王！那妖蛇被本太子趕走了！勿驚！勿驚！」

伍震榮又氣又無奈，咬牙切齒。

躲在人群中的靈兒見蟒蛇被拋到草堆，一驚，低喊：

「糟了！我得快去救我的小斑！」立即趁亂跳進草叢，輕喊道：「小斑，你立了大功，主子來送你回家！」

寄南看著這一切，心中瞭然。

吟霜這樣怒火攻心，大傷元氣，額上冒冷汗，腹中一陣絞痛。皓禎見狀趕緊摟住她。

「妳臉色好蒼白，有沒有怎樣？」皓禎問。

「皓禎，我可能動到胎氣了……」吟霜難受的撫著肚子。

「我快帶妳回房去吃安胎藥，妳忍著點！」皓禎大急，扶著吟霜欲去。

突然伍震榮又發難，大喊：

「抓住白吟霜！她一定是個妖女！快抓住她！是她變出蠍子、毒蛇在作法！」

伍家衛士聞言，立刻向皓禎衝去，皓禎只得放開吟霜迎戰，喊著：

「誰敢動手！」大聲下令：「魯超，讓將軍府衛士全部出動！」

太子忍無可忍大叫：「鄧勇！幫助少將軍！要打就打！我剛剛手下留情，榮王還要窮追猛打？到底有沒有榮王的風範？」

頓時將軍府衛士湧出，寄南一馬當先，率領將軍府衛士羣，玄冥劍出鞘，向榮王衛士羣一指，「鴻雁破空」，玄冥劍平舉，挺劍向當頭的榮王衛士直刺，雙方人馬登時混戰成一團。

吟霜支撐不住，顧不得這場大戰，撫著肚子，轉身便向樓梯奔去。她奔到樓梯口，崔諭娘悄悄伸腳一絆，吟霜再也站不住，尖叫著從長梯階上滾落下去。

寄南邊打邊大喊：「皓禎，趕緊先救吟霜要緊！」

皓禎見吟霜跌下樓，心魂欲飛，縱身一躍，想去接住吟霜。但是他已經晚了一步，吟霜骨碌骨碌，一口氣滾到樓梯底層，按著肚子，含淚喊道：「孩子……孩子……快救我們的孩子……」

吟霜痛苦的看著皓禎，嘴角撞得溢出血絲。皓禎急忙抱住吟霜。

吟霜話沒說完，就暈倒在皓禎懷裡。

53

畫梅軒裡，皓禎呆呆的坐在大廳坐榻裡，整個人像是都被掏空了。雪如、秦媽、產婆帶著僕婦們川流不息的從臥室出出入入，一盆盆的血水從臥室裡拿出來，經過皓禎等人面前去倒掉。皓禎臉色慘白的看著，動也不動。靈兒、寄南、太子陪著皓禎，但是都沒有力氣安慰他。

臥室裡，吟霜躺在床上，產婆正在忙著。

吟霜忽然發出一聲哀鳴，抓住雪如的手痛喊：

「哎喲！好痛……啊……啊……」

大廳中的皓禎驚跳起來，喃喃說道：

「她要死了！我得去救她……」

寄南一手拉住皓禎說：

「那房裡都在忙，有你娘在，吟霜不會死的，你不能進去！」

皓禎漲紅了眼眶：

「我為什麼不能進去？那是吟霜啊，有什麼我不能看的？」

「皓禎，冷靜冷靜，你進去不能幫忙，只會讓吟霜更痛，你坐下！」太子說。

靈兒死命把皓禎按進坐榻裡：

「你娘還有產婆，都在搶救你的孩子，你別衝動，讓她們安心搶救！」

臥室裡的吟霜又發出一聲慘叫：

「啊……」死命攥住雪如的手：「娘！請產婆保住我的孩子，我要那個孩子……」

雪如落淚了，哽咽著說：

「吟霜，孩子已經沒有了！是個男胎，都成形了……」

吟霜發出一聲悽厲至極的慘叫：

「啊……不要啊……」

大廳裡的皓禎驚跳起來，這聲慘叫讓他再也受不了，一個箭步，衝進了臥室。

只見產婆秦媽帶著僕婦，收拾了東西出門去。秦媽經過皓禎身邊，對皓禎低語：

「是個兒子，沒有保住！吟霜夫人太傷心了，又失血過多，你安慰安慰她！」

皓禎撲向了吟霜，看到她面無人色，又是汗又是淚的臉龐。他一句話都說不出來，只是

跪在床前，把吟霜的頭抱在胸前。吟霜看著皓禎，想說話，嘴唇抖動著，卻什麼話都沒有說

出來，只失聲痛哭。皓禎的眼淚也跟著落下。

雪如拭淚，勉強安慰著兩人：

「你們都還年輕，只要把身子調理好，隨時會再有孩子的！不要太傷心了！好不好？吟

霜身子已經很虛弱，不能再哭了！」

皓禎就用帕子幫吟霜拭淚，努力想控制自己的情緒，半晌，才傷痛已極的說道：

「一次又一次，妳進了將軍府，要承受多少的傷害？」用大拇指拭著吟霜的淚⋯「我無

法安慰妳，因為，我已經無法安慰自己了！」

吟霜低喊著：

「我連一個孩子都保不住⋯⋯我真想去死⋯⋯」泣不成聲了。

皓禎和她緊擁著，雙雙落淚。雪如也落淚不止。

此時此刻，在公主院的臥室裡，蘭馨劈哩啪啦連續幾個耳光，憤憤的摔在崔諭娘臉上，

痛心疾首的大罵：

「妳好大的膽子，竟敢害得白吟霜墜樓小產，妳罪該萬死！」

崔諭娘突然挨了耳光，驚慌失措，趕緊下跪求饒⋯

「公主！公主！奴婢這樣做是在幫公主除害呀！您怎麼反而怪起奴婢了！」

「妳還敢說是為了本公主，妳知不知道妳這樣做，是在陷本公主於不仁不義？好不容易才回到將軍府，我還在努力委曲求全想挽住駙馬爺的心，這下全被妳這奴婢破壞光了！」蘭馨怒氣沖沖。

崔諭娘委屈的哭著，拉著蘭馨的衣角說：

「公主，沒人治得了那妖狐，還讓那妖狐懷了駙馬的骨肉，讓公主傷心，奴婢實在看不下去呀！只有這麼做，才能斬草除根！何況白吟霜小產，和公主無關呀！」

蘭馨大力踢開崔諭娘，氣極了：

「妳這笨婆娘！這事怎麼會與本公主無關？全天下的人都知道我與白吟霜為敵，在晚宴上有那麼多雙眼睛在盯著本公主，妳以為沒人看到妳耍的把戲？妳以為本公主脫得了關係？」

崔諭娘著急，又跪著抓蘭馨衣角：

「公主！公主！奴婢知錯了！奴婢知錯了！」

蘭馨也傷心的流淚，說道：

「從小是妳把我帶大，妳是女官，應該教導我！我放棄我的驕傲和尊貴，拚命對皓禎放低身段，投其所好，妳知道我用心良苦嗎？我的所有努力卻被妳一腳踢得蕩然無存！妳說，

袁皓禎還會容得下我嗎？」拖起崔諭娘：「現在我就帶妳去畫梅軒領罪！」

蘭馨就拖著崔諭娘，一路走出房門。

書梅軒裡，吟霜已經稍稍平靜了，只是兩眼無神的躺在床上。皓禎坐在床邊握著她的手說：

「吟霜，我知道妳現在很傷心，我也一樣，但是我們來日方長，一定還會有兒女的！太子剛剛才走，要我帶八個字給妳，是『勇者無懼，再接再厲』！妳看，在太子心中，妳是勇者呢！我們兩個，都振作起來吧！」

吟霜似乎連哭的力氣都沒有。柏凱心疼一嘆：

「唉！吟霜，妳不必自責，這不是妳的錯，在那麼混亂的情況下，難免會發生遺憾，妳還年輕，爹和娘也等得起，快療養好身體才是重要。」

吟霜聽到柏凱這番話，終於崩潰哭出聲音，悲傷歉疚的說道：

「爹，對不起，吟霜讓袁家在中秋宴上蒙羞，現在又失去您和娘的孫兒，吟霜真的對不起你們！真的對不起！」就撐起身子，想在床上磕頭。

「傻孩子，千萬不可以這樣說，好好躺著別亂動。妳這樣小產，也是很傷身體，娘不准

如、柏凱都守在床邊安慰她，誰都不管進產房的忌諱。皓禎、靈兒、寄南、雪

雪如跟著心酸流淚，趕緊壓住吟霜：

妳再傷心，嗯？」

「吟霜，妳今天受的委屈，本王爺一定會替妳討回公道，伍項魁那傢伙，會自食惡果，夜路走多了，早晚也會碰到鬼的！」寄南氣呼呼的說。

皓禎一唬起身，忿忿的說：

「這分明是伍震榮父子，故意找機會羞辱我們將軍府！」對柏凱說：「爹，他們有備而來，套好招在眾人面前想讓吟霜難堪！簡直是可惡極了！」

靈兒忍不住插嘴：

「可惡的何止是伍震榮父子！還有那個黑心公主！尤其是她身邊那個歹毒的崔諭娘！就是她害吟霜摔下樓的！」

眾人震驚不已，皓禎氣急敗壞喊：

「裘兒！妳確定是崔諭娘？妳親眼看到？」

「我確定！」靈兒斬釘截鐵、心直口快的說：「在我下樓要去救小斑的時候……」趕緊收口：「總之，我親眼看到崔諭娘用腳絆倒吟霜，吟霜才會從那麼高的樓梯摔下來！我也相信，看到崔諭娘那一腳的，不止我一個人！」

皓禎握緊拳頭，怒極：

「又是公主，又是她們兩個！」就奔向門口，大吼：「我要她償命！我要殺了她！」

皓禎和柏凱面前，高傲霸氣的喊：

「害吟霜小產的罪魁禍首，本公主帶來領罪了！」

眾人驚愕。靈兒忿忿的說：

「妳們主僕明明就是串通的，帶她來領罪，是想演哪一齣？大義滅親？」蘭馨氣勢犀利的瞪著靈兒：「看清楚你的身分，現在是袁家的家務事，你這小廝給本公主閉嘴！」

「這裡沒有你說話的餘地！」蘭馨大義凜然的說：「這件事情傷及袁家骨肉，我和大家一樣痛心，所以我把崔諭娘帶來，一切聽候爹的發落！」

「是，爹！」崔諭娘哭喊：「大將軍，奴婢錯了！對不起！對不起！都是奴婢的錯！和公主無關！和公主無關！」

「駙馬爺，奴婢知錯了！」崔諭娘的發落！」

「公主的意思，是承認崔諭娘故意害吟霜摔下樓？」柏凱問。

「妳怎麼可以這麼狠毒，過去多少事情都看在公主份上，一直容妳，現在妳居然連我的孫子都不放過，妳真是狼心狗肺！」

「妳不用在我爹娘面前假裝慈悲！」皓禎對蘭馨憤怒說道：「就是妳這主子，指使崔諭

娘使壞，從吟霜進門妳就沒有一天要讓她好過！今天甚至容不下她肚子裡的孩子！妳到底良心何在？」

「我就知道你們一定會把這件事情扯到我身上。崔諭娘鑄下大禍，我也忍痛親自帶她來請罪，你還不相信我，你到底要我怎麼樣？」蘭馨滿臉鐵青。

「妳的奴婢害死了我的親骨肉，妳還好意思在這裡大呼小叫！這就是妳的歉意嗎？」皓禎怒喊。

「崔諭娘，妳看到了，都是妳自作自受，妳別怨我！」

手上的鞭子⋯⋯「一切都是妳幹的好事，妳讓我如何在袁家立足？」蘭馨忍痛放開繞在

蘭馨就在眾目睽睽之下，用鞭子狠狠抽打著崔諭娘。崔諭娘邊被打，邊求饒哭喊，蘭馨忍著淚，鞭鞭無情的抽下去。

「公主，手下留情啊！公主，奴婢知道錯了！公主，不要打了，公主！」

崔諭娘被打得在地上打滾，繼續求饒哭喊。柏凱等人旁觀，個個義憤填膺。

「殺了我的兒子，毀了我們全家的希望，害吟霜流了那麼多血⋯⋯打幾鞭子就算了嗎？」

皓禎紅著眼眶，恨恨的說道，完全不領情。

蘭馨狠下心，接口⋯

「好！如果鞭刑不夠！本公主就在爹娘面前將她處死！」

蘭馨衝去拔出皓禎掛在牆上的長劍，立刻將長劍拋給皓禎。皓禎敏捷的接下長劍。

「是我的人犯的錯，就讓你親手處決吧！」

皓禎拿著長劍，憤恨的看著趴在地上，已遍體鱗傷的崔諭娘。他一步步的走向崔諭娘。

蘭馨眼眶泛淚，挺直背脊，強忍著不落淚。崔諭娘艱難的說話：

「駙馬爺，都是奴婢一個人的錯，奴婢以死謝罪，請駙馬原諒公主！」

寄南已經心寒，說道：

「皓禎，如果你下不了手，就讓我來吧！這種刁奴，打死都便宜了她！」

「沒錯！對付惡人，就要以牙還牙，讓她償命！」靈兒咬牙切齒。

就在這時，臥室門一響，吟霜顫巍巍的用手按著肚子，走了出來。皓禎抬頭看到吟霜，

驚喊：

「吟霜！妳剛剛小產，不能妄動，怎麼下床了？」

「吟霜！快回去躺著，這樣會引起血崩的！」雪如也驚喊。

吟霜跪倒皓禎面前，把崔諭娘護在身後，虔誠的說道：

「皓禎！爹娘！我們失去的已經再也不能挽回了！就算殺了崔諭娘，我肚裡那個小生命終究是走了！皓禎，我們曾經共同希望，我們袁家再也沒有血腥暴力！請不要讓我們的畫梅軒濺血，為我們無緣的孩子，積些陰德吧！皓禎！」

吟霜一番話終於敲醒了柏凱。柏凱無奈叫停：

「皓禎，夠了！吟霜說得沒錯，就讓我那無緣的孫子，安心的走吧！何況崔諭娘的命，還不值得用來賠償我們袁家的骨肉！她也不配讓你用上我們祖傳的寶劍！」

皓禎依舊憤怒著：

「爹，留下她的命，只會讓她有機會，繼續在我們將軍府興風作浪，後患無窮！」

「算了，我們是積德之家，今天這件事情就到此為止！」柏凱威權的說。

崔諭娘趕緊對柏凱磕頭如搗蒜。

「崔諭娘謝謝將軍饒命之恩！」又轉向吟霜，磕頭如搗蒜：「謝謝吟霜夫人不殺之恩！」

皓禎一嘆，長劍落地。此時吟霜的身子已搖搖欲墜，皓禎一把抱起吟霜，往臥室走去，痛楚的說道：

「即使妳已經身心俱傷，還是不想報復讓妳受傷的人，為什麼這個世間，還有人不能容妳？」

蘭馨把崔諭娘帶回公主院，在宮女幫忙下，讓她趴睡在蘭馨的臥榻上。崔諭娘裸露的背部鞭痕累累，蘭馨流著淚幫崔諭娘治療。宮女們忙著清理地上一些沾有血漬的布條，又忙著端水盆來。蘭馨親自拿著濕帕子，為崔諭娘拭去血跡，清洗傷口，再塗上治傷的藥膏。崔諭

娘痛得呻吟，說道：

「公主，我看明白了，您用鞭子抽我就是想救我！」哭著：「公主，對不起！您別哭，我知道您比我更痛！公主，對不起！對不起！」

「我明白我的苦心就好！」蘭馨說：「需要委曲求全的不只是我，這口氣嚥下去吧！為了那無辜的孩子！」

崔諭娘點點頭，再也說不出話了。

❖

天濛濛亮時，寄南和靈兒心情沉重的走出畫梅軒，來到庭院。庭院裡空蕩蕩的，這個中秋宴，對將軍府帶來的衝擊實在不小。靈兒說：

「吟霜好不容易平靜下來休息了，咱們是守在將軍府還是回宰相府啊？」

「當然回宰相府！免得給皓禎添麻煩！」突然用手戳著靈兒的額頭，罵道：「妳上次的『雞飛鼠跳』還不夠？現在又弄出一個『蠍子蟒蛇』來？妳哪兒弄來的蠍子，哪兒抓來的蟒蛇？給我從實招來！」

「咦？」靈兒瞪大眼：「我不幫吟霜出氣，教訓教訓那個伍項魁，他會閉嘴嗎？難道讓他一直在那兒侮辱吟霜？」抬頭看看天，若無其事的說：「蠍子，是上次陪吟霜採藥，在山裡抓了一大堆，養在罈子裡，準備做藥材的！蟒蛇嘛？蟒蛇？就是這兒後院外面的石頭堆裡，被我

發現的。我從小玩蛇，常常餵牠一點東西，牠是我的小斑啦！」

寄南看著她，無可奈何，說道：

「一會兒看不到妳，妳就闖禍！又是『就地取材』！妳知不知道，大家都沒注意妳，可是個個看到蠍子蟒蛇，看到生氣的吟霜！」氣得敲了靈兒腦袋：「妳這自作聰明的傢伙！妳……妳這麼一搞，不是害大家更加懷疑將軍府有妖怪作祟嗎？妳不是讓吟霜更加跳進黃河洗不清？」

「怎麼會啊！我是幫吟霜和皓禎教訓惡人，哪裡有錯！誰懷疑吟霜，我就出來解釋說是我幹的呀！一人做事一人當嘛！」靈兒理直氣壯。

「妳呀！妳怎麼解釋？」寄南氣死了：「妳會玩蛇還養著小斑？漢陽可是在場的人！到時候他對妳抽絲剝繭，妳這男扮女裝，裘家雜技班的靈兒，不就身分暴露了！榮王會饒妳嗎？妳還一人做事一人當？妳身分暴露是欺君之罪，得砍頭的呀！連我這個靖威王，保護著妳自稱斷袖，也會跟著妳一起砍頭！妳想過沒有？」

靈兒氣燄弱了下來…

「啊？會扯這麼遠嗎？難道我又做錯了？」

「妳呀！永遠不把本王爺放在眼裡，老是不跟我商量行事，妳要是被砍頭，簡直活該！只可惜了我這個靖威王，一表人材，壯志未酬，跟著妳遭殃，才是冤枉！」

「唉！王爺，好好說話嘛！我不都是為了幫吟霜出氣嘛！你聰明你說，我們現在怎麼辦？」靈兒求饒的說。

「現在知道把本王爺當做『我們』了？哼！」認真指示：「這蠍子蟒蛇的事情，除了皓禎吟霜之外，妳誰都不能說，尤其不能和漢陽說，明白嗎？伍震榮一定不會罷手的，到時候我們見機行事！」

靈兒委曲默默點頭，不敢再多言了。

❀

吟霜雖然平靜了，但是，狀況卻很不好。她睡在床上，蒼白憔悴，頭上蓋著濕帕子，睡得很不安穩。皓禎坐在她床前的矮凳裡，心痛的看著她。香綺和秦媽不住在水盆裡絞了冷帕子過來。皓禎就把她額上的帕子拿開，換上新的。香綺輕聲說道：

「公子，您去休息吧！我和秦媽可以照顧夫人！」

「怎麼會發燒呢？」皓禎擔心的：「她這樣昏昏沉沉的，燒得這麼厲害，我哪裡還能休息？真不該讓蘭馨和崔諭娘在這兒大吵大鬧，她太衰弱，承受不住！」

「公子，小產過後有點發燒也還正常！我們不斷給她換上冷帕子，看看情況！只要她醒來了，她自己就知道怎麼治！」秦媽低聲的說。

皓禎凝視吟霜，換著帕子，對吟霜說道：

「吟霜，我以為我很有辦法、很有魄力，是個能幹的男人，會帶給妳幸福！誰知道我帶給妳的，是一連串的災難！我怕了，吟霜，妳告訴我，我該怎麼辦？」

吟霜在枕頭上不安的轉動著頭，囈語著：

「娘……娘……」

在吟霜的似夢似幻中，母親翠華的臉孔出現，俯頭溫柔的看著她，對她說道：

「吟霜！娘知道妳現在有多麼傷心和痛苦，可是，在妳身邊的那個男人，比妳更加傷心和痛苦。他是男子漢，許多傷痛不能輕易流露，生怕會讓妳更加難過。所以，妳要勇敢一點，為皓禎堅持下去，不要被打倒！命運對妳，可能還有重重考驗，妳都要挺住！要勇敢的挺住！」說完，翠華的面孔消失。

吟霜喊著：

「娘！不要走……娘……回來……」

吟霜突然從床上坐了起來，頭上的帕子落到棉被上。皓禎趕緊扶住她說：

「妳做夢了！夢到什麼？」摸著她的額……「燒好像退了一些！」

吟霜迷糊的看著皓禎。說……

「我……夢到我娘了！」

皓禎憐惜的握住她的手，說……

「再繼續睡！夢到娘一定很開心吧？現在沒有什麼力量可以安慰妳，或者妳娘可以吧？

繼續睡，讓妳娘再到妳夢裡來安慰妳！」

吟霜忪忡著，看看窗子，窗紙已經被曙色染白了。

「你整夜都沒睡嗎？」

「是！妳在發燒，我不放心！妳爹有什麼神藥，可以讓妳退燒？」

吟霜就把身子往裡面挪了挪，拍拍身邊很寬敞的位置。

「睡這兒，陪著我！我爹的神藥現在對我沒用……」

對妳有用！」吻著她的鬢角：「如果妳想哭，妳就哭！」

「是！」皓禎就踢掉鞋，和衣躺在她身邊，伸手輕輕抱住她：「我陪著妳，希望這帖藥

吟霜就含淚依偎著他，片刻，兩人都睡著了。

香綺和秦媽，拉開棉被，給兩人蓋好。秦媽要換帕子，才驚喜的悄悄說道：

「燒退了！」

54

早上，翩翩在花園裡翹首引盼的張望著。皓祥從遠處走來，翩翩著急的迎向前去。

「怎麼樣？吟霜這麼一摔，保不住了吧？」翩翩問。

「妖孽的種，小產了！」皓祥幸災樂禍的說。

「這下公主的威脅，不就少了大半個，哈哈哈！那真是太好了！」翩翩一樂。

「娘！」皓祥警告：「妳不要喜形於色呀！現在大娘那邊弄黑天暗地的，咱們躲遠點，免得沾上了晦氣！果然伍震榮父子這招真狠，又逼得白吟霜弄出蠍子蟒蛇來，在眾目睽睽下作法。現在她是妖狐已經人盡皆知，只可惜沒逼出她那狐狸精的原形。」

「什麼？」翩翩疑惑：「這場鬧劇，是伍震榮父子策畫的？」

皓祥看看周遭，見四下無人，放心的對翩翩邀功道：

「嚴格來說，應該是我和伍震榮父子策畫的，妳兒子也是伍家勢力的一份子了。自從四

王下獄，現在朝廷都是左右宰相在掌控的，很快的，妳兒子也會飛黃騰達！」

「是真的嗎？」翩翩驚喜：「也對！投靠當朝大紅人，才是明智之舉！要想靠你爹提拔，就算等到了白頭，也沒有盼頭！」

皓祥憧憬的，得意的說道：

「所以命運是掌握在自己手裡的，娘，我不會讓妳受苦太久，我們會一步步踩著袁皓禎往上走！」

皓祥母子得意的笑著。卻不知道急忙去提水的小樂，悄然躲於暗處，意外聽到母子二人的談話。他水也忘了提，握著水桶，怒瞪著皓祥母子。

片刻之後，皓禎帶著小樂，怒氣沖沖一腳踢開了皓祥的臥房房門，一進門就抓起在床上左擁右抱，睡「回籠覺」的皓祥。而他身邊被驚動的兩個小妾青兒、翠兒，同時驚叫：

「少將軍！不要打我家皓祥呀！」

「大公子！手下留情呀！有話好說呀！」翠兒喊著。

「你這個善惡不分、出賣家人的傢伙，我今天非打醒你不可！」皓禎怒喊，說完便對皓祥一記「虎撲橫路」打去，一拳正中皓祥胸前。「你居然吃裡扒外，勾結外人來打擊我們將軍府，我再送你幾拳！」

皓禎連續幾拳，怒打著皓祥，皓祥掙扎著跳開，立刻反擊，兄弟兩人便大打出手，兩人

轉眼之間，拳來腳往，連過了六、七招。皓祥的功夫底子本來就比皓禎差，又值皓禎暴怒時

刻，皓祥心虛，六、七招之內，兩人從臥房打到外室，皓祥已是落於下風。

皓祥邊打邊罵：

「你跟妖狐處久了，就神智不清，見人就亂打！我什麼時候出賣家人了？」

「你還狡辯？不要以為你幹了什麼骯髒的事情，沒有人知道。伍項魁來搗亂，吟霜會小

產，你是罪魁禍首！」

「哈哈！」皓祥冷笑：「那個妖狐自己的肚子保不住，還到處找人推卸責任！」

皓禎一聽，氣得一個「揪捶」，右手變拳為掌，一掌抓緊皓祥的衣襟，左拳一拳重擊皓

祥的下巴：

「我不准你再說吟霜是妖狐，她是我的妻子，你的大嫂，你賣祖求榮傷害的是我們的家

人，我們袁家的血脈！」

皓祥挨了一記重拳，跌到老遠的地上，爬起身大吼大叫：

「誰跟她是家人，我們袁家要是有流著狐狸的血脈，那才是侮辱了我們的列祖列宗！我

就要說，白吟霜是妖狐！白吟霜是妖狐！」

皓禎真是氣極了，撲過去，抓著皓祥又是沒頭沒腦的亂打一通。

兩個小妾嚇得抱著痛哭。皓禎邊打邊罵：

「你真是不打不成器！我代替爹，代替袁家祖宗，教訓你這不孝子！」

翩翩、雪如、柏凱聞聲趕來，翩翩進門發現皓禎被痛打，驚慌失措，大聲叫嚷：

「打死人了！打死人了！」用力拉住皓禎：「你快住手，你憑什麼打我兒子！你快住手！」又罵小妾：「青兒、翠兒，妳們兩個廢物，怎麼不拉住皓禎？」

「我們兩個怎麼拉得住大公子？」青兒落淚。

小樂也來拉住皓禎，喊著：

「公子，大將軍來了，快住手！」

皓禎終於停手，痛楚的對柏凱說道：

「爹，你知道皓禎幹了什麼事情嗎？」

柏凱威嚴的對皓祥說：

「我都知道了！小樂告訴魯超，魯超知道皓禎會來教訓你，馬上告訴了我！」怒瞪皓祥：「皓祥，功名是要靠自己的能力去掙來的，不是靠出賣家人！你一次次讓我對你們母子失望！我說過，如果你們不想再待在袁家，你們母子立刻就給我離開將軍府！我袁柏凱沒有你這樣的兒子！」

翩翩趕緊下跪求饒：

「大將軍，皓祥不懂事，你原諒他吧！不要趕我們走！皓祥知道錯了！皓祥會改！會

改！」又求雪如：「大姊，皓祥也是妳看著長大的孩子，妳幫他說說話吧！大姊！求妳了！」

雪如煩惱的對翩翩說：

「現在我們袁家真是多事之秋，你們母子還是少惹是生非吧！」對柏凱說：「柏凱，皓祥應該都聽懂了您的教訓，咱們走吧！讓他自己反省反省！皓禎，跟娘回去！」

皓禎無奈的跟著柏凱、雪如離開皓祥的房間。皓禎離開前回頭對皓祥威嚇：

「你再對吟霜不敬，再出賣家人，我還會來教訓你！」

※

將軍府中秋宴的詭異事件，立刻傳進了宮裡，在皇后的密室裡，皇后煩惱的看著伍震榮問道：

「到底這袁家的中秋宴是怎麼回事？現在到處都在傳說，你兒子伍項魁幹了不少虧心事，遭到了天譴，什麼蠍子蟒蛇的？你怎麼都沒對本宮說？」

「真是氣死人！」伍震榮憤憤說道：「那白吟霜明明就是一隻白狐！大概為了報恩到了袁家，那妖狐皇后也看到過，是不是有一對狐狸眼睛？當天她對項魁作法，弄出蠍子又弄出蟒蛇！這事下官覺得很丟臉，也就不想說了！不過……」一笑：「那妖狐的孩子就在那晚小產了！蘭馨如果趁機搶在她前面懷孕，就可以威風八面！」

皇后瞪著伍震榮，咄咄逼人的問：

「是不是你們聯手，讓白吟霜小產的？」

「不是不是！好像是崔諭娘的傑作！」

皇后跺腳，怒罵：

「什麼蘭馨搶在前面懷孕？你還做夢。蘭馨好不容易已經得到了皓禎一些信任，現在全部完了！這筆帳，皓禎會記在蘭馨身上的，再也不會對蘭馨有好臉色！本宮又該操心擔心不完！」怒極：「一群廢物！都是一群廢物！」

「皇后娘娘別操心，下官把那個白吟霜徹底解決就是！」伍震榮陰沉的說道。

要解決白吟霜，還是得去一趟宰相府，跟漢陽談一談。於是，這天伍震榮到了宰相府，和世廷、漢陽一起走在庭院裡。靈兒、寄南看到伍震榮來了，立刻遠遠跟隨著偷聽。伍震榮說道：

「漢陽，你也是親眼目睹吧？那個妖狐白吟霜對項魁作法，多少眼睛可以作證，你還遲疑什麼？趕快把那個妖狐抓去斬首示眾，或者把她活活燒死！」

漢陽從容不迫的說道：

「榮王，請不要激動！這事很難辦！」

「怎會難辦？」伍震榮皺眉：「眾目睽睽下，她就當眾作法，難道你沒看見嗎？」

「當時，我在現場，確實看得清清楚楚！我只看到當令郎侮辱白吟霜的時候，白吟霜滿臉悲憤，可是沒有看到她有任何作法的行為！本官相信，即使讓所有賓客作證，大家看到的，也跟本官看到的一樣！這沒憑沒據的，就把白吟霜定罪，這實在不妥！」就看著世廷說道：「爹，你也在現場，你看到了什麼？」

「雖然沒有證據說白吟霜是妖狐，但是，也沒證據說她不是！總之，她在現場，就是嫌疑犯！」世廷支持著伍震榮。

偷聽到這兒，寄南再也忍不住，一個飛躍就跳到眾人面前，笑嘻嘻的說：

「這麼說，宰相公也是嫌疑犯囉？本王也是嫌疑犯囉？漢陽兄也是嫌疑犯囉？榮王也是嫌疑犯囉⋯⋯那天的嫌疑犯實在太多了！」

伍震榮瞪寄南，看到他就生氣：

「你從哪兒跑出的？現在我們在談公務，你還是去找你的小廝玩吧！」

靈兒跟著出來，笑道：

「榮王，本小廝和寶王爺已經是大理寺丞的左右助手，聽說有案子上門，就趕緊來幫忙辦案！」

伍震榮不理寄南，看著漢陽，怒道：

「人人都知道那白吟霜是妖狐！不是妖狐，就是當初被皓禎放掉的白狐！不管她是妖狐

還是白狐，她都不是人！漢陽，你不要死腦筋，什麼都要證據！這事，你就放手去做，把白吟霜以妖狐之名定罪就行了！」

「榮王！」漢陽耿直的說：「很多案子，在榮王的指導下，已經草草定罪，不該結案的也草草結案！白吟霜這件案子，除非有更多的證據，本官是絕對不能隨便定罪，隨便抓人的！」

「你不知道，這個白吟霜和項魁已經交過幾次手，項魁都敗在她的手下。她厲害得很，一定是妖狐！你看到她瞪著項魁的眼光沒有？那眼光就是想殺了他！」伍震榮說。

「我朝律例上，沒有一條是『瞪人』就犯法的！而且『眼光殺人』還沒聽說過！」靈兒在一邊接口。

「不許插嘴！」世廷喝阻：「漢陽，榮王既然提出來了，這案子還是需要調查一下才是！如果白吟霜沒有問題，也利用這個機會，幫她洗刷冤枉！」

「哪一次榮王的案子，洗刷了被告的冤枉？這樣調查，吟霜就注定是白狐了！」寄南拍拍漢陽的肩：「漢陽兄，兔子好欺負，帽子扣頭顱，你可要主持正義！」

漢陽坦然的看著伍震榮：

「中秋那晚，很多人都是同情白吟霜的，只怕項魁也冤了她，那些不堪入耳的話，可以逐條求證。如果下官有證據，對令郎不利，不知道是不是可以對項魁進行調查呢？」

伍震榮一怔，對著漢陽，氣得舌頭打結：

「你……你真是腦筋不轉彎，這妖狐能夠成妖，還會留證據嗎？」

「妖狐能夠成妖，還會任人公開侮辱栽贓嗎？」漢陽堅決說：「還會為此小產嗎？這說

不通呀！這案子就是絕對不成立的那種案子！」

伍震榮一氣，甩袖離去。世廷著急，怒瞪漢陽：

「漢陽你……真是氣死我了！走！跟我去追榮王，說你會好好辦案！快走！」硬拉著漢

陽追向伍震榮而去。

靈兒和寄南見眾人離開，欣喜的互相擊掌。靈兒興奮的說：

「你看你看！漢陽都幫著吟霜說話，咱們算是過關了吧！」壓低聲音說：「沒人會懷疑

到我身上是吧！」

「這漢陽真是讓我越來越欣賞！」寄南佩服的說，指著靈兒：「妳呀，針對中秋宴的把

戲繼續保持沉默！懂嗎？」

靈兒鬆了口氣，忙著點頭。

幾天後，在畫梅軒調養的吟霜，氣色已經好多了，也下床了。香綺幫她送來熬好的藥，

開心的說：

「最後一帖藥，吃了這碗就不用再吃了！小姐恢復得很好喲！」

皓禎從外面回來，看到她在吃藥，就一邊看著，一邊說：

「妳別擔心了，中秋節那場大鬧，伍震榮那邊確實找了漢陽去談，已經被漢陽嚴詞拒絕。這案子不會成立！」

吟霜邊喝藥邊關切：

「現！現在⋯⋯外面是不是傳得亂七八糟？朝廷裡，長安城裡，官府裡，宮裡⋯⋯大概都知道了吧？」

「是，都知道了！」

「那怎麼辦？大家怎麼說呢？說我是妖狐嗎？」吟霜憂愁著急的問。

「最新說法，妳是我救過、又放生的白狐！」攤開手掌：「也是這條傷痕的由來！妳不是來作祟的，妳是來報恩的！」

「不，還有一個說法！」

「什麼說法？沒人注意到靈兒吧？」

「哦，反正我再也說不清楚，一定是狐狸就對了！不是妖狐，就是狐仙？」

「當晚那麼混亂，那蠍子蟒蛇，我們雖然知道是靈兒的把戲，但是絕對不能讓靈兒被發現！現在⋯⋯外面是不是傳得亂七八糟？朝廷裡，長安城裡，官府裡，宮裡⋯⋯大概都知道

「她那麼機靈，又是雜技班出身的，怎會給人發現？不過靈兒這一招，反倒讓大部分的

賓客都認為是上天對伍項魁的懲罰，因為他實在惡名昭彰，做了太多傷天害理的事，除了伍家，沒有人同情他！於是，大家的說法是，作惡多端，報應必到！何況那蠍子蟒蛇，實在太巧妙了！太子那一招追殺，也太妙了！」

「那你爹娘呢？對我也沒懷疑嗎？」

「我爹娘比較單純，認為這蠍子蟒蛇，都是後院外面，荒野裡常有的東西，那天被食物的香味，引誘到花園裡來，也大有可能！會爬到伍項魁身上，如果不是偶然，就是巧合！絲毫沒有懷疑妳或靈兒，倒是對一些下人的討論，叫來發了一頓脾氣，警告每個人都不可以胡說，尤其不能給妳加上任何狐仙的名義！所以，別擔心爹娘了！」

「唉。」吟霜一嘆：「這中秋的宴會，實在太震撼。尤其，讓我失去了孩子，我……真是太……太心痛了！」

皓禎摟住她，深情的說：

「那……等妳身子完全好了，我們再努力，把他生回來！」

吟霜輕輕點頭，兩人深情依偎著。

❖

抓白吟霜對伍震榮來說，還是小事。現在，最重要的大事，是關在大理寺的四王！伍震榮對方漢陽，越來越不信任，看樣子，方世廷拿這事事要求證據的死腦筋兒子也沒什麼辦

法！辦不了白吟霜，還是先解決四王要緊！

這天，伍震榮帶著方世廷、刑部郎中江寧大人，和諸多大臣急步走過長廊，充滿蕭殺之氣，嚴肅至極的走進皇上書房。

皇上一驚，問道：

「何事驚動刑部郎中、左右宰相，和各位賢卿？」

伍震榮把一封密函往皇上矮桌上一放，沉聲說道：

「關於忠孝仁義那四王，刑部拿到最新證據，這是四王聯名，寫給常遠都督的一封密函！他們要都督配合，在年底起兵謀反！」

「不可能！這四王絕對不可能！那義王還是朕的親弟弟，怎麼可能謀反？」皇上大驚，顫抖著手去拆開信封，看著內容：「這封密函是真的嗎？義王的字朕認得，這不是義王寫的！」

「陛下！」世廷稟道：「如此嚴重的密函，四王會留下親筆？當然另有執筆之人！」

「那……有沒有找到執筆之人呢？」皇上驚痛懷疑的問。

刑部郎中就嚴肅的稟道：

「刑部郎中江寧願以項上人頭，保證此事不假！執筆之人已經找到，是忠王的手下，捉拿後在獄中畏罪自殺！常遠都督聲稱未曾接到這封密函，因為被刑部半途截獲，但供稱四王

確實跟他有聯繫！」

伍震榮厲聲的說道：

「陛下！如果刑部證實的案子，陛下仍然懷疑？那要刑部何用？」

世廷也嚴肅的稟道：

「陛下！這是『十惡不赦』大罪中的第一條！案子太大，連大理寺都無權插手！陛下不能一再包庇四王了！」

伍震榮更加嚴厲的稟道：

「陛下再包庇下去，四王遲早也會被有志之士，誅之而後快！」

大臣全部跪下，喊道：

「皇上聖明！請以社稷為重！皇上聖明！請以社稷為重！」

皇上驚痛惶然的眼神，看著那封密函。

❖

寄南著急的喊……

寄南帶著靈兒奔進畫梅軒大廳，只見皓禎、太子、吟霜全部在室內，魯超和鄧勇守在門外。寄南著急的喊：

「大家都得到消息了？這案子居然跳過了大理寺，直接由刑部接辦！那刑部郎中江寧上任才半年，明明就是伍震榮的人！」

太子心急如焚，怒氣沖沖喊道：

「這種密函宮裡到處都有，一看就是栽贓！偏偏父皇最忌的就是『謀反』，這個罪名加

上去，四王還有命嗎？可見左右兩宰相，決心要把四王置於死地！」

「這一下，就連那監牢，也保不住四王了！」

「太子！」吟霜喊道：「你畢竟是太子呀！你們趕緊進宮去保住四王吧！」

「聽說擁伍派的大臣們緊急被召進宮，只怕此時已經太晚！」太子毛焦火辣的說。

「你們不去，怎麼知道太晚？」靈兒跳腳生氣：「那天，漢陽還跟我們保證四王會沒事，

什麼天下的四王，百姓的四王，現在是死定的四王了！」

寄南給了靈兒腦袋一下。

「不會說話就少說話，什麼『死定』的四王？」

太子當機立斷的往門外衝去：

「皓禎、寄南，我們衝進宮去，拚死也要救下四王！」大喊：「鄧勇！備馬！」

太子、皓禎、寄南就飛騎往皇宮奔去。

此刻皇上已經移駕偏殿，因為許多大臣都聞訊趕來，跪坐了一地。皇上站在矮桌後面，

桌上文房四寶具全，還攤著那封密函。他激動得雙手發抖，大聲喊道：

「什麼？要將忠王他們四個處死？那怎麼可以？這封密函還待檢查！」

「陛下！」伍震榮強勢的說道：「現在不能再對他們心慈手軟了，趁這機會一舉將他們一網打盡，才是當務之急！」

「可是……」皇上抗拒的說：「可是當年他們對朕的登基，也立下不少功勞，朕怎能在此刻……對他們翻臉無情呢？」

方世廷嚴肅的稟道：

「四王在太府寺偷金子，還是太子親自察明的！各種貪贓枉法，劫持皇后，再加上謀反大罪種種罪狀，此時不除，更待何時？」

伍震榮上前，走到書桌旁邊，厲聲接口：

「陛下念著舊情，是不是要讓他們仗著當年有功，逼得陛下俯首就擒、讓出江山？」嘩的一聲，將毛筆塞入皇上的手心裡，口吻犀利：「陛下！請御筆下詔！拿出您的魄力來！」

打開一張空白詔書。

皇上嚇得跌入坐榻上，張口結舌的問：

「一定……一定要這樣做嗎？那……改成流放，流放行嗎？流放太遠，改成徒刑！徒刑吧！讓他們出門悔過兩、三年再回來！也別連累他們的妻兒，撤去位階，王府也給他們留著吧，畢竟是對朕有功的愛臣！」

此時，太子、皓禎、寄南衝進了偏殿。太子大聲喊：

「父皇！萬萬不可！父皇這二十年的風調雨順，就是四王在撐著！如今讓四王冤枉定

罪，父皇如何再能平天下？」

伍震榮大怒，轉向太子問道：

「太子如此包庇四王，難道你和四王一樣想謀反嗎？」

皓禎激動喊道：

「誰想謀反誰心裡有數！陛下！在下旨以前，肯不肯讓微臣等人陪同陛下去四王屬地走

一趟，聽聽百姓的心聲？」

「根本不用去四王的屬地，只要走進長安城的坊間，微服私訪一下，也能知道四王的名

聲！同時，也可以聽聽其他大臣的名聲！」寄南接著大聲嚷。

伍震榮拿著筆逼近皇上，近乎威脅的大聲說：

「陛下不要再舉棋不定，跟著太子這三人起舞！流放徒刑怎能杜絕後患？他們犯案累

累，個個都死有餘辜！」

所有大臣，全部磕頭喊道：

「皇上英明！請判死刑！」

「父皇！」太子大喊：「別忘了，四王都有丹書鐵券，可以免死！」

「對對對！」皇上急忙說：「丹書鐵券！四王有丹書鐵券，殺不得！殺不得！」

「陛下！」伍震榮喊道：「丹書鐵券只能免除小罪，碰到謀逆叛變，依然是死罪！陛下就趕緊下詔吧！如果一定要免除死罪，就用刖刑吧！」

所有大臣，又全部磕頭喊道：

「皇上英明！請判刖刑！」

「陛下！」皓禎痛心大喊：「四王是百姓的四王，四王是天下的四王！刖刑是去掉膝蓋骨，從此變成殘廢的酷刑！陛下何忍？」

「何況，其中還有義王，那是陛下的親弟弟！」寄南喊。

「父皇不是親自對兒臣說過，不會骨肉相殘嗎？」太子再喊。

「太子！這四王要起兵篡位，你們這是來聲援四王的嗎？」榮王厲聲喊道：「陛下，您應該認清太子幫這三人的真面目了！四王是百姓的四王，那陛下是百姓的什麼？趕快下詔吧！不忍刖刑，就是死刑！」

皇上握著筆發抖：

伍震榮又把筆去蘸了墨，再塞進皇上手裡。

「這御筆詔書，朕如何寫得下去？」看著伍震榮和方世廷，再看向激動的太子和皓禎、寄南：「流放吧！流放到邊疆，他們也就沒有任何勢力了！」

世廷瞪著皇上，生怕再有變化，把詔書拉平，催促道：

「那就流放吧！事不疑遲，還是請皇上快下詔書吧！」

「父皇！父皇！」太子痛喊：「請千萬不要下筆！請深思啊！」

皇上顫抖的拿著毛筆，含淚說道：

「四王，你們封王，連名號都是右宰相給朕的啟示。今天左右宰相都拿出證據，朕只得流放你們，不要怪朕狠心……不要怪朕……」

太子、皓禎、寄南見無法挽回，滿臉悲憤。皇上落筆後，曹安捧來玉璽蓋印。皇上拭淚

伍震榮和世廷監督皇上落筆，震榮滿眼殺氣，世廷一臉蕭穆。

說道：

「他們好歹是四王，不許穿囚衣，不許用腳鐐手銬，用轎子抬出明德門，一路用馬車送

他們到目的地！這就是朕對他們最後的恩賜！」哽咽大聲命令：「不得有誤！」

忠孝仁義四王，就這樣被定了罪，這四王因為個個人如其名，深得百姓愛戴，他們四個的流放，等於是一個賢能時代的結束。多少忠臣泣，多少奸臣笑。

55

漢陽得到消息，非常挫敗，臉色慘然嚴肅，手裡拿著文卷，急步走進大理寺。才匆匆跨進書房，靈兒和寄南就冒了出來，一下子攔在他前面。靈兒喊道：

「大人！你還是大理寺丞嗎？你居然讓刑部栽贓四王！那刑部不歸你管嗎？」

寄南上前，一把抓住漢陽胸前的衣服：

「漢陽！你跟我說，這事跟你有關嗎？」

漢陽心中沉痛著，卻極力保持冷靜，看著寄南問：

「皇上今天下御筆詔書，寄南不是在場？你看到本官了嗎？有刑部郎中在，本官算什麼？」

「這麼說，這幾位大臣真的流放了？」靈兒不信的問。

寄南無法接受，跳腳激動，問漢陽：

搖頭。

「怎麼變成這樣？你不是要我們放心，說四王是安全的嗎？」

「連太子都無法保四王，我又能怎樣？在大理寺，我確實把他們照顧得很好！」漢陽搖

寄南深思著，平靜下來問：

「漢陽，四王什麼時候啟程呢？」

「五天後，由本官親自監刑，由南邊的『明德門』送他們離開長安城！」對寄南說：

「你們既是本官的助手，當然也隨本官去送他們一程！」

靈兒瞪大眼珠，轉動念頭看一眼寄南：

「啊！我們還要助紂為虐，去監刑啊？」

寄南臉色一凜，和靈兒眼光交流著。

✿

雖然四王流放已成定案，太子依舊無法接受，他還想做最後的努力。晚上，他衝進了皇上的寢宮，急促哀懇的說道：

「父皇，請快收回成命，現在還來得及！」

皇上嘆氣，無可奈何的說道：

「唉！就知道你們這些小輩一定會怪朕無情無義，但是明擺著樣樣罪證確鑿，還包括你

查出來的偷金案！」痛心的：「你們絕對不知道朕是多麼無奈才出此下策。若不流放，其他朝臣就要他們四個死，為了讓他們活命，朕已經盡最大能力保住他們了！」

太子氣急敗壞，也顧不得禮數了，說道：

「什麼其他朝臣，不就是左右宰相的脅迫嗎？父皇，兒臣今天親眼目睹，那榮王已經囂張到極點，幾乎是強迫父皇下詔！父皇，朝廷不能再受兩位宰相控制，否則忠孝仁義全部瓦解，失去忠孝仁義，皇上還剩下什麼？」

「唉！」皇上一痛：「那忠孝仁義，當時就不該用來封王的，應該維持他們原來的封號！現在朕都不知道，這世間有沒有忠孝仁義了！」

太子激動得快落淚了，誠摯的說：

「有！當然有！父皇，那四王就是代表，當初皇上用這四個字封王，是神來之筆！那是父皇治國的初衷，封得太好太妙！既然對他們有信心，就該堅持到底！我們現在需要的就是忠孝仁義！父皇，您心裡是明白的，只有您可以拯救四王，讓這四個字仍然成為治國的信念吧！」

皇上被太子的熱情打動了，想著四王，不禁嘆息。太子眼睛一亮，忽然嚷道：

「還有父皇那『六條鯉魚躍龍門』的吉祥夢也要破滅了呀！流放了四王，等於流放了四條錦鯉，只剩兩條大鱷魚了！」

皇上本就不想流放四王，此時已完全動搖，猶豫道：

「那現在⋯⋯現在怎麼辦？朕都下旨了，又該如何收回成命呢？」

「那還不簡單！」太子深深看皇上：「您的尚方御牌借兒臣用用就是！」

「對呀！」皇上一喜，趕緊掏出身上的御牌：「朕的御牌可以扭轉乾坤！」準備遞給太

子：「你快拿著御牌去救人！這御牌上次借給寄南，還破獲了買官案！」

正當皇上要將御牌交給太子之時，瞬間又被從後突然出現的皇后截走。

皇后握緊御牌，瞪著皇上⋯

「救什麼人啊？皇上已經下旨的命令，難道可以朝令夕改、出爾反爾的嗎？那豈不是要

鬧出千古的笑話！何況那四王劫持了臣妾，皇上怎可不為臣妾作主？」

皇上看到皇后，心就軟了，無力的說道⋯

「皇后怎麼來了，也沒人通報一聲呢？」

太子堅定無懼的喊道⋯

「救人如救火，母后，請快把御牌還給兒臣！」

「還給你？」皇后瞪著太子，咄咄逼人的說道⋯「好讓你拿著到處濫用權力，建立你太

子的權勢？是不是四王流放了，你的力量也跟著削弱，你才這麼著急？居然威脅你父皇給你

尚方御牌？」揚聲大喊⋯「來人呀，請太子回東宮！」

皇后的衛士立刻衝入寢宮，架著太子。太子甩開衛士，生氣說道：

「本太子話還沒有說完，絕對不走！」看向皇上：「父皇！朝廷是您的，您開口呀！快

把御牌交給兒臣去辦事吧！」

「你是太子，我是你母后！」皇后瞪視太子喊道：「你再不走，休怪御前衛士動武，

來人呀，押下去！」

更多衛士衝進房，圍著太子，蠢蠢欲動。皇上左右為難，息事寧人：

「好好好！別動武！別動武！」命令道：「啟望，四大功臣之事顯然是天意，我們都盡

力了！你走吧！」揮手說：「不要連你自己都搭進去了，不值得！」

太子被衛士拉著走，邊走邊喊：

「父皇，治國愛民，怎可不忠不孝不仁不義啊！」

皇上眼見太子被拉走了，立即轉頭對皇后嚴肅的說：

「把御牌還給朕！」

皇后嫣然一笑，將尚方御牌還給了皇上。

✿

歌坊的一間房間中，皓禎帶著魯超和若干天元通寶的兄弟們正在密談。寄南和靈兒，敲

門進了房間。寄南就迎向皓禎，急切的說：

「太子差一點就可以拿到尚方御牌去救四王，可惜被盧皇后給截走了，氣得他幾乎砸破了宮門！想當初，我就不該把御牌還給皇上！」

皓禎點頭，堅定的說：

「朝廷對四王如此不義，我們不能對這幾位功臣不仁！」

「那應該怎麼救人呢？」靈兒憂心：「他們名氣那麼大，目標那麼大，咱們該從何下手？何況是漢陽擔任長安城的監刑官呀！」

「漢陽這人心思細膩冷靜，又不屬於任何勢力，如何在他眼前救人，倒是非常麻煩的事情！」

「唉！」寄南一嘆：「這就是我煩惱的地方，漢陽現在變成我們行動上最大的障礙了！」

「又不能把他除掉！」

「木鳶來了指示！」

就在眾人煩惱之際，突然窗外一個黑影閃過，咻一聲，金錢鏢射進了屋裡。皓禎動作敏捷，及時徒手用食指和中指夾住金錢鏢。皓禎驚喜道：

室內眾人，全部一喜，趕緊圍向皓禎。皓禎打開紙箋，唸著上面的句子：

「秋月飛霜，波瀾不驚！碧血丹心，四海昇平！」

「又是像作詩一樣的密語！」靈兒頭痛：「這木鳶到底是詩人，還是咱們護國保李的頭

頭呀？這幾句有什麼指示？」

寄南解釋著：

「『秋月飛霜，波瀾不驚』就是說，這一場秋季的冤獄，大家不要太驚慌！」

「啊！一下是四個冤獄，還叫我們不要驚慌？」靈兒說。

皓禎冷靜接下去解釋：

「『碧血丹心，四海昇平』，木鳶意思是要我們全部動員，即使血染長安城，拚死也要保住四王的平安！」

小白菜挺身而出，堅毅的說道：

「少將軍，如果需要全部動員，城內我們早已經布署了有一百多名弟兄，若是不夠，我再去向咸陽城的弟兄招集過來。」

皓禎謀策著，對小白菜和天元通寶的弟兄們鄭重吩咐：

「很好，小白菜，還有兄弟們，這次行動太大，時辰也不多了，能調動的兄弟，全部集結到長安城來，但是小心大家的身分，都要做好掩護！我猜想，伍震榮不會讓四王真的流放，寄南再去方世廷那兒探聽一下，我有一個大計畫……」

所有的人，都急切的圍向皓禎，一起聆聽大計畫。

◆

這一晚，大家都不能安睡，寄南和靈兒回到宰相府，兩人都悄悄注意著世廷的一舉一動。果然，戌時過後沒多久，伍震榮就來到了宰相府，和方世廷關在書房內密談。靈兒對寄南說道：

「我去把窗外的衛士引開，你去偷聽一下他們在計畫什麼？」

「妳要如何引開？」寄南不放心的問。

「你別管了！快去偷聽！」

寄南就溜到書房窗外去，只見靈兒忽然出現，竟是用女兒身出現，穿得花紅柳綠，在衛士前面搔首弄姿，又直拋媚眼。兩個衛士果然瞪大眼睛看靈兒，靈兒就招招手，悄悄往花園深處走去，兩個衛士果然跟去了。寄南心裡七上八下，就怕靈兒被兩個衛士給欺負了。但是，靈兒已經犧牲到這個地步，不偷聽是不行的！先偷聽再說！他在窗外這一聽，居然大有收穫。他聽到世廷在低聲說：

「劫人犯是一定會發生的，你要準備八個一樣的轎子，四個是真王，四個是假王，讓他們把假王劫走……」

「至於真王……」伍震榮賊笑著：「就隨便抬到哪兒去，幾下給結束掉！」

寄南聽到這些，下面的話也不用再聽，趕緊跑到花園深處去救靈兒。他悄悄到了花園深處，卻驚見兩個衛士，被綁在兩棵大樹上，正低聲怒罵掙扎著，靈兒已不知去向。他趕緊回

到房間，見靈兒穿著女裝，打扮得甚是妖艷，已經進來。他驚奇的看著靈兒問：

「妳怎樣把那兩個衛士綁在大樹上的？」

「我告訴他們，如果他們不動手動腳，我就脫件衣服給他們看；如果動手動腳，我就大叫非禮！他們都願意不動手動腳，為了保證，我把他們綁在樹上，他們也讓我綁了！我綁完，就逃回來了！」

「有這麼笨的衛士？」寄南驚愕。

「唉！男人你不懂，我懂！只要色心一起，腦袋就變木頭！你偷聽到什麼？」

「什麼男人他不懂，她懂？這樣冒險，居然也給她過關！或者四王是應當被救的！他趕緊說道：

「大有收穫！妳趕快換回妳的小廝裝吧！要不然，這兩個衛士追到這兒來，一定會扒了妳的皮！」

靈兒換了小廝裝，兩個衛士也沒追來，想必這兩個笨蛋，始終沒弄清楚靈兒是誰？何況如此丟臉的事，誰也不願聲張吧！

皓禎這晚帶著吟霜，進了柏凱和雪如的臥室。兩人對父母行禮，皓禎就請求的說道：

「懇請爹娘同意孩兒帶著吟霜，一起進行這項營救任務！」

柏凱深思不語，雪如立刻反對：

「皓禎呀，這次行動非同小可，你怎麼能讓吟霜跟著你去冒險呢？何況她身體還在調養中，還是不要讓吟霜出門吧！」

「爹、娘，請不用擔心我的身體，已經調養一個多月了，我已經完全恢復，我的醫術可以幫助皓禎，他帶著我，對他肯定是有幫助的！」吟霜懇切的說。

「娘，那四王聽起來就很危險，咱們女人家還是待在家裡守本分要緊！」雪如說。

「拯救四王在牢裡待了好多日子，忠王前陣子還生病，這麼危險的營救任務，他們哪受得起驚滔駭浪的折磨，若有吟霜跟隨，也能就近照顧幾位王爺的健康！何況把吟霜留在家裡，我一定會擔心到無法好好行動的！所以，是我需要她！」

雪如明白了，問道：

「你怕吟霜在家不安全？又被公主折騰陷害？」

「對！留下她，我有後顧之憂，只能帶她去！以後我所有的行動都要帶著她！」

「娘！」吟霜積極的說：「吟霜既不會武功，也不懂刀槍，只能用自己的醫術，來幫助這些忠心耿耿的大臣，而且這次行動這麼大，『天元通寶』的弟兄也難免在刀光劍影中受傷，他們也需要我呀！娘，您就答應吧！」

「好吧！」柏凱深思後點頭：「這次任務確實艱險，吟霜醫術或許真的能發揮效用！皓

禎，你就帶著吟霜一起出門吧！不過，你要保證讓吟霜安安全全的回到我們將軍府，若是吟

霜有何閃失，我唯你是問！」

「謝謝爹！皓禎一定將吟霜毫髮無傷的帶回家來，請爹娘放心！」皓禎臉色一沉：「但

是，公主院那邊⋯⋯」

「公主那兒，爹娘自會幫你解圍，你就安心的去進行大計畫吧！」柏凱說。

皓禎和吟霜兩人互視一眼，從容跪下說道：

「感謝爹娘恩准！」

❖

皓禎等人，在積極策畫營救四王。伍震榮那兒，也胸有成竹，如何藉機殺了四王。這

晚，伍項魁走進榮王的書房，對伍震榮急切的報告：

「爹，據報，最近幾天長安城突然來了很多生面孔到處隱密活動，我猜想，這些人大概

是擁李派的人馬，要不就是想作亂的亂黨。」

「這些本王早已經得到消息了，他們是準備來劫走四王的！」伍震榮從容的說。

「那些亂黨若是敢來劫人，我們就和他們火拚！」伍項魁冷笑。

「伍震榮搖頭，輕蔑的說⋯

「你呀！幹大事就是不會動腦子，怎麼不想個⋯⋯既不用火拚，又能達到目的的辦法呢？」

「難道爹已經有什麼妙招了？爹快說，我立刻去布署！」伍項魁喜形於色。

「既然他們想來劫人，咱們就將計就計，聲東擊西！」伍震榮指示著：「你派兩批人馬，一批帶著四個假王去勾引亂黨劫轎，轉移他們的重心和注意力。另一批，你讓劉虎帶著真王到城外的黃馬坡與本王會合。」陰狠的咬牙切齒：「本王要親手斬了這幾個擁護李氏王朝的四王！」

「項魁明白了！這回一定要讓爹，讓我們伍家痛快的幹一場！」

伍震榮再屬色的叮嚀：

「還有，所有參與這次行動的衛士，個個都要滅口！不能留下任何證據！」

「項魁遵命！」

❖

轉眼就到了四王流放的日子，平時，只要有朝廷大案，民眾都會掩門閉戶。這天卻一反常態，長安城大街上人潮湧動，民眾擁擠著，議論紛紛。

漢陽帶著寄南、靈兒，分騎著大馬，領著大理寺的官兵，押解四個馬車拉的轎子，在大街上緩緩行進。街上兩側民眾，埋伏著各種喬裝的「天元通寶」弟兄，彼此眼神交會，摸摸鼻子或是甩著銅錢打著暗號。

四個轎子之一，忠王坐在轎內憤恨難平，破口大罵……

「皇上呀皇上，本王真是瞎了眼，當年看你忠厚仁慈，拚命讓你坐上龍椅，今天居然落到這種地步！」手搥轎子⋯「本王真是恨死我自己！恨死我自己！」

四個轎子之二，孝王坐在轎內，臉色發青，撫著肚子嘔吐著，一邊嘔吐一邊說：「可惡的伍震榮，假傳聖旨，居然出門前還要強灌我野葛藤⋯」又作嘔，手指發抖，比著空中⋯「伍⋯⋯伍震榮⋯⋯你好狠啊！本王做鬼也不饒你⋯⋯」嘔吐不止。

四個轎子之三，仁王坐在轎內心灰意冷，感慨萬千，說道：

「祝之同啊，你命好，走得早呀！不用在長安街上受到伍震榮的屈辱，本王很快也會到陰間與你相會！你等等我呀！」

四個轎子之四，坐在轎內的義王悲憤不已，沉痛的說道：

「以為他是真龍天子，誰知是一個被人擺弄的昏君，當初我不曾跟他爭王位，這麼多年，還在忠心耿耿扶持他！哈哈哈！我義王，自作孽，不可活！」悲苦慘笑著。

轎子外的大街上，伍項魁帶著若干衛士也在人群中觀望，狡猾的笑著，對身邊衛士命令⋯

「今天所有行動，只許成功，不許失敗！我們走！」

伍項魁滿意的看完現場，交談議論著。一個老者感慨⋯「當年轟動的冊封四王，今天就這麼被流放了！」

街上兩側圍觀的民眾，交談議論著。便帶著衛士離開。

「這就是功高震主的結果，伴君如伴虎呀！」另一個說道。

眾多民眾突然義憤填膺高喊起來：

「奸臣陷害忠良，天理何在？奸臣陷害忠良，天理何在？」

皓禎、微服的太子、吟霜、魯超、鄧勇也喬裝擠在眾多的民眾中觀望。小白菜也換上一身勁裝，跟隨著皓禎行動。皓禎憂心忡忡，對吟霜低語：「吟霜，我剛剛接獲密報，孝王好像病得非常嚴重！我們帶出門的藥品夠不夠，要不要讓魯超再回去多備一點藥丸！」

「不用擔心，我各種最壞的情況都想到了，你安心行事，不要擔心我！」

太子再叮嚀魯超、小白菜、鄧勇……

「讓弟兄們盯緊轎子！轎子才是我們追蹤的目標！寄南得到的消息一定可靠！」

魯超和小白菜點頭回應。

漢陽擔心民眾過於激動，立刻向著官兵指揮，大喊：「官兵衛士們，小心押解，切勿傷及民眾，保護四王！」對寄南和靈兒交代：「你們要小心，民眾要是大亂就自求多福，刀槍是不認人的！」

「大人！你不用擔心我們，我和我家王爺，還負責保護你的安危呢！」靈兒說。

民眾繼續義憤填膺的高喊：「奸臣陷害忠良，天理何在！奸臣陷害忠良，天理何在！」

「漢陽，你都看到了，百姓都為四王鳴不平，可見民心所向！」寄南趁機對漢陽曉以大

義：「你這位當官的除了辦案善惡分明，立場也應該善惡分明！朝廷紛亂，誰是亂源，你應該比誰都清楚！」

「本官今日奉命行事，不談立場，只管安全將四王送出明德門。」漢陽沉著的大喊：

「衛士們，繼續往前走！」說完便踢著馬肚，往前奔去，漢陽和靈兒趕緊相隨。

官兵衛士列隊押著轎子，向前移動。

❖

四王被押解出城時，崔諭娘在公主院大廳，對鬱鬱寡歡的蘭馨說道：

「駙馬爺一早就帶著白吟霜出門了！」

蘭馨落寞的看著虛空，黯然說道：「自從吟霜小產，皓禎就沒進過公主院，現在，又帶著她出了門！我這個公主，被母后說中了，一點用都沒有！」

「都是奴婢闖的禍！」崔諭娘慚愧的說。

「妳也別自責了，或者，本公主當初就選錯了人！」看著遠方，似乎聽到隱隱中人聲鼎沸，忽然問道：「今天長安城有什麼大事嗎？」

「好像是什麼四王流放的日子！」

蘭馨一怔，眼光深邃起來，低低自語：「把忠心耿耿的四王流放……父皇，您昏庸了嗎？還是被伍震榮和方世廷給挾持了？或者，被母后給徹底蒙蔽了？」

漢陽、寄南、靈兒領著監刑的大隊人馬終於來到「明德門」外。

若干民眾也一路相隨跟到城門口。

漢陽親自對著一個個轎內的四王一邊核實一邊行禮，真誠恭敬的說道：

「各位王爺，保重了，後會有期！」

核實無誤，漢陽與在城外守候多時的監刑官當面交接。漢陽對城外監刑官說道：

「皇恩浩蕩，本官代表皇上為四位王爺送行到此。這四位王爺就交給大人了！皇上有旨

到瀘臨城再換馬車，然後分送各地，希望各位一路平安。」

城外監刑官行禮領旨：

「漢陽大人請放心，本官一路遵旨，必定親自護送到底。」

交接完畢，城外監刑官大喊：

「隊伍繼續向南行！出發！」

所有大隊人馬又往前行進。漢陽、寄南、靈兒停在城門外目送轎子一個個遠去。眾多不捨的民眾向轎子揮手，齊聲大喊：

「四王功在社稷！四王一路平安！四王功在社稷！四王一路平安！」

靈兒見隊伍遠去，就急急說道：

「漢陽大人，今天監刑的工作完成了，沒其他事情了吧？」

「如果沒事，我要帶裘兒回我王府一趟，家母最近身體微恙。」寄南接口。

「你的身分真複雜，一下是本官的助手，一下又是寄南的小廝，這樣會不會太不務正業？」漢陽不滿的看著靈兒。

「大人，小的去去就來，很快就回來侍候大人！」就拉拉寄南的衣袖：「王爺，咱們快走吧！」

靈兒說完便和寄南轉身快速策馬，向城門內奔去。漢陽無奈大喊：

「喂！你們兩個怎麼可以說走就走！喂！」

他見寄南和靈兒早在人群中消失無蹤，便帶著自己的官兵衛士回返大理寺。

躲於人群中的皓禎、吟霜、太子、魯超、鄧勇、小白菜等眾多弟兄，見漢陽離開，就奔向藏於城外的繫馬之地。太子一躍上馬，喊道：

「皓禎，下面是我們的事了！」

皓禎帶著吟霜各騎一馬，高聲一呼：

「弟兄們，開始行動！」

皓禎、太子便領著眾弟兄，向南策馬奔馳而去。遠遠看到前面的押解隊伍，皓禎手一舉，大家便奔向預先勘查過的山頭，在山野隱密的制高點上，追蹤著四王隊伍。魯超、鄧勇、小白菜等眾多弟兄們，也緊緊跟隨皓禎前進。

山野下，四王的轎子隊伍繼續快速前進。

接著，靈兒和寄南從另一個岔路策馬追出來，看到皓禎人馬在前，興奮的追向前去會合。

寄南追到皓禎身邊，邊策馬邊說：

「我們終於趕上你們了！」

太子一邊追蹤，一邊有感而發的說道：

「沒料到四王比我想像還得人心！父皇實在太失策了！」

「豈止失策？聚九州之鐵，不能鑄此大錯！讓我們幫皇上撥亂反正！」皓禎說，回頭看寄南：「甩掉漢陽了嗎？」

「小事一樁，沒問題的！」靈兒瀟灑的說，看向吟霜：「吟霜，咱們好像又回到過去，一起對抗伍家的日子了！」

「這回不比以前，你們個個出手要小心！」吟霜叮嚀。

皓禎眾人便在各種山野、郊道、高崗的制高點和隱蔽處，繼續不露痕跡的追著四王隊伍。忽然，四王隊伍進入一個隱密的樹林裡。樹林裡有一個岔路口，所有隊伍停下，伍項魁赫然出現。在伍項魁身後，跟著四輛與四王一模一樣的馬車轎子。伍項魁上前，遞給城外監刑官一袋錢幣，說道：

「大人辛苦了，這個是我爹榮王一點小意思，咱們就在這裡換轎子吧！」

城外監刑官貪婪的收下錢，恭敬說道：

「榮王真是太客氣了！」對衛士喊：「來人，換轎！」

於是眾衛士便將原來四頂四王轎子，換上了四頂假四王的轎子。

伍項魁見換轎完成，得意的說：

「哈哈！這聲東擊西，真是妙計呀！」轉身對身邊伍震榮的貼身衛士，嚴肅的交代：

「劉虎，你按照計畫，押著這真的四王往東邊走，速戰速決！」

「是！遵命！」

劉虎說完便帶著一群衛士，押著真四王的轎子往東邊的岔路口離去。

「這回，我一定要整得那些亂黨七葷八素！監刑官，咱們出發！哈哈哈！」伍項魁說著，便和監刑官帶著假四王的轎子，走出了隱密的樹林，繼續浩浩蕩蕩的上路。

皓禎眾人下了馬匹，趴在高崗上監視著樹林裡的動靜。見到了四王的隊伍從樹林走出來，繼續上路的情景。太子冷笑：

「這個伍項魁，還真以為他能瞞天過海，換了四個假王爺給我們救！幸好我們早就得到消息！以為我們天元通寶是可以糊弄的嗎？」

皓禎指揮若定：

「魯超、小白菜，咱們兵分二路，你們帶著預定的弟兄，跟著伍項魁的隊伍，去虛幌一招，救救假王爺，降低他們的戒心，也讓他們少了防備！」

魯超和小白菜立刻領命而去。

太子對著剩下的眾人大喊：

「其他兄弟們，快馬奔向東邊，營救真王爺！」

眾人眾志成城大喊：

「是！」

皓禎、寄南、太子、吟霜、靈兒、鄧勇等人便帶著眾多天元通寶的兄弟，快馬加鞭追向真四王的隊伍。

魯超與小白菜帶著一隊人馬，追著伍項魁的隊伍而來。魯超來到方便下手的曠野，便停下馬隊，對小白菜說道：

「現在時機成熟，咱們就去表演一手吧！」

小白菜興奮的大喊：

「沒問題！我好久沒揍人了！」對眾人大喊：「兄弟們！搶轎子去！」

魯超、小白菜便蒙上臉，帶著眾弟兄，從隱蔽處橫裡殺出，衝入伍項魁的隊伍。伍項魁守株待兔，見有人劫轎，得意的笑道：

「果然不出所料，這群笨蛋真的上鉤了！來人啊！隨便打兩下就好！」

伍項魁和監刑官坐在馬上，像是沒事一樣的隔岸觀虎鬥。魯超、小白菜等人和伍家眾衛士一陣廝殺。不久，魯超等人輕鬆的劫走轎子，揚長而去。

❖

劉虎押著真四王的隊伍來到人煙稀少的黃馬坡，劉虎突然叫停，對著身邊衛士：

「這裡就是黃馬坡了，咱們在這裡等候榮王差遣！」

忠王在轎內，知道情況不妙，滿懷的義憤，拉開窗戶對劉虎痛罵：

「你們這些狐假虎威的禽獸！把本王帶到這個荒郊野外，想暗殺我們嗎？你們會下十八層地獄，永世不得超生！」

劉虎對著衛士凶惡的命令：

「把那四位王爺拖出來！」

衛士們便粗魯的將四王通通拉出轎子外面。四王雖然落難，仍然氣勢不凡。唯有中毒的孝王，已經無力的倒臥在地上，不停的發抖，撫著肚子，痛苦難受，看到地上有一灘泥水，忍不住想去喝。劉虎凶惡的抓著孝王的頭：

「你是毒性發作了吧！想吃解藥嗎？哈哈哈！你都快沒命了，就吃土去吧！」

劉虎凶殘的將孝王往泥水裡壓，孝王痛苦掙扎。義王看不下去，破口大罵：

「你這個畜性！有沒有人性？孝王何等仁慈愛民，你竟敢這樣折騰他！」

劉虎一怒，側身起腳對著義王用力一踢。義王原是皇子，身手不凡，怎會讓劉虎踢到？外，不偏不倚，跌了一個狗吃屎。劉虎起身大罵：

伸手一探，抓住劉虎踢來的腳，一式「插步倒推」向上一送一甩，劉虎被義王摔到五步之外，不偏不倚，跌了一個狗吃屎。劉虎大怒，躺在地上凶惡大吼：

「衛士們！先給我殺了這個義王！」

衛士們長劍出鞘，對著義王殺來，義王左封右架，奈何沒有武器，後退中一絆，跟蹌摔倒，頭部撞到石頭，鮮血迸流。劉虎起身大罵：

「你們幾個死王爺，馬上去見閻羅王了！如果不是榮王要親手斬你們，我就把你們通通殺了！衛士們，上！好好教訓他們！」

劉虎和眾衛士便衝上前去對四位王爺拳打腳踢。唯一會武功的義王拚命保護著其他三王，左支右絀，挨了好多拳腳。

皓禎、寄南、太子、靈兒、吟霜與眾「天元通寶」弟兄，策馬飛奔而來，看到這等狀況，氣極敗壞。太子急喊：

「今天絕對不能輕饒這些人！殺！居然敢欺負我的皇叔！」

剎那間，皓禎、寄南、靈兒以及眾「天元通寶」弟兄，身手矯健從馬上一躍而下。

「你們這群狼心狗肺的魔鬼，納命來！」寄南大喊。

「伍家的敗類，看到四王不下跪，還敢仗勢欺人！你們的死期到了！」皓禎喊。

皓禎、寄南、太子、鄧勇、靈兒等人，見四王身處險境，立刻發動一輪快攻，拳出如影、掌劈若風，腳踢腿掃，當者靡披，伍家眾衛士禁不住如此強攻，紛紛倒地哀號。皓禎落地之後，立刻拔劍直取劉虎，劍鋒到處，生成片片白光，封住其退路，一面回頭喊道：

「忠孝仁義四王功在社稷！仁義之師趕到為民除害！」

四王們除了孝王倒在泥地，其餘三位如見救兵，個個驚喜交加。忠王見到太子，又驚又喜又感動：

「太子太子！本王能夠讓太子親自營救，不愧我忠王這封號了！」

「太子！」義王也驚喊：「來治治這群叛徒！皇上中了伍震榮的計，他們根本不想讓流放成功，是要讓我們四個死！你快來結果了他們！」

「皓禎、寄南，別放過這些姓伍的人！他們禍國殃民，死有餘辜！」仁王喊。

太子見孝王倒在泥地，神智不清的猛吃土，趕緊去救，對吟霜大喊：

「吟霜，我把孝王先救出來交給妳！看看他是怎麼了？」

吟霜在後面應著：

「我等在這兒呢！你們小心！」

「裘兒！」寄南喊：「跟緊我！我要殺死這群沒有人性的混帳！」

寄南和靈兒、眾「天元通寶」弟兄立刻與伍家衛士們展開搏鬥，但見處處刀光劍影，金石交鳴之聲，不絕於耳。幾位弟兄保護吟霜躲在後面，吟霜伸長脖子，看得心驚肉跳。寄南和太子殺死了眾多衛士，兩人各一手將孝王帶到吟霜身邊。太子急切說道：

「吟霜，先救一個是一個，妳快幫孝王診治！我和寄南繼續殺賊去！」

太子說完立即和寄南轉身又殺出去了，靈兒跟著來到。

孝王全身抽搐，四肢不停顫抖。吟霜撐開孝王的眼皮，又看著他的舌頭。

吟霜著急的對身旁弟兄說：

「吟霜，妳要不要我幫忙？如果妳不要，我就再去殺那些狗東西！」

「王爺中毒了！你們快幫我按住王爺，不要讓他亂動，我必須幫他放血！靈兒，趕緊拿我的銀針來！」

靈兒趕緊遞過銀針包。吟霜立刻拿出銀針，在孝王的十根手指頭上，刺了小洞放血。

皓禎銳不可當，帶著兄弟們和伍家衛士們纏鬥。不到一盞茶的工夫，所有衛士全部被皓禎和天元通寶弟兄，打倒在地。劉虎已經被鄧勇擒拿，跪倒在太子面前。

寄南忍不住對劉虎開罵：

「你是伍震榮的殺手吧？」抓著劉虎的頭：「竟敢讓孝王吃土，本王爺也讓你嚐嚐滋味！」

寄南說完就壓著劉虎的嘴，用力逼迫劉虎喝地上的泥水。此時另一批弟兄駕著幾輛馬車趕到，幾人抬出了四個超重的大布袋來到皓禎面前。

「少將軍，伍家人帶到！」

皓禎恭敬走近忠王面前：

弟兄把四個大布袋打開，跌出了四名雙手已被反綁的中年男子。

「忠王，救駕來遲，讓你們受驚了，現在我們將計就計，也來個偷天換日，押來了四名伍震榮的親人：伍延威，伍延信，伍崇範，伍崇德，個個都惡名昭彰，殺人如麻，請忠王處置！」

忠王憤恨說道：

「過去我們對伍震榮實在太仁厚了，才會讓他有機會對我們四王恩將仇報！為了保護李氏江山，一定要消滅伍家的叛賊們！」

義王衝上前來，看向四位伍家人，咬牙切齒說道：

「本王是皇上的弟弟！伍震榮想奪我李氏江山，凶狠殘暴，伍家人就該見一個殺一個！」

突然奪下皓禎的劍：「我來親手宰了伍家人！」

「皇叔！請動手！」太子說。

義王滿腔義憤，長劍上下翻飛，瞬間殺死了四名伍家人，鮮血濺在劉虎臉上。

「義王威武！真是大快人心！」皓禎引以為榮的喊道。

太子、寄南、天元通寶兄弟們個個震撼，血脈僨張。

片刻之後，伍震榮帶著若干武士，坐著馬車神氣活現的趕到黃馬坡。只見黃馬坡上遍地是東倒西歪的屍首。四位王爺的轎子依然靜靜的停在那兒。馬車夫停轎，武士扶著伍震榮下馬車，說道：

「王爺，這裡就是黃馬坡！」指著地上的屍體：「看這遍地屍首，應該是劉虎照王爺指示，全部滅口了！」

伍震榮欣喜，走向四王的轎子，邊說：

「劉虎人呢？怎麼不見他的人影？」

伍震榮才走到其中一個轎子，赫然發現劉虎已經被亂刀砍死。伍震榮看見劉虎的屍體，大震：

「劉虎！你怎麼死了？」大聲怒吼下令：「快，把這四個轎子打開！」

武士們上前，七手八腳打開四個轎子門。伍震榮定睛一看，四個轎子裡分別坐著的，竟然是四位伍家人的屍體。伍震榮震驚至極，不敢相信的撲了過去，對每個親人，忍不住喊著：「延威，延信，崇範，崇德！」急怒攻心，大吼：「是誰殺了你們？」

武士們巡邏一遍回報：

「報告王爺，這裡沒有一個活口！」

伍震榮悲憤如狂，才一抬眼，看到身邊一個轎子上，用劍刺著一張紙條，紙條隨風飄揚著，上面寫著：

「以其人之道，還治其人之身！」

伍震榮憤恨的扯下紙條，咬牙切齒喊道：

「這群亂黨，鐵了心要和我伍震榮作對！換轎子調虎離山，居然給他們破局！」揉碎紙條：「好個『五枝蘆葦壓莊稼，萬把鐮刀除掉它』，一下子殺死了我伍家四個人！」怒極大吼：「本王就讓整個長安城，與我伍家死難的人，一起陪葬！」

伍震榮凶神惡煞的眼神，凌厲的看向長安城的方向。

一處隱蔽的農莊，藏在山林深處。

太子、皓禎、寄南、靈兒、吟霜等人帶著兩輛馬車來到農莊前。鄧勇帶著若干天元通寶

兄弟隨行。太子四面看看，問：「這兒安全嗎？怎麼沒看到任何護衛？」

「是木鳶最後給的地點，相信木鳶一切都安排好了！」皓禎說。

「這兒真安靜，我相信，那些樹林裡，全是天元通寶的兄弟！」寄南說。

「打了一天架，又騎了半天馬，我餓了！不知道木鳶有沒有幫我們準備吃的？」靈兒摸

著肚子說。

寄南敲了靈兒的頭，說：「木鳶幫妳準備吃的？妳以為妳是誰呀？」

皓禎就看著太子說道：「啟望，你應該回長安去，四王就交給我們吧！這四王被救，相

信伍家有苦說不出！但是，伍震榮詭計多端，你得回去穩住大局！」

「沒看到孝王痊癒，我心裡還是七上八下的，看到他有起色我再走！」吟霜說。

「太子放心！吟霜會盡心盡力救治孝王！」吟霜說。

「太子看著吟霜說：「能把我從鬼門關搶回來的女神醫，我不能不信！好吧！皓

禎說得有理！」太子看著吟霜說：「吟霜，我們立刻調頭回長安！」

「嗯！」太子喊道：「鄧勇，我們立刻調頭回長安！」

「太子老哥，你不餓嗎？」靈兒驚訝：「吃點東西再走！」

「今天過得夠精彩，看到四王平安，我還會餓嗎？」太子一笑：「何況，鄧勇準備了乾

糧，我們一邊趕路回長安，在馬上吃點乾糧就行了！」看皓禎寄南，鄭重交待：「皓禎、寄

南,四王交給你們了,一定要把他們全程安排好!」

皓禎和寄南心情良好的說道:「是!遵命!恭送太子。」

太子手一揮,帶著鄧勇和幾個貼身護衛,立刻調頭而去。

皓禎等人走候多時,少將軍和幾位王爺迎了出來。兩位女僕請安報名:

「奴婢蘇蘇等候多時,少將軍和幾位王爺的房間都收拾好了。」

「奴婢芸娘見過各位王爺和少將軍,不知各位是先進房休息,還是先用晚膳?」

靈兒瞪了寄南一眼,得意的說:「哈!我就知道有晚膳吃!」

皓禎架著昏迷的孝王喊道:「吟霜!孝王昏迷了!」

吟霜著急的問:

「孝王房間是哪一間?趕緊把孝王送進房間,讓我來治療!」

皓禎與寄南七手八腳的將昏迷中的孝王抬上床。吟霜緊急的打開藥箱,再為孝王仔細診治。

皓禎就對蘇蘇和芸娘說道:

「蘇、芸娘,我們要在這兒住幾天,不知道這兒的主人是誰?我應該先去道謝一下才是。」

蘇蘇親切的回答:

「這兒的主人複姓天元,大名通寶!相信各位早就對他熟悉了!」

「哦！原來是這位鼎鼎大名的人物！失敬失敬！」寄南趕緊說道。

「有人複姓天元？」靈兒問寄南：「我第一次聽到，怎麼你認得我不認得？」

「因為妳笨，從來不用腦子！」

芸娘禮貌的說道：「芸娘和蘇蘇先去準備晚膳，各位大人就把這兒當自己的家，有事就叫我們。安全問題，不用操心。」

蘇蘇和芸娘退下。

皓禎立刻走回床邊關切著吟霜，問：

「孝王嚴重嗎？到底是中了什麼毒？」

「中了什麼毒，最好等孝王清醒，問他吃過些什麼？這樣比較能對症下藥。」吟霜神情凝重的幫孝王把脈，說道：「現在我們必須先幫他催吐，將毒素逼出來，減輕他的痛苦。我要用氣功幫他催吐。」

「用平常的治療方法行嗎？」皓禎一急：「妳今天幫兄弟治傷，已經用過好幾次氣功了，我不想讓妳先病倒！」

「不會，我自有分寸。靈兒，我需要幫忙。」

「好好好，那我們應該怎麼做呢？」靈兒問。

「今天香綺和小樂都不在，只好妳和寄南多擔待一點。你們去燒一大鍋熱水，再打一些

乾淨的清水來，還有找一些乾淨的白布，再拿一個空桶子過來。」

「沒問題！燒水的事交給我，打水的事交給賣王爺！」

「打水就打水，本王爺就喜歡打水！」寄南瞪靈兒，心情愉快的說道。

吟霜對皓禎和寄南交代：「一會兒，讓靈兒和蘇蘇幫著我就行。你們快去安置其他三位王爺，剛剛在馬車上只是簡單幫他們包紮。等這位孝王穩定下來了，我再去幫其他王爺療傷。」

吟霜邊說邊拿出藥箱裡的藥丸。

「他們等於經過一場驚濤駭浪，身上又有傷，先給他們每人吃一顆安神丸！」

「餵人吃藥，這個簡單，我來！」寄南立即接下藥丸。

「妳一個人一定忙不過來……」皓禎體貼吟霜，從藥箱拿出一些創傷藥，說道：「外面那三位王爺的外傷，我先去幫他們上藥，等一下妳這神醫，再去幫他們醫治！」

皓禎說完，便和寄南、靈兒快速離開房間。大家立刻展開療傷的行動，因為傷勢都不嚴重，對四王來說，從下獄到流放，從流放到黃土坡差點被害，再到太子、皓禎、寄南不顧性命的救下四人，整個事件，帶來的衝擊遠遠大過傷勢。除了孝王還在中毒狀態，其他三王都陷在百感交集中。如何安撫四王的情緒，才是當前大事。不過，皓禎、寄南、靈兒、吟霜卻是個個積極，精神振作。尤其想到此時的伍震榮，不知會氣憤成怎樣，皓禎和寄南就忍不住暗中得意，真想目睹一下這「蓋世梟雄」眼下的情形！

57

不錯，當四王在農莊養傷，伍震榮這位「蓋世梟雄」卻在榮王府「爆炸」了！

他大口的喝下酒，憤恨的將酒杯摔在地上砸碎。跪在地上的伍項魁，閃躲著碎裂四散的杯子，伍震榮更加惱怒，又繼續砸著桌上的杯子、酒瓶、花瓶、擺飾等等。他瘋狂的砸，瘋狂的怒罵：

「本王要殺了他們！要讓他們不得好死！」

伍項魁跪地震懾，驚嚇無比，急喊：

「爹，請息怒呀！爹！不要砸了！砸碎的都是咱們府裡的寶貝呀！」

伍震榮一唬的跳起身，氣憤的抓著伍項魁的衣襟，怒瞪著他嚷道：

「你這混蛋，你辦的是些什麼事情？居然讓人劫走四王還殺掉我伍家人！我們的『調虎離山』變成他們的『二石二鳥』！我伍震榮還要不要混？你真是個混帳東西！你氣死我

了！」對伍項魁打腳踢：「氣死我了！氣死我了！」

伍項魁苦苦求饒：

「爹！別打了，別打了！你氣壞了身體，不又便宜了我們的仇人嗎？打死我就又多死一個伍家人！爹，息怒呀！」

「你這個伍家人，早死一點，大概可以救下很多伍家人！你不如死掉算了！」

「爹，項魁是你的兒子呀！你不能讓我死，崇德他們死掉你都心疼，我死了爹不是要心疼死嗎？」

「老天啊！」伍震榮大叫，聲音幾乎穿透了整個榮王府：「我怎麼會生下你這個兒子？

你是來討債的嗎？」

「你！死了最好！」

「爹，你不要嚇我呀！我們父子是一體的，你可不能丟下兒子不管！」急急安撫

「現在咱們伍家又被殺了四個人了，確實，我看你死期也不遠了！放心，我也不會心疼

伍震榮發洩得精疲力竭，洩氣的跌坐在坐榻上，瞪著項魁說：

伍項魁驚嚇，滿臉愁苦，跪爬著來到伍震榮身邊，喊道：

「爹，你別生氣，我們現在要亡羊補牢才是啊！那失蹤的四王，我再去把他們找出來，就算

要把長安城翻轉過來，我一定要找出他們！」

伍震榮憤怒拍桌起身，怒罵：

「這時候你還不開竅！你來個翻城找人，是要昭告天下我榮王無能，重軍防守之下，居然還弄丟了四個王爺？」忿忿的⋯「你忘了今天大街上，百姓對他們瘋狂擁戴的情景嗎？要是讓百姓知道他們被劫走了，這會兒民心聚氣，就起來謀反了，一定又是大喊『反對外戚干政』，畢竟我們姓伍不姓李！」大聲吼到項魁耳邊去⋯「你想過沒有？那方世廷是文官還逃得掉，我們姓伍的，手上都沾著血⋯⋯你想過沒有？」

伍項魁被父親嚇得簌簌發抖。

「還有黃馬坡上，屍橫遍野的都是我們伍家軍，這更不能和四王失蹤的事情扯上關係，萬一消息傳到皇上那兒，太子幫再加油添醋施壓，逼得皇上來個追究，我們也會吃不完兜著走！」

「那⋯⋯我們就什麼都不做了嗎？」

伍震榮踢翻了項魁，望向遠方，壓抑自己⋯

「君子報仇，三年不晚！」又大聲怒吼：「你這個草包！趕緊去黃馬坡，把所有屍骨清除，一點痕跡也不能留下！總之，四王失蹤、黃馬坡事件，都要全面封鎖消息！閉緊你的嘴，所有事情本王自己善後！」

❖

伍震榮這兒氣沖牛斗，四王那兒，吟霜等人正忙著撫平他們的情緒。晚上，綠蔭深處的

農莊大廳裡，忠王、仁王、義王三位，神情疲憊，被毆打的外傷或瘀傷，都已包紮。忠王一整天怒氣沖沖，胸口鬱結，撫著胸口喘息，感慨萬千說：

「皇上啊，你登基時的豪氣干雲，到哪兒去了？你被伍震榮和盧皇后要擺布到什麼時候？連太子都知道的事，怎麼你看不清呢？」

吟霜端來湯藥：

「王爺，你不能再生氣了，快喝了這碗湯藥，等一下也比較好入睡。」

忠王氣得打翻湯藥：

「還有什麼好入睡？本王也活膩了！什麼藥，本王也不吃了！活著眼睜睜，看著江山被伍震榮篡奪嗎？不如讓我氣死算了！」

「王爺，請息怒！」皓禎恭敬的說：「今日我們出動那麼多人馬，即使血染長安城也要拯救各位，這就是我們擁護四王、珍惜四王的苦心，王爺請為我們保重，為太子保重，也為本朝保重吧！」

「各位王爺，請恕民女說幾句話⋯⋯」吟霜也真摯的說道：「今日交戰，受傷的弟兄無數，當我為他們療傷的時候，個個笑著對我說，就算送了命，若是能換回四王的生命，一切犧牲都值得了！各位為了這些弟兄，也要堅持呀！」

「是的！」寄南說：「今日王爺們委屈了，受苦了，但留著生命是最重要的！如果左右

宰相懷著異心，各位只要登高一呼，一定會讓百姓團結，眾志成城！」

「你們依舊是我朝的棟樑！」皓禎接口：「忠孝仁義，多麼崇高的四個字，你們也一直為這崇高的理念奉獻，所以讓我等如此尊重，四王是我們大家的希望呀！」

義王不禁點頭說：

「皓禎和寄南說得好！忠王，仁王，我們都是大風大浪裡走過來的人，我們都相信擁立了一個明君！今天，皇上被蒙蔽了，我們還有太子！」突然發現太子不在，到處找：「太子呢？太子才是本朝的希望！」

「太子已經連夜趕回長安打探消息。不知道此時此刻，皇室知不知道丟了四王？太子英明，會見機行事！」皓禎說。

「雖然義王說得有理，本王還是生氣！」仁王嘆氣：「流放是一千五百里呀！皇上就這樣把我們當犯人看！先坐牢，再流放，氣死我也！」

「各位王爺別氣，你們可要好好的活著呀！這左右宰相明明是幫著皇后，那皇后想當女皇帝，伍震榮想篡位，根本在利用皇后，兩人都各懷鬼胎，其心可誅！你們還要帶領我們鞏固江山，怎麼能隨便氣死呢？」寄南說。

靈兒俏皮看著眾王，嚷著：

「就是就是！還沒見到伍震榮父子人頭落地，五馬分屍，我們就偏偏不死！現在狠狠氣

死的，應該是那個伍震榮！哈哈哈！」湊近義王身邊套近乎：「義王，你今天好厲害，斬了四個伍家人！」拚命行禮：「裘兒我，大大的佩服！佩服！」

吟霜一邊幫忠王扎針，一邊說道：

「我和裘兒，都深深受到伍家的迫害，我爹也死在伍項魁手下！像我這種人，在本朝處處可見，萬一伍震榮奪得江山，本朝一定會生靈塗炭！四王，這就是諸位一定要好好活著的原因！」

被眾人一安撫，三位王爺都平靜下來。仁王嚴肅的問：

「你們將我們救出來，接下來有何計畫？」

「這個農莊也只是四位王爺暫時的歇腳處。過幾日，待各位王爺身體情況復原之後，便會護送各位到更安全的地方。」皓禛說。

「看來，之後我們四個王爺，還要隱姓埋名過日子，是吧？」義王問。

「義王英明，請原諒這是不得已的安排！」皓禛賠笑說。

忠王又火冒三丈，頭上手上扎著針，就在屋裡到處摔袖嚷嚷：

「什麼？還要我隱姓埋名？本王一輩子循規蹈矩，不做虧心事！為何還要隱姓埋名，我不答應！本王行不更名，坐不改姓！」

吟霜急喊：

「皓禎，壓著他，我剛剛幫他扎了針，會傷到他！」

皓禎、寄南、靈兒又圍著忠王，把他連拖帶拉壓進坐榻裡。

吟霜趕緊把他頭上手上的針拔掉，大家手忙腳亂。吟霜說：

「你們繼續壓著他，扎針不行，還是餵藥吧！」

廚房裡大鍋，熱煙滾滾、鍋中藥湯沸騰，蘇蘇和芸娘幫忙，在灶口添木材加火。吟霜在廚房忙著煎藥，靈兒在幫忙，三、五個藥壺一直冒著煙，眾人滿頭大汗。寄南不停提水進來，皓禎不停抱著木材進來，廚房裡一片忙碌。此時魯超趕到，衝入廚房，風塵僕僕說道：

「少將軍，我回來了！」

皓禎放下木材，迎向魯超問：

「你那邊處理得如何？小白菜呢？城裡有何風聲？」

魯超向眾人報告：

她回去歌坊，繼續監視城裡的動靜。」

「城裡現在一點風吹草動都沒有，想必伍震榮不敢讓失去四王的消息走漏，小白菜我讓

「好！」寄南說：「現在我們要研究，如何安排四王的去處。」

咚的一聲，一支金錢鏢射在廚房門框上。皓禎迅速拔下金錢鏢，喜悅的看著說：

「木鳶的指示到了，四王的新家都有了！四個天元通寶的大戶，都在長安城附近！等到

他們身體養好了，魯超就負責把他們送到那兒去！」

第二天一早，天剛剛亮，農莊的廚房已經炊煙裊裊。廚房裡，芸娘、蘇蘇、吟霜、靈兒忙著做飯、起火等。

❖

後院不遠處的草地上，孝王披頭散髮，一個人神情恍惚的爬在地上，一直用手指頭掘土，把挖出來的土送進嘴裡吃著，神智不清，喃喃自語：

「找解藥！找解藥！本王要吃解藥！你毒不死我！我要活下去！找解藥！」

寄南到後院井邊提水，突然看到孝王舉止怪異，趕緊奔來，扶起孝王喊：

「孝王、孝王！你怎麼會跑來這裡？」向廚房大喊：「皓禎、吟霜、裘兒，你們快來啊！孝王在這兒挖土吃！」

皓禎、魯超、吟霜、靈兒聞聲趕來，個個震驚。孝王掙脫寄南，對寄南吼叫：「等我吃了解藥，本王再收拾你！」又趴在地上挖土。

「伍震榮，你想毒死本王，你這惡魔，我偏不死！」繼續用力挖土：

「孝王，你在離開長安城的時候，都挖得出血，心痛的蹲在孝王身邊，急切的問：

吟霜見孝王以手指挖土，吃了什麼了？你還記得嗎？你快告訴我，你到底吃了什麼？我雖然幫你催吐，但是，那些毒已經進入體內，吐也沒用！」

「魯超，快幫忙把孝王抱回床上去！」皓禎吩咐，看吟霜：「別再催吐了，他已經吃什

麼，吐什麼了！」

正當魯超準備靠近，孝王突然抓起地上一根木棍，向眾人揮棍大吼：

「誰都不能靠近我！滾開！」

孝王搖晃身軀起身，瘋狂的見人就打：

「我打死伍震榮！打死伍震榮！」瘋狂大笑，胡言亂語：「哈哈哈！我打死惡魔伍震

榮！我馬上找到解藥了，想毒死本王，你做春秋大夢！」

皓禎等人到處閃避棍棒，寄南說：

「皓禎，看來得用蠻力，把他綁回床上去了！」

「孝王，你快清醒啊！我們在救你，不是害你呀！」靈兒喊。

「告訴我，孝王，你到底吃了什麼？伍震榮給你吃了什麼？」吟霜不放棄的喊。

皓禎靈機一動，從地上撿起一顆石頭。揮著石頭，吸引孝王，喊著：

「孝王，你想吃解藥，就在我手裡，你過來搶呀！你知道你中了什麼毒嗎？」

孝王果然受到皓禎的吸引，神情恍惚，踉蹌的走向皓禎，對皓禎怒吼：

「你這可惡的伍震榮，逼我喝了野葛藤汁，還問我中了什麼毒？」丟了木棍，衝向皓

禎：「解藥給我！解藥給我！」

混亂間，寄南、靈兒和魯超，終於逮到機會，七手八腳快速的抱住孝王，魯超把他架在肩上，直接扛回房裡去。孝王沿途掙扎大喊：

「放開我！解藥給我！放開我！伍震榮！你夠狠！」

皓禎等眾人鬆了口氣。皓禎對吟霜說：

「終於問出來了，野葛藤汁，有解藥嗎？」

「有！有！有！我立刻去煎藥！」吟霜笑著，奔進廚房。

❖

伍震榮可以瞞住天下人，四王丟了，被劫走了。就是不能瞞著皇后。在皇后的密室裡，門窗緊閉。皇后震驚大吼：

「什麼？被劫走了？你不是計畫周詳嗎？怎麼還會出這麼荒唐的事！」

「皇后息怒！唉！下官自己都快氣死！賠了夫人又折兵，伍家損失慘重！」

「這些亂黨，怎麼就抓不完呢？個個死纏爛打、陰魂不散！」皇后想想，豪氣的說道：

「算了，反正四大功臣，已經不會對本宮造成威脅了！這事情再追究也沒意思！」

「是啊！」伍震榮汗顏的說：「只要把他們逼出朝廷，就不怕他們再作亂。何況現在就算他們逃出了我們的手掌心，個個氣的氣，病的病，也不會活得太長了！」

皇后無奈的說：

「最近本宮為了蘭馨還有妖狐的事情，已經夠煩了，這件事情你自己處理吧！找機會編些理由去向皇上交代，就說他們都死掉算了！反正他們這樣逃走，也不能再用真面目出現！省得皇上天天對本宮叨唸他流放四王於心不安，攪得本宮煩都煩死了！」

伍震榮無言以對，低聲說道：

「是，遵命！」

皇后看出伍震榮打敗仗後的落寞，安撫的說：

「你也別懊惱，等本宮登基皇位，你有的是機會報仇！快快振作，整軍待發！」野心勃勃的說：「咱們還有大好前程呢！」

伍震榮勉強一笑。心想，等了快二十年，連四王都沒殺掉，還談什麼大好前程？曾經以為這四王和皇上都是軟柿子，隨時可以被他壓扁。現在看來，民心聚氣，這李氏王朝，想推翻還沒那麼容易！想著想著，對那四王被劫，更是氣不打一處來。只希望此時此刻，四王個個暴斃算了！

❖

而四王非但沒有暴斃，還過得越來越好，小日子有滋有味。在農莊裡，孝王終於恢復了。吟霜還是忙著，每天熬著各種補藥，給四王調理身子。寄南和靈兒陪著幾位漸漸恢復神采的王爺，在農莊附近散步，經常談得眉飛色舞。黃昏時分，大家聚在大廳裡用晚膳，咒罵

伍震榮是話題重心。孝王發瘋吃土的事，就成為酒足飯飽後的笑談。至於義王手刃四個伍家人的壯舉，更是讓每個人熱血沸騰的回憶著、敬佩著。日子一天天過去，四王不但身強體健，也恢復了信心！得人心者得天下，四王看著皓禎、寄南、吟霜、靈兒，想著太子，想著未來，就在他們這群兒女女英雄手裡！四王那麼喜歡這幾個年輕人，都捨不得和他們離別，但是，離別必定會來的！

庭院裡，停了四輛馬車，以及馬車夫與眾多弟兄。蘇蘇和芸娘笑嘻嘻站在院落裡送客。皓禎、吟霜扶著已換上平民百姓服裝的四王，準備上馬車。

吟霜心安的看著孝王說道：

「孝王，你恢復得很好，氣色紅潤……」交給孝王一個藥盒：「這些藥你帶在身邊，感覺胃又不舒服了，就拿出來吃。」

「多謝吟霜夫人相救，皓禎好福氣，有妳這位醫術高明的夫人。」孝王欣慰的說。

皓禎恭敬對四王說：

「此後一別，不知何時再聚？現在必須勉強各位隱姓埋名，祝福各位王爺，身體安康，待我們天元通寶弟兄，消滅朝廷的外戚亂源，必定盛大接回各位王爺！」

「各位王爺，你們的委屈，我寶寄南一定幫你們討回，你們一定要健康的活著！等到我們重逢的那一天，也就是伍震榮去見閻羅王的日子！」寄南瀟灑的承諾。

「義王，裘兒我，一定會把伍震榮的人頭，留給你來砍，讓你殺他個痛快！殺他個片甲不留！」靈兒對義王說。

「那個人頭，本王留給忠王去砍！」義王說。

忠王倚老賣老，故意做出不開心的臉色⋯

「我這老骨頭也不知道哪一天闔眼！就交給你這個小兄弟來砍罷了！你手腳俐落點，砍得乾脆一點！」

「不乾脆也沒關係！」靈兒笑嘻嘻接口：「那麼壞的人，多砍幾刀也好！」

眾人一笑，陸續牽著四王上馬車。吟霜也塞給忠王一藥盒⋯

「忠王，這不是藥，如果心情不開心的時候，你就當作吃果子，想想我們大家的理想和目標吧，吃了就開心了！」

忠王收下，上了馬車。

皓禎交代魯超⋯

「四位王爺就交給你了，出了小鎮，就兵分四路，把他們分散送到木鳶指示的地點。讓所有弟兄提高警覺！接頭的那邊，都安排好了嗎？」

「少將軍，請放心！木鳶一切都安排好了，魯超和兄弟們只要把人送到就行！」

蘇蘇和芸娘依依不捨的喊⋯

「各位王爺，各位英雄，後會有期！」

四王上了馬車，都情不自禁的從車窗向寄南等人看著。寄南、皓禎、吟霜、靈兒站成一排，也依依不捨的看著四王。寄南忽然高聲朗讀道：

「盡心報國謂之忠，真誠事親謂之孝……」

皓禎立刻和寄南同聲唸道：

「廣愛天下謂之仁，犧牲小我謂之義……」

靈兒和吟霜也加入皓禎寄南，四人同聲喊道：

「忠孝仁義四王，後會有期！」

四王眼中，都熱淚盈眶了。

❖

當皓禎、寄南等人忙著在農莊救治四王的時候，太子在東宮也沒閒著。他天天上朝，進宮打探消息，見宮裡靜悄悄，稍稍放心。但是，每次碰到伍震榮，對方的臉色都是鐵青的。太子心中有數，暗自竊喜。皇上連日都鬱鬱寡歡，若有所失，上朝也沒勁，曹安的「有事啟奏，沒事下朝」越說越早。朝廷裡還是私下議論著四王流放的事，朝中大臣，有的得意，有的失落。

這天，在太子府，鄧勇從外面回來，他迎向太子，見四處無人，說道：

「黃馬坡已經被清理得乾乾淨淨，可見伍震榮那邊不敢聲張丟了四王！歌坊和天元通寶各據點都安全！假四王是四個農民，被伍震榮隨便抓來的，鄧勇已經找過他們的家屬，證實無誤！所以鄧勇作主，讓他們暫時避到咸陽去，交給咸陽的兄弟們照顧，等到風聲過了，再讓他們全家團圓！」

太子點頭稱讚：

「做得好！假四王的家屬，也要他們做做戲，每天各處找人才對！然後，一家一家慢慢遷居，遷到安全的外地去，這樣才無後顧之憂！宮裡也安安靜靜，這次的事，辦得乾淨俐落，大快人心！只是要委屈那四王，不知何時才能重見天日？」

「還有一件事……」鄧勇說：「卑職在打探各處消息時，也順便打探長安城裡的伍家窩，有個孩子很像青蘿的弟弟，十四歲，在一家鐵舖場幹活，名字叫顧秋峰！」

太子眼睛一亮，心中一熱：

「顧秋峰！正是那孩子！那麼我們就去這家鐵舖場走一走！」

「還要帶誰一起去？卑職去安排！」

「還需要帶誰一起去？就是你我兩人，先探探虛實再說！」

太子技高人膽大，換了簡單的工人裝，帶著鄧勇，就潛進了那家鐵舖場。

雜亂的鐵舖場上，雜役忙著挑擔子運煤，進進出出忙碌異常。一些人挑煤進房，一些人把煤送進火爐，一些人忙著打鐵，鏗鏘聲不絕於耳。

遠處，太子和鄧勇隱身高牆處，觀察著鐵舖場上的動靜。太子疑惑：

「青蘿的弟弟就在這？你沒找錯人吧？青蘿的弟弟，應該是個秀氣的讀書人，怎會到這兒來打鐵？」看看規模：「伍震榮這老賊居然有座鐵舖場？把擄來的人藏在這兒幹活，真會精打細算！」

「太子放心，這回準沒錯！」鄧勇自信的指指方向：「你看，那個孔武有力、挑著扁擔的少年，就是我們要找的人顧秋峰，他幹起活來，挺認真的。」

太子看去，只見顧秋峰肩上挑著沉重的煤炭，走到火爐邊，俐落的倒在煤炭堆上。顧秋峰後面跟著另外一個骨瘦如豺的老頭，吃力的挑著擔子，身子搖搖欲墜，在半路上撐不住，打翻了一地的煤炭。工頭拿著長長的鞭子，毫不留情的鞭向老頭的背部，對老頭又罵又踢又打：「你這死老頭，怎麼幹活的！又給我撒了一地，找死啊你！」不斷踢老頭。

顧秋峰奔來，推開工頭喊：

「別打了，白爺爺的活我來幹！你放過他吧！」

「你這臭小子滾一邊去，這死老頭不教訓不會幹活！」工頭對老頭喊：「起來！不起來就打死你！」又鞭鞭打在老頭背上。

白爺爺掙扎閃躲，哀聲喊著⋯

「別打了！行行好，別打了！我起來，我起來！」但他艱難的爬不起，鞭子又打了下來。

顧秋峰急怒，一手抓住了工頭的鞭子，大聲的怒吼⋯

「我說放過他，想打人我顧秋峰奉陪！」

「好啊！你膽子可真大，敢惹惱本大爺，我就連你一起打！」工頭喊。

顧秋峰單手牢牢的抓住工頭的鞭子，工頭怎麼出力都拉不回來，氣得臉紅脖子粗⋯

「你敢造反？還不給我放開！」大喊⋯「來人，把這小子給我抓起來打！」

眾打手圍向顧秋峰，顧秋峰心一橫，一鼓作氣拉緊鞭子，迅速用鞭子一繞，圈住了工頭的肥腰，再把鞭子打結，接著雙手用力的拉起鞭子前端繞圈圈。工頭反應不及，就被顧秋峰甩著繞圈子。鐵匠、工人們、監工們全部看得傻眼，閃躲工頭的身子。

太子和鄧勇也看得傻眼。太子驚奇低語⋯

「你說他才十四歲，怎麼如此力大無窮啊？他這氣魄就跟青蘿沒兩樣！只是一文一武，太讓人意外！」

工頭一面被甩著，一面大喊⋯

「放我下來！放我下來！來人啊！抓住顧秋峰，抓住他呀！你們都死人啊！」

打手們一擁而上，顧秋峰甩著工頭抵擋。但顧秋峰寡不敵眾，被眾多打手抓住了身子動

彈不得。工頭也重重摔落地，摔疼了大屁股。

太子和鄧勇摩拳擦掌。太子一聲令下：

「是我們出手的時候了！上！」

太子和鄧勇翻身跳入鐵舖場，立刻出手援助顧秋峰。兩人的功夫和那些打手們一個天上、一個地下，拳出如風、腳踏璇宮，三拳兩腿、全不落空，數招之內，就將工頭和眾打手打得落花流水、哀號倒地。顧秋峰趁機扶起地上的白爺爺，到一旁避難。工頭被打得灰頭土臉，喊著：

「你們是誰？膽敢闖入榮王的場子？你們不怕被殺頭嗎？」

太子對著工頭的血盆大臉，揮去就是一拳：

「伍震榮的走狗，給本太子閉嘴！」

工頭一臉糊塗：

「啊？太子？」

太子走向顧秋峰，對他說道：

「青蘿說過她原名叫顧秋雁！你就是青蘿的弟弟顧秋峰？」

顧秋峰疑惑看著太子：

「大俠，你知道我姊姊秋雁？」急促的問：「你認識她？她人在哪？她人好嗎？」轉向

身身邊的白爺爺報告：「白爺爺，有我姊姊的消息了！」

「白爺爺？」鄧勇問：「難道老伯就是白羽的爹？」

白爺爺一臉迷糊的點點頭。太子追問顧秋峰：

「那楓紅、藍翎的家人也在這嗎？」

顧秋峰哀傷的回答：

「他們都死了！一個病死了，一個自盡了！」

太子深吸一口氣壓抑脾氣，轉身對工頭，怒氣的嚷道：

「你告訴榮王，青蘿的弟弟、白羽的爹，本太子帶走了！有問題，你讓榮王親自到太子府來！」對顧秋峰說道：「我們走！」

太子和鄧勇就這樣堂而皇之的帶走顧秋峰和白爺爺。

工頭不信邪，還想攔阻太子：

「你以為我傻呀？你說是太子我就信啊？我還是天皇老子咧！把人留下！」

工頭話才說完，鄧勇立刻對工頭掌嘴，接下來瞬間拔劍抵住工頭的脖子，厲聲喊道：

「再對太子不敬，立刻斬了你！」

工頭嚇得不敢吭聲，眼睜睜看著太子等人遠去。

58

鐵鋪場丟了顧秋峰和白爺爺，雖然只是兩個擄來的工人，但是，當伍項麒得知是太子闖入，仍然氣得大拍桌子，差點沒把工頭一刀砍了。

「太子就這麼當眾把人帶走？你們這群飯桶！不是讓你們看好顧秋峰那小子，把他關在地窖裡嗎？怎麼讓他跑出來了？」

「因為最近忙著趕工⋯⋯」工頭為難的說：「人手不夠，那小子力氣大，能抵我們五、六個人力，所以就⋯⋯」

「混蛋，你這就是因小失大！」伍項麒克制怒氣：「現在這鐵鋪場也不能用了，趕緊把所有人撤走，換到新安山的祕密場子去。別再失誤了，快去！」

「是是是！小的立刻就去辦！駙馬爺別生氣！」工頭惶恐的趕緊退下。

伍項麒目送工頭離開，心裡飛快的轉著念頭⋯

「太子幫恐怕又要刨根究柢，或許也是我們伍家該要豁出去的時機到了！」冷笑⋯「救了四王不夠，連青蘿的弟弟也不肯放棄！好吧！儘管放馬過來！」

黃昏時分，顧秋峰已經清洗乾淨，換了一身衣裳，跪下恭敬的向太子行禮⋯

「顧秋峰叩謝太子救命之恩，白爺爺和白羽重逢，幾乎像是重新活過來的人，高興得闔不攏嘴，剛剛白羽餵了藥，他已經睡著了！」

太子看著秋峰，洗去了滿臉煤渣，這孩子的面目才看清楚了⋯劍眉星目，大眼閃爍，鼻子挺直，別有一股英氣！眉眼間，竟然和青蘿有幾分相似，是個清秀壯健的少年。太子看著他，不禁想起青蘿，惋惜的嘆口氣說⋯

「可惜我把你救回來了，你姊姊青蘿卻走了，沒讓你們姊弟重逢，也是遺憾！不過，我也沒放棄，還在找你姊姊！」

「我姊姊的個性從小倔強⋯」顧秋峰說：「我聽楓紅姊姊說了她離開的經過，我瞭解她，請太子寬心，也許哪天她想明白了，還是會回到太子府。」

「顧秋峰！」鄧勇插嘴⋯「你剛剛在房裡跟我說，你們那鐵舖場不是普通的打鐵場，是在製造刀械，這事情趕快向太子詳細稟報！」

太子神色一變，眼神專注起來，問⋯

「真的?他們在製造刀械?」

「是啊!」顧秋峰說:「而且量挺大的!常常日夜趕工的打鐵。就不知到他們要做什麼用?運往哪裡去?」

「難道他們在私製刀劍武器?」太子思考:「這問題可大了,我得讓皓禎、寄南好好的去調查一下。不過……鐵舖場今天暴露了,他們極有可能已經準備轉移陣地。顧秋峰,你知道他們有幾處鐵舖場?」

「我只知道一個場子,就是太子救我們出來的那地方。」

鄧勇上前稟道:

「太子不用擔心,不管他們搬到哪兒去,牆有縫,壁有耳,何況還有那麼多工人,我還是會把他們找出來的!」

太子若有所思,起身打開書房的窗戶,說著:

「顧秋峰,在青蘿沒有回來太子府之前,你就安心的住下來吧。你這力大無窮的長處,本太子可不能埋沒你……」指著窗外遠處:「你看那邊練武場……」

在練武場中,眾多衛士還在黃昏的光線下,呦喝著、操練著。刀劍的光芒,在夕陽中閃耀。太子說:

「東宮有十衛,這些都是在訓練的衛士!」

顧秋峰看向練武場，興奮的說道：

「好多勇猛的衛士，我也可以擔任太子府的衛士嗎？」

「可不可以就看你能不能通過鄧勇的嚴格訓練了。文武都要好好磨練他，相信顧秋峰未來必是我的一名大將！」太子命令：「鄧勇，顧秋峰這大力士，就交給你了。」

「是！遵命！」鄧勇高興的看向秋峰：「你是我收的第一個徒弟，可不能弱了我的威名！知道嗎？」

「是！師父！」秋峰轉身就要對鄧勇行大禮，鄧勇趕緊一把拉住，笑著說：

「拜師禮留到你功夫練好了再說。」

太子看向遠方，思念的說道：

「皓禎和寄南也該回來了吧。」

❖

是的，皓禎和寄南都回來了。各歸各位，寄南帶著靈兒去了宰相府。皓禎帶著吟霜回到將軍府。小樂從院子裡一路奔向大廳，興奮的喊著：

「公子和吟霜夫人回來了！將軍！公子他們回來了！」

柏凱、雪如和秦媽都從屋內衝進了大廳。同時，皓禎、吟霜也從院子大步進入大廳，兩人風塵僕僕。柏凱關心而緊張的問：

「怎樣？一切順利嗎？」

皓禎對柏凱抱拳行禮：

「恭喜爹，該做的都做了！該完成的也完成了！現在，民間多了四位平民百姓，這個時候，應該都已經送到安全之地！」

「好好！」柏凱興奮萬分：「太好了！皓禎，這次行動，意義不凡，你讓爹覺得太驕傲了！」

雪如過去拉著吟霜的手問：

「吟霜，妳還好嗎？看來氣色不錯！」

「娘！」吟霜笑著：「皓禎答應了娘，健康的去，健康的回來！我們不敢食言，健康的回來了！」就回頭交待秦媽：「趕快去畫梅軒，把藥箱交給香綺，讓她幫我整理一下，這藥箱還真管用。」

「是。」秦媽接過藥箱看了看：「藥箱都空了。這一路用了很多藥嗎？一定辛苦了吟霜夫人！」提著藥箱下去了。

皓禎就忍不住幫吟霜邀功，說道：

「爹、娘，你們不知道，吟霜真是忙壞了！那四位『貴賓』，各有狀況，有的氣壞了，有的中毒了，至於發瘋吃土嘔吐種種情況，你們想像都想像不出來，幸好吟霜經驗豐富，這

個扎針，那個吃藥，總算讓他們都穩定了！」

雪如就心痛的看吟霜⋯

「那妳一定累壞了吧？」

「沒有！沒有！」吟霜說：「皓禎有點誇張。雖然很忙，看到皓禎他們出生入死的情形，也非常緊張，但是，這趟旅程實在收穫太大，讓我一直處在興奮狀況裡。覺得自己在營救這四位貴賓時，也貢獻了一些小小的力量，就覺得很充實！」

「她那小小的力量，實在有大大的作用！」皓禎笑著：「我們那四位貴賓，後來都快離不開她了！這個也找她，那個也找她，她就跑來跑去，忙得不亦樂乎！」

大家正談得高興，蘭馨接到消息，在翩翩、皓祥陪同下，帶著崔諭娘匆匆進門來。翩翩通報似的說⋯

「駙馬爺回來了！公主不能缺席，也來迎接駙馬了！」

皓祥狐疑的看著皓禎和吟霜，納悶的說道⋯

「我的威武大哥和吟霜嫂子看來風塵僕僕，不知道從哪兒回來？好像有點神祕！」

皓禎一看到幾人出現就氣上心頭，瞪著皓祥說⋯

「皓祥，你還敢跟我說話？你最好閉口！」

「我不是來跟你吵架的，我是護送公主來迎接駙馬的，要不然，公主在那個公主院裡，

永遠等不到她的駙馬爺！」

蘭馨怯怯的往前一步，看著皓禎，眼裡帶著祈諒的神色，柔聲說：

「去哪兒了？出門好多天，身體都好吧？」

柏凱皓禎等人一見蘭馨皓祥出現，個個都收起了興奮的神色，謹慎的住口，氣氛頓時從熱烈的談話轉變為冰點的沉默。

崔諭娘低俯著頭，瑟縮的站在遠遠一邊，依然是一股罪犯的樣子。

只有吟霜不安的對蘭馨行禮，禮貌的說道：

「公主金安！」

蘭馨忍氣吞聲的，苦笑著說：

「別問候我了！我也沒什麼金安銀安，這些日子，都是不安，以為你們永遠不想回家了。」

看到你們平安回來，總算鬆了口氣。」

皓禎客氣而冷淡的解釋：

「因為吟霜小產後，心情一直不好，特別帶她出門走一走，去散心一下。」

「哦！」蘭馨求恕的看著皓禎：「其實，吟霜小產那件事讓我的心情，也一直不好，充滿了抱歉。如果駙馬爺休息夠了，能不能也到公主院走一走？」

皓禎頓時一呆，營救四王的刺激興奮，轉眼就被蘭馨給沖淡了。

回到畫梅軒，香綺、小樂、丫頭等又是一場興奮。大家忙著為皓禎和吟霜提水燒火，要先洗去兩人的風塵。等到兩人都沐浴更衣後，香綺檢查著吟霜的藥箱，說道：

「小姐，很多藥都沒有了，恐怕要上山採藥，才能補充回來！」

「知道了，那……我們過兩天採藥去！」吟霜說。

「我陪妳們去，正好當成郊遊。這次的『散心』實在太辛苦。」

香綺出門去，吟霜就若有所思的看著皓禎，平靜的說：

「你去公主院走走吧。」

「剛剛完成一件很艱難也很偉大的工作，現在的情緒還在興奮中，妳要我去公主院走走？這一走，我的心情還會好嗎？」皓禎說。

吟霜柔聲相勸，輕聲細語的說道：

「出門回家，你都不去轉一轉，好像也有些理虧，畢竟她是公主。」

皓禎注視著她，坦率的說：

「這些天，在營救行動的緊張和忙碌中，我幾乎忘了自己的傷痛，剛剛看到那個崔諭娘，全部回來了！我立刻想到的就是我們失去的兒子，我整顆心又揪起來了。不！我不能去！」

「我體會你的心情，我也是一樣。但是，從一個女人的角度看，我有點同情蘭馨。」吟霜深刻的回看他。

「妳還同情她？」皓禎驚訝：「妳是不是害了什麼病，像我們那位拚命吃土的貴賓一樣？腦子不清楚了嗎？她做了那麼多可惡的事，妳怎麼還會同情她呢？」

「她錯在不該選你當駙馬，這事你也有些責任。」吟霜看進他眼睛深處去：「幹嘛眼睛不小一點？武功不爛一點？霸氣不收一點？應對不弱一點？談吐不差一點？反應不慢一點？」

皓禎驚愕的看她，被她誇得飄飄然，微笑起來，忽然一醒說：

「妳是在誇我還是在罵我？是讚美我還是諷刺我？」

「我在列舉事實，蘭馨被你迷住了，這是她的悲哀。虐待我，對我用刑，是她的生長環境造成，她的母后比她殘忍多了。現在，我希望能夠和她停止戰爭，和平相處，因為，我也很怕很怕她！可是，關鍵人物還是你！」

皓禎聽進去了，深思的看她……

「你要我為妳，對她釋出一點善意？」

吟霜點點頭。

皓禎想了想，忽然起身說：

「好！我去公主院『走一走』！馬上就回來！」

皓禎立刻到了公主院，不知道是在敷衍吟霜，還是敷衍自己，或是敷衍蘭馨，他在院子中，背負著雙手，走來走去，走完一圈，又走一圈。

蘭馨驚喜的從屋內奔出來，崔諭娘跟在後面。

「蘭馨，妳最好讓崔諭娘回到房間裡去，我不想看到她。」

蘭馨一怔，回頭對崔諭娘悄悄的揮揮手，崔諭娘立刻識相的退回屋內。蘭馨說：

「我知道你看到她的感覺……」痛苦的決定：「這樣吧，我立刻讓她回宮，我這兒也不缺人侍候，宮女夠多了。如果她離開了，你會不會比較好過呢？」

「我心裡的陰影永遠不會消除，失去兒子的痛也不會消除，現在我還能在這兒跟妳談話，已經是我的極限！」皓禎邊說邊走。

蘭馨跟著他走來走去，說道：

「你進去喝杯茶吧，我保證你看不到崔諭娘。」

「我來『走一走』，我不喝茶。」皓禎簡單明瞭的說。

蘭馨一怒，眉毛一挑：

「你……」頓時收斂，拚命壓抑自己：「好，我陪你走！」

兩人就在院子裡走來走去，走去走來。蘭馨不耐煩了，說：

「你除了『走一走』，沒有話要對我說嗎？」

「有，不知從何說起？」皓禎說：「想對妳說，我們家每個人，幾乎都很怕妳！當一個讓人怕的人，是不是比當一個讓人愛的人，來得快樂呢？我來走一走，期望妳能找出答案，以後陰狠毒辣的事，再也別做了！」

「只要你對我好一些，有那麼一點點的關心，我願意改！」

皓禎站住了，想一想說：

「好！那麼，我明天會再來『走一走』，現在，我要回去了！」就往外走。

蘭馨一怔，再度拚命壓抑自己，喊道：

「等一下！」

「怎樣？」皓禎回頭。

「送你一個禮物！雖然我知道你並不想要！你曾經給了我很多一點一點，我也給你一個！」就唸道：「『一點一點又一點，輕舟一葉水平流！』」

皓禎站住了，想了想，就一語不發的，繼續再往院外走。蘭馨看著他的背影，弱弱的說道：

「明天等你再來走一走！」

❖

皓禎和吟霜一回家，就面對了蘭馨的問題。靈兒和寄南呢？

兩人一路打打鬧鬧，心情良好的走進宰相府的院子。靈兒說：

「先套一下招，等會兒見到漢陽大人，我們怎麼說？」

「就說我們回家看爹娘，在家裡住了許多天，娘的身體有點微恙，我就在家盡孝，現在娘好了，我們也繼續來宰相府接受管束！」

「那個……『微恙』是什麼東西？」靈兒問。

寄南敲靈兒的腦袋：

「我要開始教妳念書！連『微恙』是什麼都不知道！就是有點小毛病的意思！」

靈兒生氣的揉著頭，嘟著嘴說：

「寶王爺，你娘有『微恙』，你有『大恙』，再打我的腦袋，我就打你的屁股！」靈兒說著，順手在花園裡折了一根樹枝，就揮舞著去打寄南的屁股。寄南大驚喊：

「快住手！妳這小廝懂不懂規矩？」逃著……「妳還真打？這是宰相府！早知道，應該讓吟霜把治瘋病的藥，也給妳一份！」

兩人正在花園裡追打，漢陽咳了一聲，出現在兩人身邊，從容不迫的問：

「套招套完了沒有？」

兩人大驚。靈兒瞪著眼睛說：

「套招？套招？大人，你從什麼時候起就跟著我們了？你偷聽！」

「是，從你們進門就跟著你們了。偷聽、偷看都沒罪！」漢陽說。

「哈哈哈！」寄南乾笑：「漢陽，你顯然被我們帶壞了！」一手搭在漢陽肩上：「是這樣，那天監送完四王，我們覺得工作也結束了，想偷偷出城玩玩！一玩就玩到今天！本來還可以早一點回來的，裘兒又鬧著要吃豆漿，就去吃豆漿了！」

漢陽板著臉訓斥：

「你們當了我的助手，居然中途開溜，去玩到今天，你們知道有多少天不見人影嗎？足足七天七夜！」一吼：「簡直不可原諒！」

靈兒被漢陽一吼，嚇了一跳，悄眼看漢陽，小聲問：

「有七天七夜嗎？漢陽大人，你算得真清楚！又發這麼大脾氣，你不會是……不會是想小的了吧？小的有一個斷袖王爺已經很麻煩，你……不會……不會也想跟小的斷袖一下吧？」

靈兒話才說完，就被寄南扭住了耳朵。

「你在說些什麼話？漢陽這麼有品德的人，方宰相的公子，怎會有這個病？妳在侮辱漢陽！」就大聲說道：「漢陽，你別氣，我的小廝，我來責罰他的口沒遮攔！拖回房去先打二十大板！」

「漢陽大人，救命呀！你再不收我當小廝，我會被竇王爺弄死的！」靈兒喊。

「放下裘兒！寄南，你再欺負裘兒，我就接收他了！」漢陽攔住寄南說。

「什麼？你真的想接收他？」

「現在，為了你們的開溜，七天七夜的曠職，我已經稟告我爹娘，他們要你們去接受管束。從今天起，正式治療你們的斷袖病！」漢陽嚴肅的說道。

「不會再關進冰窖吧！」靈兒瞪大眼。

「什麼？怎麼治？」寄南大叫。

接著，兩人連梳洗的時辰都沒有，就被漢陽押進了大廳。世廷和采文很有風度的坐在那兒。寄南和靈兒像待宰羔羊般跪坐在世廷夫妻對面，漢陽坐在一旁，從容不迫的旁觀，頗有姿色的丫頭嫦娥在侍候茶水。世廷就正色說道：

「本官奉皇上之命來管束你們，已經過了好久了，冰窖也沒用，道理也不聽，真是一點成績都沒有！想想，你們這個病，說它是病，好像又不是病，說它不是病，好像又是病，自古以來，很多將相帝王，都有此病，也沒人因此送命！」

寄南趕緊接口：

「所以，宰相公，你別太認真，我和裘兒病已經很深，治也治不好，不用治它了！現在，我們對宰相府，就像自己的家一樣，跟漢陽也有了交情，甘心當他的助手，你就把我們當小輩，讓我們跟著漢陽學習吧！」

得你們確實怪怪的！」

采文接口了，很平和卻很堅持：

「可是，皇上交待的事，總有一天要跟皇上覆命！宰相跟我也仔細研究了你們兩個，覺

「就是！就是！」靈兒傻笑著。

「一點不錯！怪怪的！雖然『怪』不是罪，卻有嫌疑！」漢陽點頭。

「怎麼說？」寄南皺眉。

采文就看著靈兒，坦率的問道：

「你在和寶王爺的關係裡，你是女的吧？」

靈兒一怔，摸不著頭腦，她不是一直在扮男人嗎？難道被看穿了？就反抗的大叫：

「不對！是男的！本小廝是男的！」

寄南哭笑不得，喊道：

「哎喲喂！裘兒，本王雄糾糾，氣昂昂，才是男的！」

靈兒更糊塗了，對於這個「斷袖之癖」，她始終一知半解，誰也沒跟她講清楚。

「難道我是女的？」看看自己的裝扮，堅持：「不是！我是男的！」

「這就是怪怪的地方，這是疑案！」漢陽說。

「好了，」世廷說：「別研究這問題了。言歸正傳，我們找出了一個解決辦法！」

采文對兩人正色說道：

「這陰陽調和，是自然法則！男女結合，才能傳宗接代！斷袖會影響到子孫繁衍，做為一種癖好，是私人行為，也無法可管。但是，皇上一番好意，宰相跟我只好執行！所以……」

喊道：「嫦娥，過來！」

嫦娥盈盈上前，對寄南請安，說道：「嫦娥見過寶王爺！」

寄南瞪著面貌姣好的嫦娥，心裡七上八下，靈兒則傻眼了。采文笑吟吟的對寄南說：

「從今晚開始，嫦娥就專門侍候寶王爺，跟王爺一個房間睡，至於你的小廝裘兒，還是回到我家小廝房，去跟大夥兒睡大通舖！」

「什麼？跟所有小廝睡大通舖？」靈兒慘叫。

寄南看看靈兒，忽然大笑說道：

「好好好！各歸各位！有嫦娥美女相伴，我那斷袖病就隨它去吧，就這麼辦！」

靈兒氣得鼻子裡冒煙，怒看寄南，寄南只當沒看見。靈兒抗議：

「我不要跟大家一起睡！我會睡不著！」

「那麼，裘兒，你就跟我一個房間睡吧！」漢陽接口：「我沒斷袖病，正常男子漢一個！我們可以同榻而眠，如果睡不著，讓我正式教教你辦案之道！」

寄南瞪大了眼睛。靈兒為報寄南一箭之仇，立刻欣然同意道：

「好呀！好呀！和正常男子漢同床我就安心啦，就這麼辦！」

寄南傻眼，怒瞪靈兒，靈兒只當看不見。

於是，這晚回到廂房裡，靈兒開始收拾自己的衣物，寢衣袴子袍衫都堆在一個包袱裡。

寄南一把拉住她的手腕，惡狠狠的看著她，生氣的說：「妳真的要和漢陽同房還同床？妳要氣死我嗎？妳看！妳看！連貼身小衣妳都要帶過去嗎？妳腦袋裡怎麼想的？」

「你不是有美女嫦娥侍候了嗎？」靈兒瞪大眼：「我就侍候漢陽去！我看他比你漂亮又有風度，長得俊又有才！反正去了就瞞不住身分了，也不用瞞了！他又沒老婆，我恢復女兒身也不錯！」

「妳說真的還是假的？」寄南著急：「那嫦娥我已經打發她去廣寒宮了！剛剛在宰相那兒，就是忍不住想跟妳開開玩笑！」看靈兒一本正經收東西，大叫：「喂！不許去！」把她的包袱全部倒在床上：「沒有妳晚上跟我吵架鬥嘴，我會睡不著！」

「你睡不著關我什麼事？人家漢陽還在等我！」

「人家漢陽是人家，我才是妳的主子！」寄南柔聲說：「床都讓妳睡了，早就習慣看妳睡著才睡，如果妳走了，我看誰去？」

靈兒聞言心裡怦怦跳，低著頭不作聲。

突然有人敲門，寄南急忙去打開房門。漢陽出現在門口，問：「裘兒準備好了嗎？」

寄南攔住門，嘻皮笑臉的說：「沒！剛剛我和裘兒討論了一下，請你轉告你爹你娘，我

和裘兒還是『難捨難分』，你們的好意，只有心領了！」

「什麼？裘兒不跟我了？」漢陽問。

「這樣吧！」寄南賠笑的：「算我欠你一個人情，以後隨你吩咐，要我做什麼，一定幫

你做！如果你看上誰家姑娘，要我幫你傳遞消息，也是一句話，如何？」

漢陽盯了他一會兒，若有所思的說：「一言為定！」

寄南趕緊砰的一聲關上房門。靈兒看著寄南偷笑，把臉孔轉開了。宰相府的這夜，是一

場曖昧的迷糊仗。畫梅軒呢？

※

畫梅軒裡的這夜，皓禎在燈下練字。吟霜坐過來，伸頭看了看，問：

「這麼晚了，在練字？還不累嗎？」

「一點一點又一點，輕舟一葉水平流，這是一個『心』字！」皓禎說著。

「你去公主院，又和公主練劍了？」吟霜猜測的問。

「沒有。我在想，人很奇怪，我爹有了我娘，又娶了二娘。我們認識的所有王孫公子，

幾乎每個都是三妻四妾。除了宰相方世廷以外，那方世廷就是世間少有的人了，雖然他和伍

震榮是同夥，但是不娶小老婆，這點我是很佩服他的，我就沒做到，有了妳，又有蘭馨！」

「不是的，你娶蘭馨是迫不得已，如果我不攔住你，你大概就抗旨不婚了。」

「如果當初我抗旨，會不會比較幸福？」皓禎問。

「不會！」吟霜肯定的回答：「當初你若是抗旨，皇上會震怒，皇后也會震怒，連伍震榮也會震怒！你立刻就被打進牢裡……牽連之大，是無法想像的！天元通寶可能瓦解，太子頓時失去一個兄弟，我們那四位貴賓，也不會變成平民，會變成冤魂！」

皓禎點點頭，把毛筆收起，把那張寫了一個「心」字的紙張摺疊起來，說道：

「分析得很透徹，所以妳的痛苦，我的痛苦，都是必須付出的代價。」起身拉起吟霜：

「走吧，我們該去睡覺了。」

第二天早朝過後，皓禎準時出現在公主院，又在院子裡走來走去。蘭馨陪著他走。皓禎從口袋裡，掏出了那張摺疊的紙。蘭馨驚訝的問：「這是什麼？」

「一點一點又一點，輕舟一葉水平流。」皓禎說：「這個字很奇怪，是不能分割的。」就把紙撕成兩半，心字各在一半上：「這樣一分，心就碎了，心也不成心，字也不成字。」

「哦？你解出來了！」蘭馨盯著他。

「字嗎？昨天在這院子裡就解出來了。」皓禎說：「但是，我要想想妳另外的含意。」站住了，誠摯的看著她……「我昨晚想了很久，我是不是可以把心分成兩半，一半給妳，一半給

吟霜，結果是不成，那樣，心就碎了，像我手裡這兩張分開的紙。」

蘭馨的眸子冒著火，快要壓抑不住了。皓禎打開半顆心的紙：

「原來心不成心，這一點半點就像血點像淚珠！妳不會喜歡這碎掉的半顆心，既然我無法回禮，妳也不要送我這樣的大禮，我們如果有緣，還是當親人比較好。」

兩人走著走著，已經走到院子一角，有把掃帚放在那兒。蘭馨忽然拿起掃帚，就劈里叭啦的打向皓禎，大罵：「什麼像血點像淚珠？我打死你！什麼投其所好，研究了半天的猜謎遊戲，換得你這樣莫名其妙的答案！我才不稀罕你的半顆心，我要的是你的整顆心！你把我蘭馨看成什麼了？收破爛的人嗎？我打死你！打死你！」

蘭馨喊著，丟掉掃帚，拿起花台上的小花盆，一一砸向皓禎。院子裡一陣乒乒乓乓，花盆碎了一地，站著的宮女們抱頭鼠竄，院中一團亂。皓禎不想反擊，閃避著花盆，逕自向外走，憤憤自語：「幾句話就逼出她的本來面目，我連半顆心都給不了，她還想要整顆心……」

一個花盆砸在皓禎後肩上，泥土花瓣在他肩上綻開。皓禎惱怒的回頭說：

「是吟霜要我過來和妳好好相處的，我勉為其難而來，要打走我很容易，再想要我過來，妳用幾百個一點一點都沒用了！」皓禎說完，掉頭而去。

最後一個花盆，砸在門柱上，碎裂了一地。蘭馨乏力的跌坐在台階上，用手捧住了臉，沮喪排山倒海般而來。

59

四王流放的覆旨拖延了很久，實在無法繼續拖延。這天，伍震榮進宮晉見皇上，在御書房裡，皇上召見了他。伍震榮心一橫，料想皇上對他給的任何答案都無可奈何，就硬邦邦的稟道：

「陛下，關於四王流放之後的情況，微臣今日特來向陛下稟報。」

皇上眼睛一亮，關心的喊：

「哦？總算有消息回報了？快說！」

伍震榮輕蔑的看了皇上一眼，冷淡的回答：

「忠王，一向脾氣暴躁，在往堅昆途中，大怒不止，一直怒罵陛下，罵到噎氣，無法喘息，便一命嗚呼了！」

皇上一個踉蹌，慘然的說：

「唉！他一定會怪朕的，朕就知道……他身體不好，一定挺不過去的！」搖頭嘆息：

「你接著說吧！其他人呢？」

「義王，也是途中吵鬧不休，甚至企圖逃走，衛士抓拿的時候，未顧及分寸，義王從岩

石上摔下來，摔死了！」

皇上似乎聽不下去，內疚得閉眼，哽咽道：

「四弟，皇兄對不起你！」

伍震榮繼續冷冷說道：

「仁王，本身就體弱多病，長期舟車勞頓之後，不幸病亡。」

皇上跌落坐榻，淚盈眼眶，喃喃自語：

「這三位……居然都相伴離去了！唉！你們在世的時候，為何要劫持皇后，謀反犯錯

呢？」問伍震榮：「四大功臣，已經死了三個，那麼孝王呢？現在如何？」

伍震榮接著說：

「據報，孝王在流放途中，誤喝了野葛藤汁中毒，性格驟變發瘋，見人就咬，瘋瘋癲癲，

最後用頭撞牆，不幸撞死了！」

皇上聽完後，身體突然癱軟，落淚倒進坐榻中，無法相信的喃喃說道：

「居然四大功臣，就在這次流放裡全死了？」

「陛下對這四大功臣已經是心存仁厚，皇恩浩蕩了！他們死得其所，罪有應得，咎由自取！請陛下節哀，保重龍體！」伍震榮像背書一樣的說。

皇上拭淚，黯然神傷，交待著：

「就把這四王的屍首，交還他們的家人安葬吧！」

「臣，遵旨！」伍震榮一轉身，臉上變得肅殺，心想：「安葬個鬼！死的都是伍家人！為這四王，我也機關用盡，還是賠了！」

❖

沒想到四王在一次流放中，全部死亡，皇上對這個結果，心碎神傷。他必須找一個人來談談這件事！誰能跟他談談呢？只有太子了！於是，太子又被召到皇家馬場，父子兩人騎在馬背上，鄧勇和衛士遠遠保護著。皇上感嘆著說：

「啟望！我剛剛得到榮王報告的消息，四王在流放途中，居然都去世了！」

太子氣呼呼的看著皇上，瞪著大眼：

「難道父皇會感到意外嗎？兒臣再三求情，父皇就是不聽！尚方御牌也被皇后搶走！現在，四王都走了！包括皇叔也走了！父皇孤立在皇宮，再也沒有『六條鯉魚躍龍門』的欣欣氣象，父皇聽左右宰相的話，造成的就是這樣的後果！兒臣早就料到了，一點也不稀奇！」

皇上深深看太子，不解的問：

「朕的流放已經處處留了餘地！轎子抬出長安，馬車送到邊疆，不許腳鐐手銬，不許穿囚衣⋯⋯如此漫長的旅程，怎麼沒有仁人志士，救下他們呢？你不是說，四王擁有百姓民心嗎？」

太子大震，目瞪口呆的看著皇上，驚喊：

「父皇！原來您⋯⋯」

皇上悲哀的接口⋯

「朕沒辦法了！那大理寺監牢，朕怎能安心入睡？隨時都有人犯暴斃自殺，刑部更是一團糟！各種密件滿天飛，四王劫持皇后就是死罪，謀反更是死罪，大臣步步進逼，朕不快刀斬亂麻，他們四王總之是死路一條！要不然就會用刑變成殘廢！唯一的活路，就是流放呀！」

太子幾乎從馬背上摔下來，震驚至極的看著皇上。

「父皇！您難道不能對兒臣明說嗎？您寧可讓我誤會重重？」歉疚的看著皇上：「原來即使當了皇上，也有這麼多委屈！那四王恨死了父皇！」臉色一正，馬兒靠近了皇上，低聲說道：「但是，父皇可以安心入睡，**有明君必有忠臣！有忠臣必有志士！忠孝仁義，依舊是本朝的榮光！**」

「哦？還是有仁人志士？」皇上提心吊膽的問。

「孩兒就是其中一個！」太子輕聲回答。

皇上長長吐出一口氣，接著臉一板，嚴肅的罵道：

「你再鋌而走險，朕把你關起來！你是太子，怎可不保護自己？」

太子對著皇上，深深凝視，充滿感情的說道：

「孩兒不是好端端在這兒，陪著父皇騎馬聊天嗎？父皇希望民間有仁人志士，孩兒也一樣！孩兒能夠起帶頭作用，才不辜負父皇那片苦心！至於鋌而走險，也是身不由己，心不由己！」

皇上回視太子，眼光裡充滿了驕傲和感情，說道：

「好一個『身不由己，心不由己』！只是，以後要克制自己才是，這是聖旨！」頓了頓，又輕聲問道：「他們恨死了朕沒關係，他們的身體還好吧？現在安全吧？」

「是！」太子說：「有啟望、皓禎、寄南三人策畫，還有高人指點，加上神醫隨行⋯⋯四王現在身強體健，被保護在最安全的地方！」

皇上眼中閃過一絲淚光，唇邊湧上了笑意。半晌，他收住笑容，正色說：

「好！四王都走了！我們父子，也節哀順變吧！」

「還有，那尚方御牌，我當天就從你母后那兒收回來了，放心！」皇上說。

「是！兒臣遵命！父皇能收回尚方御牌，那太好了！」太子恭敬的說。

兩人很有默契的一拉馬韁，開始小跑步往前行去。

皓禎和寄南，很快就知道了皇上的真心，不禁欣慰。也知道太子為了救秋峰，居然不等二人回來，就帶著鄧勇行動。二人當然把太子責怪了無數遍，也警告了無數遍。太子嘆息的說：

「你們兩個，各有各的麻煩，找你們也不容易！寄南，你小心靈兒被漢陽搶走，不要以為你那靖威王的名號，對靈兒有用，她可不是攀龍附鳳的人！至於皓禎，我知道你的心都在吟霜身上，但是，我那妹妹蘭馨怎樣了？」

太子幾句話，說得寄南心焦難耐，說得皓禎無言可答。

蘭馨怎樣了？蘭馨整日憤憤不平的在室內徘徊，像一個困獸。這天，她恨恨的說道：

「太可恨了！他居然向本宮宣示，再也不來公主院了！」

崔諭娘小心翼翼的接口：

「駙馬爺的反應太奇怪了，不合人之常情！以前以為駙馬有什麼恐女症，才對公主冷淡，現在知道都是假的……但是，男人就是男人，怎麼駙馬跟所有的男人都不一樣？」

「所有男人怎樣？」

「就像榮王吧，家裡有多少老婆？孩子都是不同的娘生的！皇上雖然愛皇后娘娘，還有昭容才人和很多嬪妃，太子也不是皇后娘娘親生的！男人是離不開女人的，也不是一個女人就能滿足的！」

「現在，妳就看到一個了！他只要那個妖狐，他的心不能分，整顆都給了那妖狐！好像看我一眼，就對不起那妖狐似的！」

「所以，駙馬爺是被妖術控制的！他除了白吟霜，不要任何女人，這事就不合理！更不用說吟霜還害公主中邪，在眾人面前跳百鳥朝天舞，還有在伍項魁身上施法術，變出蠍子蟒蛇種種的怪事！」

蘭馨咬牙，看崔諭娘：

「我明白了，如果我想扭轉困局，一定要先除掉那個妖狐！」

「除掉那個妖狐之前，一定要逼出她的真面目，讓駙馬爺全家都能看到才行！這事還要計畫一下。上次回宮，皇后娘娘曾告訴奴婢，最好的收妖道長，名叫清風道長！」

蘭馨眼色銳利的說：

「清風道長？崔諭娘，我想我們需要他！」

這日，吟霜正在畫梅軒的院落裡修剪著花壇裡的花朵。香綺在一旁幫忙。突然四個宮女

慌慌張張奔來，其中一個喊著：

「吟霜夫人，不好了！公主忽然生病昏倒了，還不停的抽筋，不知道該怎麼辦？」

「吟霜夫人，趕快去救救公主！求求您了！」其他宮女哭求著。

吟霜一驚，急喊：

「香綺，把我的藥箱拿來！快！」

「公子被皇上召進宮了，魯超還沒回來，誰陪夫人過去？」香綺防備的問。

「快去拿藥箱！救公主要緊！妳別囉嗦了！」吟霜著急，命令的喊。

「是！」香綺就進屋裡去拿藥箱。

香綺進屋後，四個宮女立刻行動，趁吟霜不備，一聲呼嘯，兩個宮中衛士迅速出現，扛著吟霜就飛跑向公主院。

❖

公主院院子中央擺放著一個祭壇，壇桌上擺著香爐、三杯酒、十隻綑綁的活雞、斬妖旗、桃木劍、白色斷靈巾等等，香爐上香煙裊裊。衛士扛著吟霜進了院子，摔在祭壇前面，大門迅速關閉。

吟霜驚慌的站起身子，看著那祭壇發愣。突然，左邊一個小道士拋出一條「收妖索」套在吟霜身上，右邊一位小道士也拋出一條「收妖索」套住吟霜。兩道士左右兩條繩索一拉，

便束縛了吟霜，兩道士各拉一邊，拉著吟霜繞了好幾圈。

大約二十個道士，一色黃衣，分成兩批，一批在內圈，一批在外圈，全部繞著吟霜轉

圈，內圈向左邊轉，外圈向右邊轉，內圈先唸起「安土地神咒」，邊轉邊唸：

「太上老君，急急如律令，敕。元始安鎮，普告萬靈，岳瀆真官，土地祇靈，左社右

稷、不得妄驚，迴向正道、內外澄清！」

外圈就接口，聲勢驚人的呼應：

「捉妖狐，抓無影，捕鬼魅！收妖索來妳無處逃！」

吟霜臉色驟然慘變。驚慌掙扎的喊著：

「放開我！放開我！你們這是做什麼？放開我！」

兩名道士蠻力的拉著吟霜跪到祭壇前，吟霜身後有一根固定的木柱，收妖索順勢將吟霜

雙手反綁在木柱上，她在祭壇前動彈不得。內圈道士又唸：

「各安方位、備守壇庭，太上有命、搜捕邪精！」

「捉妖狐，抓無影，捕鬼魅！收妖索來妳無處逃！」外圈再度齊聲呼應。

祭壇後牆上面掛著一幅大大的八卦圖，蘭馨便坐在八卦圖下，怒視著吟霜。吟霜被綁

定，眾道士暫停唸咒。崔諭娘就沉著的來到吟霜面前，一本正經的瞪著吟霜說道：

「吟霜夫人，今天必須逼出妳的原形，才能治好公主的病，得罪了！」

清風道長便在祭壇前開始搖鈴，唸唸有詞的作法：

「拜請天地神明日夜之光簷前使者，前來收妖除怪，妖現妖形，狐現狐相，怪現怪身，山魅異類全部現出原形，太上老君急急如律令，敕！」

吟霜掙扎喊著：

「你們要逼出我什麼原形？公主身體若是有恙，我可以幫她治病，你們放開我！我是人，現在就是我的原形！」

「讓妳幫我們公主治病？妳還會安什麼好心眼？妳還真以為自己是神醫？妳只是一個會耍妖術的妖狐！」崔諭娘喊道。

清風道長搖著法器，繼續唸著以上咒語，不一會兒，道士們拿來黃色的符咒無數，隨著咒語貼在吟霜的額頭上和身上。緊接著清風道長拿起桌上白色的斷靈巾，對著斷靈巾比著法印，然後緊緊繫在吟霜的額頭上。斷靈巾不住勒緊，清風道長唸道：

「太上有命，鎮妖驅邪，斷靈巾，斷妖靈！」

吟霜被勒得痛苦不已，忍不住呻吟。

坐於祭壇對面的蘭馨盤坐著，盯著吟霜，嘴裡也唸唸有詞。道長綁完繼續搖著法器，唸著咒語，在吟霜頭頂上比著法印。眾道士又拿著畫有八卦圖的斬妖旗，在吟霜身邊繞圈揮舞唸咒。道士們高聲唸著，聲勢驚人。吟霜哀求道長：

「我不是什麼妖邪，你們快停手吧！道長！」

道士們又拿出桃木劍，劍尖插著符咒，點火，對著吟霜揮來揮去唸咒。火花在吟霜髮際

臉上飛舞，嚇得她趕緊閉上眼睛，火花爆開在吟霜眼瞼上。劍尖上的符咒燒盡，道士們直接

將這滾燙的紙灰撒在吟霜臉上。

然後道士們抓起活雞，右手拿著桃木劍，用力對雞頭脖子一刺出血。雞血泊泊流向十個

湯碗裡。吟霜一睜眼就看到這驚悚的一幕，哀聲喊道：

「你們要做什麼？我真的不是狐狸，我是人！我不是妖狐也不是狐仙，請你們停止吧！」

「有效了！她已經開始求饒了！繼續！」清風道長說。

道長一個手勢，十個道士拿著十碗雞血，開始對吟霜潑灑。雞血飛濺在吟霜白色的衣衫

和面龐上。吟霜震驚噁心恐懼的慘叫著：

「蘭馨公主，饒了我吧！」

蘭馨厲聲喊道：

「妳趕快現出原形！現出原形就饒了妳！」

雞血不斷濺上吟霜的臉。黃色符咒不斷用雞血貼上吟霜的身子和手腳。清風道長和二十

個道士飛快的唸咒：

「拜請天地神明日夜之光簧前使者，前來收妖除怪，妖現妖形，狐現狐相，怪現怪身，

山魅異類全部現出原形，太上老君急急如律令，敕！」

公主院外，香綺和小樂從門縫中往裡面看。香綺拍著大門，惶恐喊著：

「公主請了道士，在對夫人作法！」

「公子被皇上召進宮了！快去請夫人吧！」小樂向將軍府飛跑。

清風道長繼續拿著桃木劍，帶著眾道士拿著斬妖旗，像起乩似的對吟霜亂揮亂打。

吟霜已經被整得七葷八素，不住的哀求：

「道長，快停手吧！你們鬧夠了！快停手！」

「妳這狡猾的妖女，還不快快現身，看本道長如何收妖！」清風道長屬聲喊道。

清風道長說完，捧起香爐，把整爐的香灰對著吟霜的臉撒去。吟霜因突如其來吸進了熱香灰，咳嗽不停。道士們拿著桃木劍，劍尖繼續點著了咒紙，用火焰對著吟霜猛打！清風道長邊打邊唸：

「太上老君急急如律令，敕！妖狐快快現身！」

吟霜滿臉滿身雞血，慘不忍睹，再也承受不住，一面哭，一面咳，一面躲，一面挨著持續而來的各種摧殘。

60

御花園涼亭裡，皓禎正陪著皇上下圍棋。

皇上正猶豫下哪一個子，皓禎忍不住發言：

「陛下突然找微臣下棋，應該是有所指示吧？」

「朕最近難過的事實在太多，最痛心的，是四王之事！不知蘭馨回到將軍府之後，你們夫妻倆的感情進展如何？她是否還會對你無理取鬧？」皇上終於下了一個子，一嘆：

「蘭馨和你的事，也一直沉甸甸的壓在心上！」

皓禎謹慎的選擇著措詞：

「公主的個性，陛下一定清楚，微臣和公主之間，確實還有些問題，不是三言兩語說得清楚的……」

皓禎話沒說完，猛兒忽然出現在天空，盤旋急鳴著。他抬頭一看，頓時驚跳起身，把圍

棋全部打翻在地上。只見猛兒繞了一圈，哀鳴著向將軍府飛去。

皓禎驚喊：「陛下！微臣有急事必須馬上趕回將軍府，不能陪皇上下棋了！請陛下恕罪！」

皓禎說完，就丟下皇上，飛奔而去。他心想：吟霜，妳千萬不要出事……

皇上驚愕著。看著皓禎的背影發愣，有什麼事會如此慌張？連皇上都可以拋下不管？

❖

在將軍府，香綺、小樂著急的帶著雪如、秦媽趕往公主院。雪如一面急急奔走，一面喃喃自語：

「阿彌陀佛，可千萬不要出事呀！公主才安靜了一陣子，怎麼今天又鬧事了！」

此時皓禎飛奔趕回，遇上了急切的雪如。皓禎著急問：

「是不是吟霜出事了？」

香綺一見皓禎，就痛哭起來，邊哭邊說：

「公主又把夫人抓進去公主院了，好多道士在對夫人作法，公子快救救夫人呀！」

皓禎怒急攻心，雙手握拳，咬牙說道：

「蘭馨真的要逼得我們連親人都做不成，實在太可恨了！」

皓禎說著，像風一樣奔向了公主院。雪如追喊著……

「皓禎，等娘一起去啊！皓禎，別衝動啊！」

大家疾步追向公主院。

✣

公主院中，吟霜已經被折磨到快崩潰了。那熱香灰使她一直咳不停，在她面龐上飛舞的桃木劍和燃燒的咒紙，火花爆開，讓她的眼睛全花了。清風道長還沒完，在吟霜面前放一個大水缸，痛罵吟霜：

「妖狐妳還不現出原形，狐狸不諳水性，莫怪聖水澆身，讓妳痛不欲生！」

清風道長說完便將滿臉狼狽，又是雞血，又是香灰的吟霜，壓進大水缸裡。吟霜整個頭部被壓入水裡，不能呼吸，拚命憋氣，雙手又被反綁，痛苦掙扎！清風道長唸咒：

「太上有命，鎮妖驅邪，聖水澆身，妖狐現身！太上老君急急如律令，敕！」

二十個道士繼續拿著斬妖旗圍成圈，對吟霜全身揮舞。蘭馨著急的問：

「怎麼還沒逼出原形？」

「公主，此狐是隻白狐，來袁家『送子報恩』，公主誤殺了牠的胎兒，現在牠來報仇，功力強大！」清風道長說道。

「道長，那你趕緊作法，把牠的原形打出來呀！」蘭馨驚慌。

道長又把吟霜的腦袋往水中按去，大聲唸咒：

「聖水澆身，白狐現身！太上老君急急如律令！」

就在此時，皓禎撞開大門，飛躍而來，一個箭步，竄上祭壇，先從水缸裡一把撈起扶定了吟霜，接著一腳就把水缸踢翻。然後一躍而起，踩著一個個道士的頭頂，向前一個右蹬腳，踢飛了清風道長。皓禎轉身又一個後空翻，踏上祭桌用腿奮力橫掃，把一排道士全部踢得像骨牌般跌倒。頓時，清風道長摔了個四腳朝天。道士們也跌了一地，個個痛得哎喲哎喲叫。

吟霜脫離水缸痛苦揚起頭，因嗆水和煙灰雙重攻擊，又咳又喘，一時之間，連眼睛都睜不開。蘭馨看到皓禎，起身衝到祭壇中央，厲聲喝止：

「袁皓禎，不准你來破壞我的法事！這是我和妖狐之間的事情，你不要插手！」

皓禎衝到吟霜面前，看到她滿身是血，狼狽至極的樣子，心驚膽顫，急問：

「妳身上頭上怎麼都是血？他們對妳做了什麼？妳的眼睛怎麼了？妳的頭髮怎麼了？妳妳……」驚嚇得說不出話來。

吟霜嗆咳咳著，勉強睜開被煙灰灑過，又被火焰閃過，還被水淹過的眼睛：

「咳咳！咳……那不是我的血，是雞血……雞血……你不要生氣……」

「我不要生氣！」皓禎大叫：「我氣炸了！氣瘋了！」衝到蘭馨面前，抓起蘭馨的手，怒瞪著她：「妳想淹死吟霜嗎？妳以為用這種手段折磨她，就可以逼得我走進公主院嗎？」

蘭馨甩開皓禎的手，喊道：

「今天斬妖，是本公主在為民除害！」大吼：「清風道長，繼續作法！」挑戰的看皓禎：

「你是不是知道她是白狐，怕清風道長逼出她的原形？」

雪如、小樂、香綺、秦媽都衝向吟霜。雪如看到吟霜慘不忍睹的模樣，著急、驚嚇、心痛齊湧心頭，急呼⋯

「小樂、香綺、秦媽⋯⋯快把吟霜解開！快把吟霜解開！」

被踢得東倒西歪的道士識相的爬開，扶起清風道長。正當小樂、香綺要去幫忙解開吟霜的繩索，清風道長執迷不悟，厲聲阻止⋯

「不可以解開，白狐的原形馬上要現身了，不能前功盡棄呀！」

皓禎一腳踢掉在地上的桃木劍，右手一接，木劍在握，劍尖指著清風道長的喉頭，握定桃木劍怒喊⋯

「你已經弄了多久？看吟霜這樣子，你大概什麼咒都唸過了！為什麼沒有逼出她的原形？是你功力不夠？還是你才是妖道？啊？你說！你說！」

「此狐修練千年，已經附在駙馬身上，袁家全部被附身⋯⋯」

「你還在胡說八道，妖言惑眾！」皓禎大怒：「你到底逼出過多少妖狐的原形？多少鬼怪的原形？你說！你說！」

皓禎正在怒罵清風道長，魯超風塵僕僕回來，聽到聲音，走進公主院驚愕的看著，立即明白吟霜又遭殃了，氣憤不已。皓禎抓起一個小道士，就厲聲逼問道：

「你的師父說不出來，那你說！你們這些師徒，到底抓了多少妖？騙過多少人？賺過多少不義之財？冤過多少善良民眾⋯⋯快說！」

小道士嚇哭了⋯

「小道不清楚，不清楚⋯⋯」

「好！」皓禎一抬頭看到魯超，急忙說道：「魯超，你回來得正好！想必事情都辦妥了！現在，你馬上帶著將軍府的衛士，把這清風道長和他的二十個徒弟，全部押送到大理寺去，親手交給方漢陽，和他的兩位助手！說我袁皓禎舉發妖道二十一人，請他們漏夜徹查真相！」

「是！」魯超有力的伸手往後一招：「兄弟們，把這些妖道通通抓起來！」

立刻，許多衛士衝了出來，把清風道長和二十個小道士全抓了起來。

清風道長又大聲唸起「金光神咒」：

「三界侍衛，五帝司迎；萬神朝禮，役使雷霆；鬼妖喪膽，精怪亡形⋯」語氣一轉：

「白狐附身，不得安寧⋯⋯」

皓禎閃電般拿了幾張符咒，蘸了桌上的雞血，就塞進清風道長的嘴巴裡。清風道長吃了

滿嘴雞血，不住噁心著，被魯超和眾衛士押走了。

皓禎這才走近吟霜，見她滿臉蒼白虛弱，陷在極大震撼中，狼狽至極，又是淚，又是汗的說道：

「咳咳咳……煙灰在眼睛裡，髒水髒水……雞血雞血……」

繩索一解開，吟霜身子就向下滑，雙腿都在發抖，皓禎一把抱起她。蘭馨還在喃喃自語：

「白狐附身，冤有頭債有主……」

雪如忍無可忍，走向蘭馨，威嚴的說道：

「妳什麼時候才會停止這些瘋狂行為？現在，妳滿意了嗎？」痛定思痛的說：「蘭馨！這樣沒用呀！妳需要的不是『收妖』，是『收心』！如何收服人心，感動皓禎，才是妳該做的！現在，妳只會收到適得其反的效果！」搖頭，回頭對皓禎喊：「皓禎，我們快帶吟霜回畫梅軒，看她有沒有受傷！」

皓禎早就抱著吟霜走了。

❖

回到畫梅軒，又是一陣忙亂，丫頭們忙忙碌碌，把一桶又一桶的熱水，倒進好幾個浴盆裡，每個浴盆都倒到七分滿。秦媽指示著：

「繼續燒熱水，吟霜夫人這一身，恐怕要洗好幾遍才行！水涼了就趕快加熱水！」

秦媽把燒好的熱水壺注進浴盆中，用手試著水溫。

雪如和皓禎牽著滿臉淚，滿臉血，滿臉香灰，狼狽不堪的吟霜進來。吟霜還在驚恐受辱的情緒中，一直在發抖，一直在咳著。皓禎想安慰她，卻心如刀絞，勉強的說：

「還好沒有像上次那樣，弄得血肉模糊，我一進門，看到妳滿臉滿身血，嚇得我魂都沒有了！沒關係的，啊？馬上就可以洗乾淨！什麼陣仗都見過了，這一點雞血算什麼！啊？」用手托起她的下巴：「眼睛都紅了，娘！要用清水把她的眼睛細細洗過，這眼睛裡有灰有紙屑……哇！連睫毛都燒掉了！」他心痛的把吟霜往懷裡一抱。

「造孽啊！」秦媽說：「公子，把吟霜夫人交給我們吧！我們會幫她仔仔細細弄乾淨的，有傷的地方，她會教我們怎麼弄！」

吟霜掙脫了皓禎，勉強支撐著，低低的說道：

「你們都出去吧，我自己慢慢清洗。」

「不行！」雪如堅決的說：「妳一個人弄不了，這頭髮裡都是香灰雞血，讓我和秦媽來幫妳。皓禎，你出去吧。香綺，妳準備乾淨衣裳，從裡到外都要。盡量多燒一點熱水，皂莢多拿一點來，不知道怎麼洗，才能除掉這股血腥味。」

「娘，」吟霜咳著：「咳咳咳……吟霜怎敢勞動娘……咳咳咳……」

皓禎見吟霜如此，就捲起衣袖說道：

350

「妳們都出去吧，我來幫她清洗。」

「皓禎，」雪如說道：「你那大手大腳的，怎麼洗得乾淨？她連手指甲裡都有香灰和雞血。男人天生就是做不來這洗洗刷刷的細活兒，你好歹是個大丈夫，出去吧！你的心痛，娘明白！吟霜也明白！讓娘的手，代替你的手，好好洗掉吟霜為你受的苦，受的罪！」

雪如這麼一說，吟霜眼淚掉下來。皓禎趕緊把她的手，交到雪如的手裡，啞聲說：

「娘，那請妳就代替我幫幫吟霜！」又看著吟霜說：「不知道妳被折騰了多久？妳也不要太好強，我猜妳的手腳都軟了！妳還有什麼力氣幫自己洗？」敲著自己的頭：「我怎麼覺得皇上把我召進宮下棋，是有預謀的呢？」

「你出去吧，」雪如推著皓禎：「你出去吧，等會兒水就冷了！」

「好了好了，」雪如推著皓禎：「你出去吧，等會兒水就冷了！」

皓禎退出房去。香綺去準備衣裳、熱水，也退了出去。

雪如就喊道：

「秦媽，我們幫她把這身髒衣服脫了。」

吟霜已經筋疲力盡，就讓雪如和秦媽幫忙脫著衣服。衣服一件件褪下，吟霜雪白的肌膚露了出來。雪如牽著她的手，讓她坐進浴盆，卻一眼看到她後肩上，赫然有一朵「梅花」！雪如的眼光直勾勾的看著那朵梅花，大為震撼，臉色驀然間變得一點血色都沒有了。秦媽坐在吟霜的身前，沒有看到梅花，正拿著帕子，開始幫吟霜清洗。一會兒後，當秦媽抬頭看向

雪如，驚見雪如神色不對，問道：

「吟霜背上有傷嗎？」就起身，走到吟霜身後，雪如一把拉下秦媽，指指那朵梅花，秦媽立刻目瞪口呆。噹的一聲，秦媽把身邊的水壺撞倒在地上，幸好熱水已經注完，壺是空的。主僕二人的眼光，全部定定的停在那朵梅花上。

吟霜驚覺的問：

「妳們看到什麼？那朵梅花嗎？」

雪如屏息的，顫聲的說道：

「是！妳……身上……怎麼有朵梅花？」

吟霜進了浴盆，總算從作法的惡夢中，稍稍好轉了。她拿起帕子，幫自己清洗著，一面說道：

「我娘說，我生下來就有這朵像梅花的印記。我娘有一點點預知能力，她說這朵梅花注定要我認識一個人，這人身上有樹幹一樣的疤痕，結果我認識了皓禎，他手心裡有條樹幹！皓禎發現這朵梅花時說：『生生世世將共度，妳是梅花我是梅花樹』，我這才知道，我們是上天注定要牽在一起的兩個人！」

雪如聽著，秦媽聽著，兩人再互視著，都震撼到一塌糊塗。

雪如看著那梅花，眼淚充斥在眼睛裡，她顫抖著，用帕子洗著吟霜的身子，也洗著那朵

梅花，帕子細細擦過吟霜的肌膚，雪如的淚珠一滴滴落進木盆中。掀起一個個漣漪。每個漣漪裡，都有二十一年前的回憶。

❖

那是丙戌年十月十九日亥時。在將軍府雪如的產房中，嬰兒的啼哭聲驟然響起。雪如從床上掙扎撐起身子，汗濕亂髮，一臉絕望的喘息著：

「是個女兒！」眼淚奪眶而出，激動的一摃被子：「居然是個女兒！」

雪晴和秦媽洗乾淨新生嬰兒，雪晴轉頭緊張的說道：

「妹妹，這不是傷心的時候，幸好妹夫去抄安南王府，給了我們時機，現在我們只有按計畫進行了！」

雪晴便急急把準備在一個木盆中，被衣服掩蓋著的男嬰抱了出來。她把男嬰放在雪如床上，就要抱走女嬰。

「男娃兒給妳，女娃兒趕快給我！」

「不不不！」雪如死命抱著女嬰：「這是我的女兒，我捨不得！我們說生了龍鳳胎行不行？行不行？」

秦媽流淚，緊張說道：

「夫人，妳肚子那麼小，大夫每個月都來把脈，怎麼能說生了兩個呢？別說脈象不一樣，

就是肚子也裝不下呀！那樣說反而會弄砸的！快一點，奴婢好不容易才把人都打發出去，產婆也沒趕到！」

「別再哭了！」雪晴警告：「生了兒子要笑，萬一妹夫趕了回來，妳這樣哭哭啼啼怎麼行？妳勇敢一點呀！那翩翩也快生了，如果她生了兒子，還有妳的地位嗎？」

雪如坐起身子，抱緊女兒，露出女兒的肩，哽咽喊道：

「秦媽！梅花簪！」

秦媽急忙從火盆裡取出一個燒紅了的梅花簪，是預先就準備好的，交給雪如。

雪如握住梅花簪，手發著抖，咬緊牙關把梅花簪往嬰兒裸露的右肩後面烙了下去，嬰兒立刻大哭起來。雪如淚落如雨，顫聲說道：

「女兒！這朵梅花，烙在妳肩上，也烙在娘心上，娘會天天燒香拜佛，祈求妳會回到我身邊來！」

秦媽遞上藥膏，雪如幫孩子在烙印上擦著，從內心深處，絞痛的說道：

「女兒，再續母女情，但憑梅花烙！」

「好了好了！」雪晴從雪如手中奪過大哭的孩子：「妳聽姊姊的安排，不會害妳的！袁家三代單傳，這兒子太重要了！孩子給我吧，我抱走了！」

雪晴就把女嬰放在木盆中，匆匆用衣服把嬰兒蓋上，抱著木盆出門去。雪如眼睜睜的看

著女兒被抱走了，心碎倒在床榻上，抱著男嬰痛哭不止。

❖

這番清洗，用了好長好長一段工夫，終於把吟霜都弄乾淨了，頭髮也洗過，仔細擦乾，梳著簡單的髮髻。從洗身子、洗頭髮、洗指甲、洗臉、洗眼睛……雪如不肯讓任何人接手，都是她仔細的洗著，一面洗，眼淚就沒有停止的落下。吟霜看到雪如這般心疼她，也心酸酸的落淚。香綺送來乾淨的衣服，雪如又親手幫吟霜穿著，儘管吟霜不安的要自己穿，雪如和秦媽都含淚阻止。當吟霜一切妥當，雪如眼淚還不停的流著，和秦媽兩個，把已經清洗乾淨的吟霜扶進臥房來。

皓禎驚看雪如和秦媽，看到兩人都在哭，臉色乍變，跳起身子。

「怎麼了？她身上有傷？公主不止請道士幫她作法，還虐待了她？在哪兒？」拉著吟霜檢查：「傷在哪兒？」

「沒有沒有，不是不是！」秦媽急忙擦擦淚：「吟霜夫人身上沒有什麼傷，只有臉上被火星燙到一點點，已經上藥，沒關係了！」

皓禎鬆了一點口氣，不解的問：

「娘！妳為什麼哭了？」

雪如忽然無法克制的抱住吟霜，哭著說：

「我只是想到……吟霜……她受了好多苦，這麼多的折磨……我……幫她洗著洗著……心裡就痛啊……痛啊……」

吟霜好感動，眼淚也落下來……

「娘！妳幫我洗了一遍又一遍，這樣親自照顧我，已經讓我太感動！現在還為我掉眼淚，我怎麼擔得起？娘！別哭了！我洗乾淨，元氣也恢復了！我自己是大夫呀，我會振作起來，不礙事的！」

雪如還是緊抱著她，淚不可止。秦媽趕緊拍拍雪如，提醒的說道……

「夫人，折騰了這麼久，妳也累了。去休息吧，把吟霜夫人交給公子吧。」

「就是就是！我來接手！」皓禎趕緊說：「娘，謝謝妳！這麼心痛吟霜，像娘這樣愛兒媳婦的，實在很少！很多娘都跟兒媳婦像仇人一樣，逼得吟霜跳下三仙崖……現在，娘知道她的好了吧？」

雪如聽到皓禎提起這一段，竟然痛哭起來。秦媽慌忙拉開雪如，把吟霜交給皓禎。

「公子，吟霜夫人交給您！夫人今兒個，情緒太激動！看到吟霜夫人又受苦，她吃不消了！」就扶著雪如，把她連拖帶拉的拉走了。

吟霜看到雪如離開，眼睛紅紅的依偎進皓禎懷裡，說道……

「好奇怪！娘一哭，我就跟著哭！其實今天我受的苦，比起肉刷子，根本不算什麼！

娘……真的很疼我！」

「是！她一直是個很好很好的娘！」皓禎感動的說，就注視著她，說道：「又讓妳受到這樣的折磨和屈辱，我實在是個很壞很壞的丈夫！」

秦媽拉著雪如，一路穿過花園，回到雪如的臥房。立即把房門緊緊關上，還上閂，又去把窗子一扇扇關好。

雪如緊張的打開櫃子，又打開抽屜，找出一個精緻的首飾盒。雪如噙著淚喊：

「簪子！梅花簪！這些年來，我幾乎天天拿出來看，天天想著那個烙印！夜夜在夢裡找著有梅花烙的女兒……」打開首飾盒，拿出梅花簪：「秦媽，是不是一樣的？這梅花簪和吟霜肩上的，是不是一樣的？」

秦媽擦著眼淚說：「沒錯，除了夫人當初用了梅花烙，誰還會用這一招呢？算算年紀，也跟吟霜差不多！等您平靜一點，再問問她的出生年月日，就會更加清楚的。」

「不用問我也明白了！第一次見到她，就覺得她揪住了我的心！柏凱第一次見到她，就說她像我年輕的時候！秦媽，她回來了！我的女兒，回到我身邊了！」

「是啊！她回來了！」秦媽頻頻拭淚。

「不知道她從小是怎麼過的？收養她的爹娘是怎樣發現她的？我有多少問題想問她啊！」

她進了將軍府，就在我面前，我居然讓她當丫頭，還送她去公主院受虐待……我是多麼無情的娘！我……我……我要去向她坦白，去向她認罪！」就拿著簪子，神思恍惚的往門口走。

秦媽大驚，慌忙攔住雪如，抓住她的胳臂，喊道：

「夫人！不行不行！這事絕對不能說出來，這是夫人跟奴婢咬死的祕密！如果說出來了，皓禎公子怎麼辦？他已經愛了一輩子的娘，突然變成假的，他能接受嗎？將軍怎麼辦？他那麼喜歡皓禎公子，如何接受這件事？二夫人和皓祥公子會怎麼樣？他們一定會把夫人和公子，罵到無法立足的……」

「可是我不能再騙吟霜了，二十一年，我沒有付出的母愛，我要還給她！」雪如哭道……

「沒有給她的身分，我要補給她！我欠她太多太多，我要給她呀！」往門口走。

秦媽死命抱住雪如，緊張的喊道：

「她已經在您身邊，儘管去默默的愛她，儘管給她您所有的愛！但是，她是您的兒媳婦，不是您的女兒！如果您認了她，連她都會崩潰的！她一心一意，只想當皓禎的妻子，您不能剝奪公子的地位，讓她來頂替！」

雪如拿著簪子，身子滑在床榻上，哭倒在床上。

「可……她……她連皓禎的妻子都不算，上面還有個公主……我當初拋棄了她，讓她陷進這麼多悲劇裡，現在連還給她都不能嗎？」

「不能！不能！絕對不能！您再想想看，如果皓禎公子不是大將軍的兒子，皇上會把公主賜婚給公子嗎？如果真相大白，袁家全家都犯了欺君大罪，可能會滿門抄斬啊！那時，吟霜也難逃一死呀！」

秦媽的話，如當頭棒喝，點醒了雪如。

雪如痛定思痛，握著梅花簪，一簪子狠狠刺在自己手背上，立刻冒出血點。

「夫人！」秦媽驚叫，搶下了簪子。

雪如哭著說：

「自作孽不可活！我永遠無法原諒自己！」

這夜，雪如始終淚不可止，幸好柏凱晚上有應酬，沒有回府。深夜，雪如思前想後，心痛如絞，整夜無眠下，鋪開白紙，寫下一首血淚交織的詩：

梅花烙，做憑依，

何曾忘卻那別離，

歲月儘管無聲息，

常蕶然想起，

雖不敢回憶，

烙在兒身上，
痛在娘心底！

梅花再現時，
相見不相識，
心中頻頻喚兒聲，
化作點點淚如雨，
梅花烙，做憑依，
娘此心何許？
兒此情何繫？

兒自無知娘有恨，
心上梅花烙幾許？
片片花瓣知我意，
有悔，有憾，有忌！
我愛，我心，我女！

61

榮王府這天有點小收穫，這是失去四王後，唯一能讓他們出氣的事。伍項麒逮到了一個叛徒——顧青蘿！

青蘿被五花大綁著，項麒、項魁一邊一個，拖著她扔在伍震榮腳前。項麒勝利的說：

「爹，這叛徒青蘿，總算被我逮住了！她居然膽敢在我們那些據點出出入入，到處打聽她弟弟的消息！我幾天前就埋伏了人，今天在煤礦場，把她逮個正著！」

「這個在皇上面前做偽證，陷害我們的婊子！」項魁嚷嚷著：「爹，你就一劍把她捅了，出出最近的惡氣！」

伍震榮看著青蘿，上來就抽了她一個耳光，陰森森的盯著她問：

「妳這個賤人，真的喜歡上太子了？妳也沒有掂掂自己的份量，妳能當太子的什麼人？」

又一腳踢去，青蘿滾在地上。「我送妳去太子府是幹什麼的，妳完全忘了？沒關係！妳那弟

弟，我今天就把他殺了！」

「可是，那大力小子……」項魁口直心快的，差點說出秋峰被救走的事。

項魁踢了項魁一腳，趕緊接口：

「大力小子又怎樣？經得起我們的大刀長劍嗎？在他身上捅幾個窟窿，看他還有多大力氣？」彎腰低頭去看青蘿：「妳這個被我玩膩了的賤人，居然也能讓太子動心！可惜不會把握機會，現在姊弟二人都……」

青蘿呸的一聲，吐出一口血水，直噴在項麒臉上，正氣的說道：

「我知道我和秋峰都已經是死路一條！死就死！要殺就殺！你們父子是一窩豺狼，總有一天，會被太子收拾得乾乾淨淨……」

伍震榮氣得臉孔發青，拔劍出鞘，就一劍對青蘿刺去。

「我馬上送妳上西天！」

項麒立刻一攔，擦去臉上的血水，對伍震榮從容說道：

「爹，即使是廢物，也可以廢物利用！這青蘿還有用處！」就俯在伍震榮耳邊說了幾句悄悄話。就這麼辦！」震榮眼睛一亮，大聲喊道：「來人呀！把這個青蘿綁到練武場的柱子上！今晚等我回家，讓我親自監刑，用鞭刑打到她死！」

青蘿被捕，太子府立刻就得到了消息。太子大驚的看著鄧勇。

「什麼？青蘿被榮王逮住了？今晚要在練武場鞭打至死？」著急的說：「你趕快去通知皓禎和寄南，救人如救火，不管那榮王府是什麼天羅地網，我都要把青蘿救出來！這是我欠她的！也是我欠秋峰的！」

「遵命！屬下馬上派人去通知！」鄧勇說：「不過，聽說少將軍早上被皇上宣進宮去下棋，不知道是在皇宮還是在府裡！那寶王爺……」

太子心急如焚的打斷：

「算了算了！他們最近也忙得很！皓禎被我那妹妹蘭馨弄得心神不寧，寄南被他的小廝攪得昏頭轉向！我也不能永遠依賴他們兩個！你馬上幫我調派武功輕功最好的四十個人，我們去一趟榮王府！」

「據說行刑時辰是晚上，奴才還是去找少將軍和寶王爺比較好！」鄧勇阻止的說。

「這就是伍震榮陰險的地方，要殺就殺，為什麼拖到晚上？」太子分析：「還公開在大門口嚷嚷行刑時辰？這明明就是用青蘿當誘餌，想讓我們得到消息，晚上趕去，看到的大概是青蘿的冤魂和埋伏的武士！不行，我們行動要快！趕緊調齊人手！」

「說不定，現在也有埋伏！」

「對！但是現在他料定我沒工夫找皓禎和寄南！料定我不敢單獨行動！晚上的埋伏比較

險惡！不管怎樣，白天也好，晚上也好，都是危機四伏！可是，時辰越早，青蘿活命的希望

越大！」太子說。

「是！屬下這就去調人！」鄧勇急忙轉身走去。

「不過這事不能蠻幹，還是要有點計畫才行！」太子深思喊道：「鄧勇！回來！」

鄧勇折回，太子便對鄧勇叮囑，兩人神態嚴肅。鄧勇拚命點頭。

片刻以後，太子穿著正式官服，帶著二十個穿著東宮衛士服的武士，浩浩蕩蕩來到榮王

府大廳。太子大聲喊道：

「聖旨到！榮王接旨！」

伍震榮和項麒都匆匆來到大廳，看到太子，父子交換眼色。

太子手拿聖旨，看到伍震榮，嘩啦一聲，打開聖旨，嚴肅的說：

「榮王聽旨！」厲聲喊：「還不跪下！」

伍震榮挺直背脊，不慌不忙的看著太子，冷冷說道：

「這聖旨不知道是真是假？太子親自送聖旨，也是破天荒第一遭！如果是真的，交給本

王就是！如果是假的，太子就說明來意吧！」

「大膽！」太子喊：「假傳聖旨，是死罪一條！本太子還能假傳嗎？你不跪下，等於拒

接聖旨！」回頭看東宮衛士：「給我把榮王和這位駙馬，通通拿下！」

太子身後的二十個衛士，立刻衝上前去捉拿伍震榮和項麒。

「原來太子要來砸榮王府！」項麒大聲說道：「以為這兒是可以輕鬆進來的地方嗎？」

「別管他是太子還是天子！」伍震榮大喊：「來人呀！給我打！」

伍震榮的手下，全部湧出。太子喝斥：

「榮王，你竟敢以下犯上，無法無天！我今天代替父皇懲治你！」

太子說著，內力微提，凌空躍起，使出「大鵬展翅」，半途中背身拔劍，昆吾劍出鞘，寒光閃閃，劍尖直指伍震榮，來勢銳不可當。伍震榮一驚，趕緊拔劍應戰，太子手中三尺青鋒，舞出一片青光，劍出如暴雨之驟，如匹練之勁，如羅帶之纏……劍招變化，剛柔相濟，灑向伍震榮。伍震榮的劍法也不差，劍運如風，架擋攔拆，如封似閉，化為一道白幕，和青光糾纏著、對抗著！兩人瞬間過招十數個回合，打得天翻地覆、難解難分。太子身後的東宮衛士，也和榮王的武士打成一團。頓時，大廳裡的桌椅擺飾，被兩人的劍風掃到之處，通通打得碎裂一地。茶茶水水，到處四濺。太子手下，武功個個高強，無奈伍震榮手下，功夫也是一流，而且人越來越多。

太子盯緊住伍震榮，窮追不捨，纏著他打，一劍緊似一劍，下手招招盡向伍震榮的咽喉、胸口、頭顱等要害處招呼，毫不容情。伍震榮武功畢竟不敵太子，越打越吃力，兩人纏鬥在一起，一個劍使如疾風，一個劍舞如驟雨，劍鋒破空而過，嘶嘶之聲，不絕於耳，劍劍

相碰之處，火花點點、燦若繁星。伍震榮手下急於插進去，卻被兩人劍風逼得無法靠近。項麒緊急喊道：

「張強！李順！調最好的武士來！來人呀！」

就在大廳裡打成一團的時候，青蘿披頭散髮，臉上瘀傷，嘴角流血，十分狼狽的綁在練武場的柱子上。一個武士，拿著鞭子，正在鞭打青蘿。青蘿的衣服，隨著鞭打而碎裂。項魁在旁邊監看，得意洋洋，對青蘿說道：

「妳以為晚上才會處置妳嗎？現在就打得妳不死不活，看他們怎麼救妳？」

青蘿壯烈的大聲喊道：

「伍震榮！你打死一個女人，算什麼英雄？你不配給太子擦鞋，不配給太子當奴隸！什麼是英雄，什麼是狗熊，比一比就見分曉！你想謀取本朝江山，在太子眼皮底下，你連邊都摸不上……」

「妳這個婊子，賤人！」項魁大怒，搶過鞭子，越發狠狠打向青蘿：「我打死妳，看妳這張臭嘴還能不能說！」

此時，練武場的圍牆上，無聲無息的爬下來約二十個黑衣蒙面人。黑衣人一落地，就疾若蒼鷹、飛一般的衝上去。項魁突然被攔腰重重一踢，瞬間哀號倒地，其他人立刻去解開青蘿的綑綁。

「來人呀……」項魁大喊。

項魁沒喊完，穿著黑衣蒙面的鄧勇，用劍柄對著他腦袋一敲，項魁就暈了過去。

「如果不是太子叮嚀只要救人，不要殺人，今天我就斃了你！」鄧勇說著，就衝到青蘿身邊，把青蘿背在背上，說：

「青蘿姑娘，妳還有力氣可以圈住我的脖子嗎？我要翻牆救妳出去！」

鄧勇說話中，伍震榮的手下大批湧到。同時，太子、榮王、項麒等人和手下，也打到了練武場。太子大喊：

「青蘿！信任黑衣勇士！妳先退！我馬上就來！」

鄧勇背著青蘿，一提內力，「鷂子鑽天」一躍而起，轉瞬間，翻牆而去。青蘿緊緊圈著鄧勇的脖子，即使在翻牆時，仍然不住回頭看著還在惡鬥中的太子。

太子見青蘿已經救走了，忽然跳出戰圈，舉著聖旨說道：

「這確實不是皇上的聖旨，是皇后的懿旨！」

伍震榮也跳出戰圈，一驚問道：

「什麼？」

太子把手中聖旨攤開，紙張平平的飛向伍震榮，只見上面好些大字。所有武士都停止打鬥，去看那張紙上寫著什麼。伍震榮定晴一看，紙張上的字竟是：

「東郊別府纏綿中，皇上是否能縱容？」

伍震榮大驚，急忙去抓住那張聖旨，拚命撕碎。這榮王府雖然武士眾多，真心為伍震榮盡忠的沒幾個，伍震榮也知道，如果這場鬧劇，以這張假聖旨收尾，他在朝廷上也別混了！

何況四王之死，已經傳遍朝廷，很多大臣，對伍震榮恨得咬牙切齒。如果這假聖旨的內容再流傳出去，伍震榮和皇后都會吃不了兜著走！伍震榮顧不得青蘿了，只想毀掉這聖旨，偏偏聖旨是絹做的，厚實柔軟，撕了半天撕不碎，伍震榮拿劍亂刺，才終於刺碎了。

而太子已經趁機飛躍上圍牆，和黑衣人一起迅速的撤離了。

伍震榮跳腳大怒，喊道：

「我們這榮王府，還算銅牆鐵壁嗎？增強武力，立刻增強武力！調一百個高手來！還要能爬牆的！」

❀

太子就這樣，在沒有皓禎和寄南的協助下，救走了青蘿。回到太子府，引起了一陣騷動，白羽、楓紅、藍翎都圍了過來，幫著青蘿梳洗更衣。因為青蘿遍體鱗傷，太子妃傳了御醫，幫她治傷。

到了黃昏時分，青蘿梳洗乾淨，換了衣服，臉上還是帶著傷痕，在白羽、楓紅、藍翎扶持下，腳步不穩的走進太子書房。太子就關心的看著青蘿，說道：

「青蘿，妳渾身都是傷，怎麼下床了？御醫說妳起碼要躺個十來天！」

「回太子……」白羽說：「她睡了一下，醒了就鬧著要來見太子和太子妃，我們沒辦法，只好帶她過來！」

「太子！太子妃！」青蘿低喊道，就跪下匍匐於地，對二人行大禮。

太子妃急忙走過來，扶起青蘿說：

「回家就好。不要行禮了，妳那滿身傷，一定動一動都痛，可憐呀！被打成這樣，當初聽我的不好嗎？」

「太子妃，青蘿任性，辜負太子妃一片好心，慚愧無比！」青蘿含淚說，又看向太子問道：「不知等我身體好了，太子的服飾，能不能還讓青蘿來打理？」

太子溫柔的看著她說：

「不再推給別人了？」

「就算幫太子摺一條帕子，都是青蘿的榮幸！」青蘿誠摯的說道。

「言重了！」太子說：「今天雖然在打架，聽到妳在那兒嚷嚷，說伍震榮不配給太子擦鞋，不配給太子當奴隸！什麼是英雄，什麼是狗熊，比一比就見分曉！什麼伍震榮想謀取本朝江山，連邊都摸不上……青蘿，這幾句話，對我可有千斤重呀！」

青蘿低頭，默然不語。太子就更加溫柔的問：

「妳還想離開太子府嗎？」

「等我的傷好了，我還是想去找我弟弟！」青蘿說：「不過，我知道我一個人的力量太

小，不知道太子還願不願意幫我？」

太子回頭看鄧勇，喊道：

「鄧勇！你那徒兒呢？帶來了嗎？」

鄧勇微笑的回答：

「恐怕就在門外了！」

鄧勇走去，把房門打開。秋峰赫然站在門外。太子喊道：

「秋峰！你可以進來了！」

青蘿不能呼吸了，眼光看著門外，痛喊出聲：

「秋峰！真是你？」

秋峰奔進門來，看到青蘿，不敢相信的跪下。姊弟二人，彼此淚眼相望。

青蘿眼淚一掉，哽咽著喊：

「秋峰，你都長這麼大了，姊姊找了你整整四年！姊姊以為你……以為你被姓伍的人弄

死了，沒有料到今天還能看到你！」

「姊姊，姊姊，姊姊，姊姊……」秋峰一疊連聲喊著，又回頭喊：「白羽，我找到姊姊

了！」秋峰又摸著青蘿手背上的傷痕，激動問道：「是誰打傷了妳？我要找他拚命！姊，我長大了，我可以保護妳了！」眼圈紅了：「姊，看妳被人欺負成這樣！我要練武，我要幫我們的爹報仇！姊，妳不要哭，妳有秋峰來照顧，妳不要哭……」

青蘿抱著秋峰，哭得唏哩嘩啦，白羽等三個姑娘跟著哭。哭了半晌，青蘿說道：

「是的是的！我有秋峰保護，不會再被欺負了！我不哭不哭……」轉身，對著太子，又匍匐於地磕頭，再抬眼深深看太子……「太子，您給青蘿的，是千千萬萬斤……數不清，算不清的『重』呀！」

「我答應過妳，要讓你們姊弟團圓！」太子說：「我實踐我的諾言了！」

「太子一諾千金，即使對渺小無知的青蘿，也不曾失信！青蘿有負太子，一定粉身碎骨來報答！」

「本太子不要妳的報答，只要妳們姊弟，從此遠離魔掌和災難！」

「姊！」秋峰抹掉眼淚說：「是太子和我師父把我從鐵舖場裡救出來的！他們就兩個人闖進鐵舖場，打倒了姓伍的一票人，光明正大用太子身分，把我帶走！」

「是嗎？」青蘿看著秋峰，忽然緊緊抱著秋峰，又哭了起來：「太子找到你了！縱使我那麼任性，他還是幫我找到你了！我們姊弟團圓了！團圓了！」泣不成聲。

太子妃擦著眼睛，眼裡也是濕漉漉。

太子滿意的微笑著，充滿感性的看著青蘿，心想，手足之情真好！如果伍震榮沒有扣留秋峰，以青蘿的個性，可能老早就以死保住貞節，怎麼可能忍辱偷生到今天？對秋峰的姊弟之情，是支持她堅強活著的力量，也因此，才會陰錯陽差，被送到他身邊來！對這樣至情至性的青蘿，有個性有自尊的青蘿，他確實打心眼裡佩服！由青蘿想到自己，宮中兄弟姊妹雖多，何曾有過像青蘿和秋峰這樣的感情？不彼此鬥個你死我活就不錯了！想到這兒，他還真羨慕生在尋常百姓家！

❖

太子救走了青蘿，這事皓禎和寄南都不知道。就在太子救青蘿的時候，寄南、靈兒和漢陽都忙得很，因為，這天大理寺休息，漢陽和寄南、靈兒正在談著四王之死的事，忽然，一個僕人奔來說道：

「漢陽大人，袁家的魯超，押解了二十一個妖道在大理寺等候，說是袁皓禎少將軍捉拿了妖道一批，請大人立即審問！」

「妖道？」靈兒驚喊：「皓禎怎麼會捉拿到一群妖道？還要求漢陽大人立即審問！」忽然一拍腦袋：「不好！一定吟霜又遭殃了！」就拉著漢陽的袖子搖著：「大人、大人！小的已經準備好了！兩個助手都在，趕快去大理寺辦案吧！」

「今天大理寺沐休呀！」漢陽愕然的說。

「如果魯超親自押送人犯過來，一定案情重大！」寄南說：「漢陽，你的沐休只好臨時取消，我們快去大理寺！」拉著漢陽就走。

漢陽被兩人拖著走，驚訝的喊：

「喂喂，你們兩個快放手！到底你們是主子還是助手？本官有說要立即辦案嗎？」

「這案子憑小的直覺，一定牽連很廣，有皓禎，有吟霜，是超級大案！快走！」靈兒不由分說的拉著漢陽。

漢陽被兩人拖著走。

「不止皓禎跟吟霜，可能還有皇上、皇后和公主！」寄南補了一句。

漢陽一聽，確實嚴重！神色一凜，趕緊出門去。

沒多久，三人就趕到了大理寺。漢陽坐在公案台上，寄南和靈兒站在台下兩邊，衙役四周列隊。魯超帶著被綁著手的清風道長和二十個道士站在台下。漢陽威嚴的問：

「魯超，案子是怎樣的？」

寄南接口：

「剛剛本助手已經和魯超談過，瞭解了一下案情！這個清風道長，在長安城很有名，專門捉拿妖狐鬼怪！今天他帶著二十個徒弟，在將軍府公主院裡設壇捉拿妖狐，把白吟霜夫人折磨得不成人形！皓禎已證明他妖言惑眾，要大人審查明白他累積犯案有多少？」

漢陽驚堂木一拍，威嚴的問：

「清風道長，你把你歷年抓到的妖狐一一說清楚！哪條街？哪戶人家？什麼妖？什麼怪？全部招來！」

「大人！」清風道長傲然的回答：「那可說不清，太多太多了！有的是妖狐，有的是鬼魅，各種妖魔鬼怪，應有盡有！」

寄南拿著紙筆在紀錄，威嚴的問道：

「今天你在將軍府，聽說雞血用了不少，也沒逼出妖狐的原形。現在我幫你記錄，今年的案子你總清楚，到底捉到那些妖？」

「數不清！數不清！」

靈兒大怒，上來一踢清風道長的腿彎，道長就跪下了，靈兒大聲喊：

「什麼叫數不清數不清？你是漿糊腦子嗎？抓過的妖怪都記不得？如果你不說，小的就要用刑了！」就大聲下令道：「準備肉刷子！」

漢陽坐在審判台上，哭笑不得，心想：「這兩個助手比本官還要有氣勢！肉刷子也用上了！」只得趕緊一拍桌子，厲聲說道：

「那二十個道士，通通跪下！你們二十個，總有記錄，到底作過多少法？抓過多少妖？如果不坦白說出來，本官只得以妖道的罪名，把你們遊街示眾之後，鞭刑侍候，再關進大牢二十年！」

衙役上前，二十個道士全部跪下了。靈兒催促：

「快說快說！本助手立刻求證，如果你們真的逼出過妖怪的形狀，就饒你們死罪！本助手好奇得很，真想看看妖怪長什麼樣？」

二十個道士，嚇得哭哭啼啼。

「我說我說！抓妖的記錄我都有，真的有妖有狐，不是騙人的！」

「真的有妖有狐？」寄南拿筆記著：「在哪兒？我記下來！一條一條說！」其中一個說著。

接著，審問暫停。兩個助手帶著魯超上街找證據。寄南拿著地址，對著街道名稱，靈兒、魯超帶著靈兒煩惱，一處處尋訪。

寄南對靈兒煩惱的低語：

「妳看，麻煩終於來了吧！今天公主又鬧出這個收妖的把戲，一定跟妳那蠍子蟒蛇的事件脫不了關係！」

「那怎麼辦？」靈兒懊惱，一想：「反正我們已經知道漢陽是一位正人君子，是可以信任的人了，不如我去向漢陽招供蠍子蟒蛇的事情是我幹的，免得害吟霜一直被誤認為妖狐！」

寄南還有隱憂，急忙阻止：

「不行不行！妳的身分還是不能暴露，還不到坦白的時候，咱們今天先抓清風道長的把柄重要！」

三人已經找到第一個地址，眼見門口就碰到一個瘋瘋癲癲的老太太。

老太太披頭散髮，恐懼的喊著：

「我是妖怪！我是妖怪！清風道長饒命呀！不要用雞血噴我呀……我承認，我是妖怪！

我是我是……」

「你是什麼妖怪？山妖？樹妖？水妖？那一路的妖怪？」寄南問。

「都是！都是！什麼妖都是！」老太太喊著：「饒命呀！不要用符咒燒我的頭髮呀……

痛呀……」

「用符咒燒頭髮？」靈兒驚喊：「難道吟霜也被這樣欺負嗎？怪不得皓禎要我們立刻辦

案！聽說這清風道長還是皇后派去的！」

「再去看看那個狐狸案子！」寄南臉色鐵青。

只見魯超帶著一個搖搖晃晃的老爺爺從民房出來。魯超說：

「寶王爺，這個人說，他親眼看到了狐狸現身！」

「哦？」寄南驚奇的問老爺爺：「你親眼看到嗎？是個什麼情況？」

老爺爺誇張的說道：

「那個清風道長一作法，我就看到那隻狐狸現形了！整隻狐狸都是紅色的，還會發光，

舞著爪子，拖著九條尾巴，嗷嗷嗷的叫，可怕可怕……」

「紅色的狐狸？太稀奇了！九尾狐我倒聽過，沒有見過！這位老爺爺，你會不會看錯呀？

不是大狗？不是牛？是紅色的狐狸？」靈兒問。

「是是是！不會錯，我看得清清楚楚！」

寄南仔細看老爺爺，用手在他面前搖了搖，又用手在他眼前做各種手勢，問道：

「這位老爺爺，不知道你失明多久了？」

老爺爺一怔，羞澀的笑了，訕訕的說道：

「瞎了十年了，清風道長說，只要我說看見了，就給我錢，我苦哈哈一個瞎老頭，能賺

就賺幾個唄！」寄南和靈兒相對一看。

然後，寄南等人走進一座破落院子，有個婦人大腹便便，一見陌生臉孔就驚聲大喊，在

院子裡亂竄，到處躲著靈兒等人，喊道：「不要抓走我的孩子，不要抓走我的孩子，他不是

妖魔！他是我的孩子！你們不要過來！」

「我們不是來抓妳的孩子，我們只是要問妳幾個問題，妳不要躲呀！我們不會害妳的！」

靈兒對婦人安撫。

婦人驚慌亂跑，肚子裡掉出一個臃腫的包袱，婦人一驚，撿起地上木棍，亂吼：

「看我的桃木劍，打死妖魔，打死妖魔！」突然又丟了木棍，抱緊包袱哭喊：「他不是

妖怪，他是我可憐的孩子！他不是妖怪！你們好狠啊！打死我的孩子！」

寄南想喚醒婦人，抓住婦人的肩膀搖晃，疾聲問：「是誰打死妳的孩子？是誰？」

婦人像突然被搖醒，眼光茫然的說道：「是道長……是清風道長！他說我肚子裡的孩子是妖魔轉世，不能生下來！用桃木劍把我打得小產……」掩面痛哭：「我可憐的孩子……」

靈兒和寄南、魯超震撼又憤慨著。

接著，寄南等人被一壯漢帶到小溪邊。只見有個男孩在溪邊跳上跳下，一下上岸，一下又跳下水。男孩喃喃自語：「我是水妖，我吃魚！我是水妖，我不怕你東海龍王！」

壯漢對靈兒等人說：「他是我兒子，幾年前生怪病發燒不退，清風道長說我兒子被水妖附身，一定要吸水氣才能趕走水妖，於是讓我兒子在溪水裡泡了七天七夜……結果……」哽咽得說不下去：「結果就變成這樣了，高燒是退了，但是變成失心瘋了……」掩面大哭

「唉！這就是活鮮鮮，病急亂投醫的結果！這個清風道長，太可惡了！」靈兒說。

「在他手上，不知還愚弄了多少百姓鄉民！」寄南憤慨。

「你的兒子被清風道長逼瘋了，難道你就這樣放過他了？」魯超問壯漢。

「人人都說清風道長有宮裡的靠山！我們小老百姓怎麼惹得起！」壯漢無奈的說。

靈兒和寄南、魯超聞言，義憤難當。

✤

辦案的寄南和靈兒，回到了宰相府，會合了漢陽，三人走在庭院裡。靈兒說：

「我們訪問了十幾個有妖的人家，沒有一戶是真的，也沒有一戶看到過妖狐或是鬼怪！這個清風道長，確實是個妖言惑眾的大壞蛋！」

寄南憤憤不平的接口：「皇上和皇后總是我朝地位最高的人物，怎會相信清風道長這號騙徒？還讓他去將軍府欺負吟霜？氣死人了！」

「皇宮其實是個很陰暗的地方，裡面的冤魂數都數不清！」漢陽深思的說：「那玄武門發生過兵變，多少冤魂和血腥！所以，皇室的人都迷信鬼神，因為鬼神可以安慰他們自己，遮蓋一些內心不願意面對的事實！」

「漢陽大人，你說得太深奧了！木小廝聽不太懂！」靈兒說：「總之，你要把那些壞蛋道士，趕快定罪，遊街，坐牢！給吟霜出口氣！想到吟霜不知道又受了多少苦，我真是快要氣死、急死了！」

「把道士定罪，這是理所當然！」漢陽眼光深邃的說：「但是，將軍府裡受害的，應該不止吟霜一個吧？」

「除了吟霜，還有誰會受害呢？」寄南莫名其妙的問。

漢陽長長一嘆，說：「那個作法失敗的公主，現在情況如何呢？」

寄南眼光銳利的看向漢陽，此時此刻，誰會去同情公主？他若有所思的說道：

「哦？還有公主！」

是的，還有公主！這晚，公主病了。

這是個狂風驟雨的夜晚，閃電不斷劃過了夜空，大雨傾盆而下。公主院的院落裡，早就落英繽紛，幾棵桃花梨花樹，在風中搖曳，發出各種呼號的聲響。窗櫺被風吹得不住顫動，窗隙裡，風雨鑽了進來，幾扇沒關好的窗子，發出砰砰的響聲。宮女們忙忙碌碌，掌著搖曳欲滅的燈火，趕緊關好各處門窗。

蘭馨躺在床榻上，額頭不斷冒冷汗，一直夢囈著。崔諭娘焦慮的守著她，為她擦汗。宮女在一旁忙著換冷帕子給崔諭娘，若干宮女端著水盆進進出出。宮女焦慮問：

「公主一直這樣發燒不退，怎麼辦呢？」

「少廢話，再去換冷水來！」崔諭娘說：「不管怎麼樣，一定要讓公主趕緊退燒。」掀起蘭馨被子，指揮著：「公主的腳也用冷帕子敷一敷，快！」

崔諭娘手忙腳亂，帶領著眾宮女幫蘭馨降溫。蘭馨夢囈著：

「白狐……白狐……不要過來！不要過來！」瞪大眼珠，驚喊：「不要過來！」

蘭馨嚇得驚醒，全身發抖，瑟縮到床邊的角落，對宮女和崔諭娘喊：

「妳們不要過來！不要害我！不要害我！妳們是妖女！妳們都是妖狐！」大喊：「我是

公主，妳不能傷害我！滾開！滾開！」

「公主，我是崔諭娘呀！」崔諭娘著急喊著：「公主，您醒醒！您快看清楚！我是您的

崔諭娘呀！」

「崔諭娘？」蘭馨突然醒神，認出崔諭娘，流淚大哭，爬向崔諭娘，擁抱著她喊：「崔

諭娘！崔諭娘！從小都是妳在照顧我，妳才是我的娘！我的娘！崔諭娘！」

崔諭娘抱著蘭馨，一起哭：

「公主！奴婢無能，不能保護公主！讓您受這麼多委屈！公主呀！我可憐的公主！」

宮女們被這一幕主僕情深的情景感染著，有的也跟著落淚。

蘭馨抱著崔諭娘，繼續流淚，悲傷的說著：

「不能讓母后知道我這樣子，她會看不起我……」忽然驚恐的，小聲的說：「那白狐來

袁家，送子報恩，我……我們把她的兒子弄死了，還有為了那百鳥衣，原來伍項魁殺死了她

的爹，她來找我報仇了！」

崔諭娘擦著淚，振作精神說：

「公主，吟霜小產，那是奴婢的錯！要報仇也是找奴婢！您現在發著高燒，什麼都別想，我們先把身體養好……」接過宮女端來的湯藥：「來，先吃退燒的湯藥，來！」

蘭馨才喝了一口，全吐了出來，將湯碗砸到地上，恐懼的喊著……

「那是雞血！妖狐喝的雞血！我不喝！我不喝！我不能喝！」

蘭馨躲到被窩裡，全身顫抖。

❖

在畫梅軒的臥室裡，皓禎擁著吟霜，看著窗外的狂風驟雨。皓禎說：

「魯超回來都說了，那個清風道長的真面目已經被漢陽、寄南、靈兒聯手破了，妳以後再也不用怕清風道長，他不會再來欺負妳！」

「幸好有漢陽，能夠這麼快就辦案。」

「聽說寄南和靈兒的貢獻也很大，魯超說，靈兒在大理寺，那氣魄比漢陽還大！漢陽真收了一個好徒弟！」皓禎就不捨的問吟霜：「為了保護靈兒，不知道妖狐這樣的罪名還要讓妳背多久？找機會我和寄南商量一下，總不能讓妳一直背這個黑鍋！」

「靈兒就像是我自己的親姊妹，只要不讓靈兒陷入危險，這黑鍋我就扛著吧。我還承受得住……」吟霜說著，就不由自主的一嘆：「唉！」

「別嘆氣！聽到妳嘆氣，我就充滿罪惡感，居然跑去跟皇上下棋！現在我是驚弓之鳥，怎麼辦呢？只要我一會兒沒看到妳，就不知道妳會發生什麼事！當時，妳是不是嚇壞了？他們居然用燃燒的符咒在妳臉上揮灑，真是氣死我！妳痛嗎？」

「都過去了！忘了吧！」吟霜偎進他懷裡。「希望再也沒有這種事情發生，我一點也不想回憶到那個情形。」

「是，不談了。」皓禎憐惜的說：「我要更加把妳保護好一點。」看看窗外：「好大的雨，怎麼突然下起大雨來？」

吟霜擔心的看看窗外問：

「那梅花樹會怕雨？」

「梅花樹的好處就在這兒，風霜雨露都不怕！我們也是！」

吟霜微笑著倚偎在皓禎胳臂上，皓禎就無比珍惜的摟著她。

在雪如的臥室裡，雪如坐在床沿，心不在焉的聽著窗外的雨聲。柏凱躺在床榻上，不安的看著她：

「妳怎麼了？眼睛都腫了！是為了公主作法的事嗎？皓禎不是立刻把那個清風道長抓去大理寺了？」

雪如眼淚又掉下來，心中漲滿了說不出來的苦澀。

「我……只是捨不得吟霜一次一次被公主折磨，這以後他們還有那麼長的日子，吟霜都要這樣過下去嗎？」

「其實皓禎也要負點責任，兩個老婆，他也太厚此薄彼了。」柏凱深思的說：「如果雨露均霑，恐怕情況會好一點。我要跟皓禎好好談一談。」

「不要！不要！」雪如立刻緊張起來：「那公主是得寸進尺的人，她永遠不會滿足的！如果皓禎再去敷衍她，她的氣焰不知道會囂張成怎樣，吟霜一定會受更多氣，連皓禎的專一，吟霜也失去了！」

「唉！對方是公主，位高權大，我們才難辦。」

「我現在真後悔，當初皇上有賜婚的念頭時，皓禎就極力反對，幾次三番為了這個婚事，和我們翻臉，我們全都逼迫著皓禎娶公主，結果造成今天這個情形！當時，我們為什麼不支持皓禎呢？」雪如痛悔的說，眼中又淚汪汪。

「說這個還有什麼用呢？快睡吧。」驚看雪如：「怎麼又哭了？」

「沒有！沒有！」雪如掩飾的說：「就是……心很痛！」

雪如躺下床，悄悄的拭淚。是的，心很痛，很痛！那個一出生就被她放棄的女兒，直到今天，她這個親娘，才第一次幫她洗澡，還是在她被公主折磨到不成人形的時候！那帕子幾

度擦過那朵梅花，二十一年！梅花有點模糊了，形狀依舊在！她卻不能對吟霜說：「再續母女情，但憑梅花烙！」即使發現了梅花烙，她也無法認她！心很痛，很痛……這麼好的一個女兒！善良，美麗，溫柔，懂事……還充滿愛心！當初，她怎會忍心放棄她？她是多麼自私的、狠心的親娘！淚，是流不盡的。

雪如在將軍府裡流淚，公主院裡的蘭馨，卻越發瘋狂。

大雨中，庭院裡的樓台亭閣，假山樹影，都在風雨中像鬼魅般扭曲著。蘭馨不知何時從房裡出來了。她穿著寢衣，臉色蒼白，頭髮散亂，神情恍惚的在大雨裡走著。她一邊走，一邊自言自語：

「本公主是天不怕地不怕的蘭馨公主，我姊姊樂蓉公主整天在家打馬毬，還在院子後面弄個馬毬場！要馬毬場幹什麼？我不要馬毬場，只要這些妖魔鬼怪，通通讓開！」望著虛空，好像看到什麼，驚懼的喊：「你們讓開！不許對本公主無禮！不要過來！不要過來！」

崔諭娘從屋裡衝出來，見蘭馨在淋雨，大驚失色，抓了一件外衣奔向蘭馨，慌張喊：

「公主呀！您怎麼深更半夜跑出來淋雨……」為蘭馨披上外衣：「您的燒都還沒有退，現在又淋得那麼濕，公主！您要珍惜自己呀！」

蘭馨害怕的看著雨中搖曳的樹影，小小聲說道：

「崔諭娘！妳看妳看！白狐！白狐！」

「哪兒有白狐？那是樹的影子！快跟奴婢回房間吧！」

崔諭娘要去抱蘭馨，蘭馨忽然看著崔諭娘大叫：

「妳是誰？不要過來！妳是白狐，妳是妖狐！不要過來！」

崔諭娘急得快哭了：

「公主！我不是白狐！您醒醒啊！我是您的崔諭娘呀！我怎麼會是白狐呢？」

蘭馨披頭散髮，滿臉雨水，眼神狂亂的環視四周。只見暗夜的大雨中，出現了一對狐狸閃耀晶亮的眸子。蘭馨恐懼的大叫：

「狐狸眼睛瞪著我！」轉頭，卻赫然看到另外一對狐狸眼睛，大驚大懼：「哇呀！這邊也有！」

蘭馨恐懼的四面張望。只見四周，冒出許多狐狸眼睛，猙獰恐怖，對她步步逼近。蘭馨雙手抱著身子，四面逃竄：

「不要追我！不要追我！好多好多狐狸眼睛，怎麼辦？」指著：「這兒有一對！」又指：「這兒也有，到處都有！」

「公主公主！您燒糊塗了！沒有狐狸，狐狸已經被清風道長趕走了！趕快跟奴婢進去吧！不要再淋雨了！」崔諭娘急喊，又對宮女們喊道：「大家趕快出來扶公主呀！」

宮女紛紛從門內奔出，拿著傘來遮蔽蘭馨。

在蘭馨的眼中，只見一隻隻隱隱約約的白狐，對她撲了過來。蘭馨大駭，拔腳就逃，跑來跑去，四面都是白狐。蘭馨哭喊：

「我被白狐包圍了！四面都是白狐呀！」

蘭馨一陣亂跑，抱著頭奔逃，一頭撞在一隻龐大的白狐懷裡。白狐的大爪子，把她一抱。蘭馨尖叫：

❖

「公主！我是您的崔諭娘，我不是白狐啊！」

崔諭娘緊緊的抱著蘭馨，哭著喊：

「白狐抓住了我！救命呀！白狐抓住了我！」

第二天，雨過天晴。雪如帶著秦媽，兩人都抱著一大堆東西走進畫梅軒。

「夫人，小心點，昨夜下過雨，地還沒乾，當心路滑！」秦媽叮嚀著。

雪如眼睛腫著，聲音哽著，急急喊道：

「吟霜，我帶了一些衣料來，還有一些吃的，都是最好的糕點，妳太瘦了，要吃胖一點，還有我的一些首飾，妳來挑挑看！耳環、項鍊、髮簪、手鐲、戒指什麼都有！」

「娘，妳來送聘禮嗎？還是送禮物？」皓禎驚愕的起身。

雪如就怯怯的問道⋯

「吟霜生日是哪一天呢？娘⋯⋯都不知道！」

「皓禎沒說嗎？」吟霜起身，驚訝的說⋯「我和皓禎只差一天，我是丙戌年十月二十日！」

「他是十九日，是嗎？」

雪如一個踉蹌，手裡的盒子差點落地。皓禎趕緊扶住，困惑的問⋯

「娘，妳還好吧？」

「有點頭暈！」雪如心想⋯「二十日！那麼，吟霜的神仙父母，是在二十日撿到她的！或者不是撿到的，是找到的。吟霜和皓禎，是同年同月同日生的！」

秦媽急忙把東西放到桌上，把雪如扶到坐榻上坐下。吟霜關心的說⋯

「娘，讓我幫您把把脈。」就把雪如的手腕墊高把脈。

雪如一瞬也不瞬的看著吟霜。吟霜把完脈抬頭問⋯

「娘！您是不是被公主作法嚇到了？還是⋯⋯」猜測的⋯「沒跟爹不開心吧？沒跟二娘嘔氣吧？沒有人讓娘傷心吧？脈象有點凌亂，心裡是不是堵堵的？」

「是是是！心裡堵著，喉嚨裡也堵著⋯⋯」雪如抓住吟霜的手捨不得放。

「那我趕快幫娘扎幾針！」吟霜就喊道⋯「香綺！準備藥箱，把我的銀針拿來！」

「不要扎針，先來看看我給妳的首飾吧！」雪如攬住吟霜。

「娘，」皓禎笑著：「吟霜平常都戴得很簡單，她是山裡長大的姑娘，帶有一點仙氣，是個神仙姑娘，什麼都不戴，也很標緻。」

雪如喃喃的說道：

「山裡長大的姑娘，山裡長大的姑娘……吟霜，妳說過，爹娘原來都住在山裡……我也沒仔細聽，他們愛妳嗎？對妳好不好？」

「他們是世上最好的爹娘。他們愛我，為了我，什麼都可以犧牲。」吟霜說。

「怎麼說？」雪如急於知道吟霜所有的事。

吟霜還來不及回答，小樂慌慌張張奔進門，急急報告：

「夫人，公子，剛剛小的經過公主院，那公主好像生病發瘋了！」

大家都被驚動了。皓禎不信的問：

「什麼？生病發瘋？這又是什麼招術？」

「是真的發瘋了！她把崔諭娘都關在門外，嘴裡說些奇奇怪怪的話！」小樂說。

「娘，我放心不下，我去看看她。」吟霜吩咐香綺：「去準備藥箱。」

「妳要去看她？」皓禎一怔，立刻阻止：「算了，妳越去接近她，她肯定越瘋狂！我們還是找其他大夫去看她，這樣比較安全！」

「現在，任何大夫都沒有我近，而且，也沒人比我更瞭解她的情形。如果她真的發瘋了，

一定要馬上治療！扎針最有用！不管怎樣，我們先去看看是怎麼回事？」

吟霜說著，就往公主院走，大家就跟隨著她。

到了公主院門口，大家就看到皓祥、翩翩母子逃也似的從屋子裡奔出來。從屋裡傳出蘭馨的吼叫聲：

「滾！你們通通給我滾！妖魔！你們都是一群妖魔！」

皓祥嚇得奔出，驚魂未定：

「這公主真的是瘋了！連我都不認得了！」

「怎麼請清風道長來作法，沒逼出妖狐，反而自己變瘋了！」翩翩說。

皓祥母子迎頭撞上了皓禎和雪如等人。翩翩急促的對雪如說：

「完了！完了！大姊，公主瘋了，被我們將軍府逼瘋了！」愁眉苦臉的說：「我看這回我們將軍府的麻煩又大了！」

「你也管管公主好不好？」皓祥看皓禎：「她好歹是個公主，生病也沒人管嗎？現在她完全瘋了，看你怎麼跟皇上和皇后交待？有你這樣的兄長，我會被你嚇得短命！」

翩翩拉著皓祥離開公主院。皓禎對吟霜說：

「看來情況不妙！妳和香綺就別進去了！娘和秦媽也別進去了，我先進去看看情況！妳們在外面等著！」

皓禎就走進大廳，雪如吟霜等人在外面等待著。皓禎進門，只見蘭馨披頭散髮，手拿鞭子，連鞋都沒穿，瘋狂的對著屋內的擺飾雕塑傢俱，揮舞著鞭子，不停的嚷著：

「滾開！又一隻白狐！別用妳的狐狸眼睛瞪著我！」轉身，鞭打著坐榻：「妳也滾開！我是鼎鼎大名的蘭馨公主，不許妳用狐狸眼睛瞪著我！」轉身，對著一個宮女追著打：「妳這隻白狐往哪兒逃？」

「公主饒命呀！我不是白狐呀！」宮女邊逃邊喊。

崔諭娘躲在牆角，看到皓禎，急忙呼救：

「駙馬爺！趕快救救公主呀！她昨晚在花園裡淋了一夜雨，滿嘴說胡話，看到任何人都說是白狐！快救她呀！」

皓禎急忙去攔住蘭馨，喊道：

「蘭馨，安靜下來！鞭子給我，這兒沒有白狐！妳看，是我——皓禎！」

「皓禎？」蘭馨愣了一下，迷糊的問：「皓禎是誰？我不認得你！你滾，快滾！你傷害不到我，你休想殺了我，你這個妖怪！滾出去！滾出去！」

蘭馨就用鞭子追著皓禎打。皓禎飛快的奪下了她的鞭子，用胳臂箍住她，柔聲的說：

「妳病了！我讓吟霜幫妳治，好不好？她不會害妳的，我也不會害妳的！去那邊臥榻躺著，休息一下，好不好？」

蘭馨抬頭，困惑的看著皓禎。

「聽我話，我扶著妳過去！」

猝然間，蘭馨伸出手，對著皓禎臉上抓去，嘴裡大叫：

「我也有爪子，我不怕白狐，我抓你！你不要用那對眼睛看我……」

皓禎要躲避蘭馨瘋狂的爪子，手一鬆，蘭馨就奪門而出。皓禎趕緊追在後面，跑出大廳。蘭馨喊著：

「好多妖怪在追我！我不怕，來呀！來呀！所有的白狐，全部包圍我吧！我不怕不怕，我要和你們這些妖怪同歸於盡！」

蘭馨一面喊，一眼看到張口結舌看著她的吟霜，就對吟霜衝了過來，大叫：

「妳這隻白狐，我認得妳，我要把妳碎屍萬段！」

皓禎飛身一躍，擋著蘭馨，大喊：

「娘，帶著吟霜快走！小樂、香綺你們快走！」

吟霜被香綺拉著離開，腳步不動，悲憫的望著蘭馨，說道：

「公主，如果妳願意讓我為妳治病，妳什麼條件我都依妳！」

皓禎攔著蘭馨，氣急敗壞喊：

「吟霜，妳別浪費唇舌，妳快走！什麼條件我都不答應！妳快走！娘！妳們快走！別讓

她傷到！」

雪如驚恐的看著蘭馨，拉著吟霜，害怕的喊…

「吟霜，我們快走！另外給她請大夫！妳不要去惹她！」

大家強拉著吟霜，吟霜依舊堅持的喊著…

「她病了！先給她吃一顆安神藥丸！我這兒有……」

就在這時，寄南、漢陽、靈兒三個聞聲衝進了公主院。靈兒喊著…

「皓禎，漢陽和我們一起來看吟霜了！怎麼大家都在公主院……」

靈兒話沒說完，只見蘭馨瘋狂衝來，眼神狂亂，直奔眾人，嚷道…

「又來了好多怪物！好多怪物！我不怕你們！來吧！」

「這是怎麼回事？」寄南攔住蘭馨。

「寄南，攔住她，別讓她跑到院子外面去，她發瘋了！」皓禎急喊。

漢陽驚愕至極的看著如此瘋狂的蘭馨，驚喊…

「蘭馨公主！」

蘭馨直撞過來，漢陽本能的伸手一攔，蘭馨跌進他的臂彎裡。漢陽心痛的、不敢相信的

看著蘭馨，喊道…

「公主，公主！看看我，我是漢陽！方漢陽！」

蘭馨已經筋疲力竭，抬頭看著漢陽，忽然認出漢陽來，頓時悲從中來，痛喊著：

「漢陽，好多好多妖怪在追我！好多眼睛，鬼怪的眼睛，好多白狐，牠們圍著我，我逃不出去啊！」蘭馨說完，眼淚一掉，暈倒在漢陽懷裡。

漢陽趕緊把蘭馨抱到大廳的臥榻上，蘭馨昏迷的躺著。吟霜把握時機，立刻幫她診治。

皓禎、寄南、靈兒、漢陽、雪如⋯⋯等人，都圍繞過來，著急的看著她。

「香綺，水來了嗎？趁她還沒醒，把藥丸化了，趕緊餵給她吃！」吟霜說。

香綺拿了水來，把藥丸融化在水中。吟霜急忙說道：

「皓禎，你扶著公主的頭，這藥水必須用灌的！」

皓禎扶起了蘭馨的頭，吟霜正要餵藥，崔諭娘一步上前說：

「公主不能吃這個藥！來歷不明的藥不能吃！」

「妳以為這是毒藥嗎？」吟霜看崔諭娘。

「如果她醒了，一定又會大鬧，吟霜的藥我信得過！」漢陽著急，拿起吟霜手裡的藥碗，自己喝了一口：「這樣行了嗎？快餵吧！」

吟霜深深看了漢陽一眼，就在香綺的幫忙下，餵著蘭馨吃藥，好不容易，總算餵完了。

吟霜趕緊打開銀針的包袱，給蘭馨扎針。蘭馨躺著，頭上手上都扎了很多針。

雪如眼光離不開吟霜，對秦媽低語道：

「昨天被折騰成那樣，滿身滿臉的雞血，今天在這兒拚命幫公主治病，這孩子是山裡長大的，是仙人帶大的嗎？」

「可能！很可能！」秦媽點頭，崇拜的看著吟霜。

「現在還要怎樣？」靈兒問：「扎針要等半炷香的時辰，是不是扎完針她就不瘋了？」

「我看很難，剛剛那種瘋狂的樣子，恐怕沒有這麼容易治吧。」寄南說。

「吟霜，她好像還在發燒。」皓禎不放心的說。

「是，不過退燒藥必須過一個時辰再吃。」吟霜說，對香綺說：「給我帕子。」

香綺遞上帕子，吟霜就拿起帕子，拭去蘭馨額上的汗珠，說道：

「崔諭娘，讓宮女倒盆水來，我們趁等拔針的時刻，幫她清洗一下吧。」

「是是是！」崔諭娘急忙吩咐宮女拿水來。

水盆來了，宮女們絞著帕子，吟霜就拿乾淨帕子，幫蘭馨細細的擦拭著，避開扎針的地方，擦得十分仔細。漢陽目不轉睛的看著吟霜照顧蘭馨，大家全部專注的看著吟霜忙碌的動作。吟霜說道：

「時辰到了，現在可以拔針了。」

吟霜和香綺，就快速的拔掉蘭馨身上的銀針，放在旁邊的布墊上。

針剛剛拔完，忽然間，蘭馨醒了過來，眼睛一睜，看到吟霜貼近自己的臉孔。蘭馨立刻

大叫：

「妖狐！妳這個妖狐怎麼在這裡？我殺死妳這隻妖狐！」

蘭馨說著，抓起吟霜放在她身邊的一大把銀針，就對著吟霜左胸直刺下去，喊著：

「我刺死妳！刺死妳！妳居然敢到我眼前來示威！」

吟霜猝不及防，那些銀針都是手工製造，每根都很粗很長，痛得大叫：

「啊！」

皓禎還捧著蘭馨的頭，目睹吟霜被襲擊，卻沒救到，又急又氣又心痛。他立即放開了手，蘭馨的腦袋便砰的一聲撞在臥榻的木板上。吟霜站起身子，看著胸口的那把銀針。

「吟霜，怎麼辦？我幫妳一根根拔，妳站到窗口亮一點的地方！」皓禎說。

雪如臉色慘白的看著吟霜，喃喃說道：

「我造孽，讓吟霜受苦，菩薩啊！秦媽，我們來幫忙！」

大家都在注意吟霜時，蘭馨已經跳起身子，對著吟霜就衝了過來，尖叫：

「白狐！白狐！我要親手殺了這隻白狐！」

「白狐！白狐！我要親手殺了這隻白狐！」

靈兒、寄南、漢陽三人同時一攔，把她三面攔住。靈兒怒喊：

「她在救妳呀！她在幫妳治病呀，妳居然刺她！妳怎麼這樣壞？」

「妳站住，不許動！不管妳現在是瘋的還是醒的，不許動！」寄南大喊。

「不要去碰吟霜，如果妳再敢碰她，妳最後一個同情者也沒有了！」漢陽說。

吟霜站在窗口，皓禎試著要拔針，不知道先拔哪一根，無法下手的問：

「我怎樣拔妳比較不痛？」

吟霜一咬牙，抓住那把銀針用力一拔，整把都拔了出來。看到所有人都看著她，吟霜就微笑的說道：

「銀針很軟，不痛的！沒事！」

吟霜雖然這樣說，但她潔白的衣裳上，胸口立即透出殷紅的血點。

雪如再次看到吟霜身上流血，咕咚一聲，暈倒在地。眾人又全部被雪如驚動了。

吟霜立刻跪下，抱著雪如的頭喊：

「娘！娘！怎麼您又暈倒了？」

❖

雪如這樣暈倒，吟霜就顧不得蘭馨了。是母女之間的本能嗎？她雖然不知自己的身分，卻關心雪如的暈倒，更勝於自己的傷勢和蘭馨的瘋狂。

（未完待續）

國家圖書館出版品預行編目資料

梅花英雄夢. 卷三, 可歌可泣/ 瓊瑤著. -- 初版. -- 臺北
市：春光出版：家庭傳媒城邦分公司發行, 民109.01
　　面；　公分. --（瓊瑤經典作品全集；68）
ISBN 978-957-9439-81-7（平裝）

863.57　　　　　　　　　　　　　108019328

瓊瑤經典作品全集⑱梅花英雄夢・第三部：可歌可泣

作　　　者／瓊瑤
企劃選書人／王雪莉
責 任 編 輯／王雪莉

版權行政暨數位業務專員／陳玉鈴
資深版權專員／許儀盈
行 銷 企 劃／陳姿億
行銷業務經理／李振東
副 總 編 輯／王雪莉
發 行 人／何飛鵬
法 律 顧 問／元禾法律事務所　王子文律師
出　　　版／春光出版
　　　　　　台北市 104 中山區民生東路二段 141 號 8 樓
　　　　　　電話：(02) 2500-7008　傳真：(02) 2502-7676
　　　　　　部落格：http://stareast.pixnet.net/blog E-mail：stareast_service@cite.com.tw
發　　　行／英屬蓋曼群島商家庭傳媒股份有限公司城邦分公司
　　　　　　台北市中山區民生東路二段 141 號 11 樓
　　　　　　書虫客服服務專線：(02) 2500-7718 / (02) 2500-7719
　　　　　　24小時傳真服務：(02) 2500-1990 / (02) 2500-1991
　　　　　　服務時間：週一至週五上午9:30～12:00，下午13:30～17:00
　　　　　　郵撥帳號：19863813　戶名：書虫股份有限公司
　　　　　　讀者服務信箱E-mail：service@readingclub.com.tw
　　　　　　歡迎光臨城邦讀書花園 網址：www.cite.com.tw
香港發行所／城邦（香港）出版集團有限公司
　　　　　　香港灣仔駱克道 193 號東超商業中心 1 樓
　　　　　　電話：(852) 2508-6231　傳真：(852) 2578-9337
　　　　　　E-mail：hkcite@biznetvigator.com
馬新發行所／城邦（馬新）出版集團 Cite(M)Sdn. Bhd
　　　　　　41, Jalan Radin Anum, Bandar Baru Sri Petaling,
　　　　　　57000 Kuala Lumpur, Malaysia.
　　　　　　Tel: (603) 90578822 Fax:(603) 90576622　E-mail:cite@cite.com.my

內 頁 排 版／極翔企業有限公司
印　　　刷／高典印刷有限公司

■ 2020 年（民 109）1 月 30 日初版　　　　　　　Printed in Taiwan

售價／400元

城邦讀書花園
www.cite.com.tw

104 台北市民生東路二段 141 號 11 樓

英屬蓋曼群島商家庭傳媒股份有限公司
城邦分公司

請沿虛線對折，謝謝！

愛情・生活・心靈
閱讀春光，生命從此神采飛揚

春光出版

書號： OR1068　　書名：瓊瑤經典作品全集 ⑱ 梅花英雄夢・第三部：可歌可泣

讀者回函卡

謝謝您購買我們出版的書籍！請費心填寫此回函卡，我們將不定期寄上城邦集團最新的出版訊息。

姓名：＿＿＿＿＿＿＿＿＿＿＿＿＿＿＿＿＿＿＿＿＿

性別：□男　□女

生日：西元＿＿＿＿＿＿＿年＿＿＿＿＿＿＿月＿＿＿＿＿＿＿日

地址：＿＿＿＿＿＿＿＿＿＿＿＿＿＿＿＿＿＿＿＿＿＿＿＿＿

聯絡電話：＿＿＿＿＿＿＿＿＿＿＿＿　傳真：＿＿＿＿＿＿＿＿＿＿＿

E-mail：＿＿＿＿＿＿＿＿＿＿＿＿＿＿＿＿＿＿＿＿＿＿＿

職業：□ 1. 學生 □ 2. 軍公教 □ 3. 服務 □ 4. 金融 □ 5. 製造 □ 6. 資訊

□ 7. 傳播 □ 8. 自由業 □ 9. 農漁牧 □ 10. 家管 □ 11. 退休

□ 12. 其他 ＿＿＿＿＿＿＿＿＿＿＿＿＿＿＿＿＿

您從何種方式得知本書消息？

□ 1. 書店 □ 2. 網路 □ 3. 報紙 □ 4. 雜誌 □ 5. 廣播 □ 6. 電視

□ 7. 親友推薦 □ 8. 其他 ＿＿＿＿＿＿＿＿＿＿＿＿

您通常以何種方式購書？

□ 1. 書店 □ 2. 網路 □ 3. 傳真訂購 □ 4. 郵局劃撥 □ 5. 其他 ＿＿＿

您喜歡閱讀哪些類別的書籍？

□ 1. 財經商業 □ 2. 自然科學 □ 3. 歷史 □ 4. 法律 □ 5. 文學

□ 6. 休閒旅遊 □ 7. 小說 □ 8. 人物傳記 □ 9. 生活、勵志

□ 10. 其他 ＿＿＿＿＿＿＿＿＿＿＿＿＿＿＿＿＿